Boris Meyn, Jahrgang 1961, ist promovierter Kunst- und Bauhistoriker. Sein Romandebüt, «Der Tote im Fleet», erschienen 2000, avancierte in kürzester Zeit zum Bestseller («spannende Krimi- und Hamburglektüre», so die *taz*). Die Serie um die ermittelnde Hamburger Familie Bischop umspannt inzwischen fast ein Jahrhundert, über einen neueren Band urteilte die *Welt*: «Man weiß nicht so recht, ob man ‹Elbtöter› als kriminalistischen Reißer oder einfach nur als glänzend recherchierten historischen Roman über Hamburg nach dem Ersten Weltkrieg lesen soll.» Der Autor lebt im Lauenburgischen, ist verheiratet und hat einen erwachsenen Sohn.

Die Presse über Boris Meyns Hamburger Kriminalromane:

«Es ist nur geringfügig übertrieben, wenn man behauptet, dass Autor Boris Meyn in Hamburg jeden Stein kennt. Mehr noch: Als Bauhistoriker weiß er auch, warum die Steine dort sind, wo sie sind.» (*Brigitte*)

«Dass das Verweben von realen Personen der Zeitgeschichte mit fiktiven gelingt, verdankt der flott geschriebene Krimi auch dem Umstand, dass Meyn nicht nur großen Respekt vor den anschaulich beschriebenen Bauten und Straßen hat, sondern auch vor den Menschen, die sich darin tatsächlich bewegt haben.» (*Die Welt*)

«Kenntnisreich lässt Meyn den Leser in die einzigartige Kultur der Weimarer Republik eintauchen. Zeitgeist, Lebensstil, Mode, Architektur, Film, Literatur und Politik, so ziemlich alles, was die 1920er Jahre so besonders machte, wird mit einer spannenden Krimihandlung verwoben.» (*Focus Online*)

«Mit ‹Fememord› hat Meyn seine seit langem stärkste Story abgeliefert ... ein spannendes Stück Zeitgeschichte, das Atmosphäre und Milieus der damaligen Zeit in einer geglückten Fusion aus Fakten und Fiktion dramaturgisch gekonnt einzufangen weiß.» (*Hamburger Abendblatt*)

BORIS MEYN

Sturmzeichen

HISTORISCHER
KRIMINALROMAN

Rowohlt Taschenbuch Verlag

Originalausgabe
Veröffentlicht im Rowohlt Taschenbuch Verlag,
Hamburg, Juni 2019
Copyright © 2019 by Rowohlt Verlag GmbH, Hamburg
Redaktion Katharina Rottenbacher
Umschlaggestaltung any.way, Walter Hellmann
Umschlagabbildung ullstein-bild (Werftarbeiter in Hamburg 1929)
Abbildungen im Tafelteil Staatsarchiv Hamburg
(wenn nicht anders angegeben); mit freundlicher Unterstützung
von Joachim Frank
Vignette: Signet des Kunstvereins in Hamburg, aus:
Museum der Gegenwart, Jg. 1, 1930, Heft 3, Seite 112
(mit freundlicher Genehmigung des Kunstvereins)
Satz aus der Adobe Caslon Pro, InDesign,
bei Dörlemann Satz, Lemförde
Druck und Bindung CPI books GmbH, Leck, Germany
ISBN 978 3 499 27470 1

Sturmzeichen

VORSPIEL

Simon Bernstein unternahm den abendlichen Rundgang, wie er es seit Jahren tat. Es war ihm zu einer die Gedanken reinigenden Gewohnheit geworden. Erst der Weg ans Wasser, dann am Ufer entlang in Richtung Krugkoppel und Alsterlauf, von dort zurück bis zum heimischen Anleger. Die Dunkelheit des Spätherbstes hatte etwas Beruhigendes. Hin und wieder spiegelte sich der Mond im Wasser des Sees, wenn die Wolkendecke aufriss. Vom anderen Ufer her leuchteten die Villen der Uhlenhorst wie eine lichterne Kette zu ihm herüber.

Bernstein schlug den Kragen seines Mantels hoch. Der strenge Wind hatte zugenommen und kündigte unmissverständlich den nahenden Winter an. Aber er brauchte diesen Abstecher, bevor er das allabendliche Ritual im Hause in Angriff nahm. Es war die Abtragung der täglichen Arbeit im Bankhaus, sein Kampf mit dem Mammon gegenüber dem friedlichen Miteinander in der Familie. Und doch verspürte er seit Tagen einen unangenehmen Druck in der Magengegend, der sich nicht lösen wollte. Nein, eigentlich war ihm speiübel.

Er war das tägliche Auf und Ab in der Finanzwelt seit Jahren gewohnt. Aber diesmal setzte es ihm unerwartet zu. Die Börsengeschäfte versprachen schon länger keinen wirklichen Zuwachs mehr, und die Investitionsbereitschaft ausländischer Kapitalgeber ließ inzwischen auch zu wünschen übrig. Hohe Gewinne gab es nur noch mit riskanten Geschäften. Aber seine Kunden waren durch die letzten Jahre verwöhnt. Sie erwarteten weiterhin die Rendite, die er ihnen in Aussicht gestellt hatte. Kunden nicht nur sympathischer Art. Ganz und gar nicht, aber er konnte sie sich nicht aussuchen. Und nun hatte er ein echtes Problem. Er konnte nicht liefern. Man rückte ihm inzwischen sogar auf die Pelle. Ein nervöser Investor hatte ihm bereits ein Ultimatum gestellt und mit Gewalt gedroht. Und das nur, weil die Minerva festsaß und seit zwei Monaten überfällig war. Der Dampfer hatte Valparaíso zwar inzwischen verlassen, aber eine verlässliche Ankunftszeit gab es immer noch nicht. Warum hatte er sich nur darauf eingelassen? Wegen der Rendite. Er hatte ja sogar selber mitgezockt, so aussichtsreich war der zu erwartende Gewinn gewesen. Die bisherigen Zahlen sprachen für sich. War er zu weit gegangen?

Dabei war alles genau durchdacht. Er war sich so sicher gewesen, dass er sogar Zugriff auf fremde Einlagen genommen hatte, um möglichst viel vom Kuchen abzubekommen. Selbst für die Zwischenlagerung hatte er eine Lösung gefunden. Trotzdem waren seine Kunden alles andere als beruhigt. Die Nervosität war verständlich. Natürlich hatte er keine Rückversicherung bieten können. Wie auch? Und es ging um sieben Millionen Mark. Dazu kam das, was er den Einlagen entnommen hatte. Geld, das ihm nicht gehörte. Und gar nicht mal wegen der persönlichen Bereicherung. Nein, es ging ihm gut. Aber das Spiel war einfach zu verführerisch gewesen. Nur wenige waren eingeweiht. Er hatte auftrumpfen wollen zu Zeiten, in denen kaum mehr einer Gewinn machte. So weit hätte er nicht gehen dürfen. Wie viel Zeit blieb ihm, bis die Minerva ankam? Wenn irgendeiner der Bankkunden Einsicht in die Depots verlangte, war er erledigt. Da half es auch nichts, dass er demnächst den zwanzigfachen Wert in Aussicht stellen konnte.

Simon Bernstein fröstelte. Auch der mit Fuchsfell gefütterte Mantel konnte der Kälte nichts entgegensetzen. Sie kam von innen. Als er auf der Krugkoppelbrücke zum Heimweg umkehrte, bemerkte er die beiden Gestalten, die sich ihm langsam näherten. Freundlich tippte er sich an die Kopfbedeckung. Dann ging alles ganz schnell. Im Moment des Passierens riss ihn der eine herum und warf ihn gegen das Brückengeländer. Kaum hatte er sich hochgerappelt, verpasste ihm der andere einen Tritt. Bernstein stockte der Atem. Er merkte, wie sich Hände an seinem Paletot vergriffen, ihn aufrichteten und in Richtung Geländer zerrten. Überrascht schrie er auf, dann der Sturz, der Aufprall. Gelächter über ihm. Nach wenigen Sekunden sickerte die Kälte durch seine Kleidung. Das Wasser war eiskalt. Bernstein schnappte nach Luft, aber die Kleidung sog sich schnell voll Wasser und zog ihn hinab. Ein Gewirr von Luftblasen vor Augen, nahm er sein Versinken zur Kenntnis.

KAPITEL 1

Später Oktober 1929

Als sie das Abteil betrat, war Ilka erleichtert. Um dem Gedränge auf den Bänken zu entgehen, hatte sie einen Fahrschein für die erste Klasse gelöst, und tatsächlich war das Abteil nicht voll. Es waren zwar nur drei Stunden Fahrt, aber bei laufender Heizung konnte sie auf stickige Luft und unfreiwilligen Körperkontakt mit fremden Personen gut verzichten. An der Tür saß ein fülliger Mittfünfziger, der gedöst hatte, als sie ins Abteil gekommen war. Er wachte auf, machte aber keine Anstalten, ihr behilflich zu sein. Schwer atmend öffnete er ein Buch und hatte kleine Schweißperlen auf Stirn und Glatze. Auf dem Einband konnte Ilka den Titel erkennen. Remarques *Im Westen nichts Neues*. Der Antikriegsroman, den ihre Zeitung letztes Jahr als Vorabdruck gebracht hatte. Er war so realistisch, dass in der Tschechoslowakei die Lektüre für die Soldaten des Landes vor kurzem verboten worden war. Bevor der Mann ihr Hilfe hätte anbieten können, hatte Ilka ihre kleine Reisetasche bereits selbst ins Gepäcknetz befördert.

Am Fenster auf ihrer Seite saß eine Ordensschwester, die Hände auf dem Schoß gefaltet und den Blick starr ins Nichts gerichtet. Beim ersten Halt stieg noch ein junger Mann ohne Gepäck zu, der sich auf den Platz ihr schräg gegenüber setzte und sofort eine Zeitung aufschlug. Ein

Student, wie Ilka schätzte, der versucht hatte, mit viel Pomade sein lockiges Haar unter Kontrolle zu bringen. Ab und an zog er einen Kamm hervor und glättete den störrischen Wildwuchs, bevor er weiter durch die Seiten blätterte. In schöner Regelmäßigkeit ließ er seinen Blick über den Rand der Zeitung in ihre Richtung gleiten. Ilka lächelte in sich hinein. Wie es aussah, also eine Reise ohne Konversation, was ihr insgeheim recht war. Auf mitteilungssüchtige Mitreisende konnte sie gerne verzichten, selbst wenn ihr der gutaussehende Student durchaus gefiel.

Auch sie hatte sich Reiselektüre eingepackt. Ein druckfrisches Exemplar von Döblins *Berlin Alexanderplatz*. Die ersten Kapitel hatte sie bereits durch und war gespannt auf mehr. Ein faszinierender Streifzug durch Berlin. Es war ein unheimlicher Weg, an der Seite von Franz Biberkopf durch die Straßen der Metropole zu schlendern, die sich öffneten wie Chimären eines expressionistischen Films. Aber sosehr sie sich auch bemühte, heute konnte sie sich nicht so recht konzentrieren. Ilka ertappte sich nun schon zum dritten Mal dabei, dass sie eine Seite gelesen hatte, ohne hinterher zu wissen, was wirklich geschehen war. Eigentlich ein untrügliches Zeichen, die Sache ruhen zu lassen, das Buch beiseitezulegen.

Ihre Gedanken kamen einfach nicht zur Ruhe. Da wuchs etwas in ihr. Seit über einem Monat war sie überfällig. Egal womit sie sich abzulenken versuchte, sie wurde den Gedanken nicht los. Nur nicht das. Hatte sie nicht immer aufgepasst? Allein der Umstand ließ sie unwohl werden. Und jetzt auch noch die Hitze hier im Abteil. Ilka glühte förmlich. Schwanger. Dabei konnte sie noch nicht einmal sagen, von wem …

Normalerweise wäre sie selbst nach Hamburg geflogen, auch wenn es zu dieser Jahreszeit zugegebenermaßen recht ungemütlich war. Aber ihr Flieger stand in Limhamn bei Junkers in Schweden. Eine grundlegende Überholung des Triebwerks war nötig. Das war vor sieben Wochen gewesen, als man durchaus noch angenehme Wetterverhältnisse gehabt hatte. Natürlich hatte sie, nachdem sie das Flugzeug abgegeben hatte, im Anschluss ein paar Tage bei Ture verbracht. Und er? Er konnte nicht aufhören, ihr Komplimente zu machen, sie zu becircen. Keine Agneta mehr, mit der er sich die letzten Jahre vergnügt hatte. Wieder einmal war sie seinem Charme erlegen. Natürlich hatte sie mit ihm geschlafen. Sie taten es seit nunmehr fünfzehn Jahren, wenn auch nur sporadisch. Und wie es aussah, würde es auch kein Ende nehmen. Sie genoss es, wenn nur nicht immer diese Versuche seinerseits gewesen wären, sie zur Ehe zu überreden. Nein, sie wollte ihr selbstbestimmtes Leben nicht aufgeben. Kein: Ture für immer. Außerdem liebte sie eigentlich Laurens, der sie noch heute in die Arme schließen würde. Ihre Wochenendbeziehung. Oder liebte sie beide? Was nun?

Die Reichsbahn fuhr inzwischen mit fast hundert Kilometern pro Stunde. Durchs Fenster konnte Ilka die Landschaft vorüberziehen sehen. Als wirkliches Erlebnis empfand sie die Reise mit der Bahn dennoch nicht. Mehr als lästige, wenn auch bequeme Alternative. Dafür war das Fliegen viel zu unmittelbar. Ein schüchternes Lächeln von der Ordensschwester, als sich ihre Blicke kurz trafen. Natürlich wäre sie mit ihrem *Laubfrosch*, wie sie ihren knallgrün gestrichenen Flieger nannte, schneller in ihrer Heimatstadt gewesen, aber ehrlich gesagt ging diese

Rechnung nur auf, wenn man die Tatsache unberücksichtigt ließ, dass die Start- und Landebahnen außerhalb der Stadtzentren lagen und der Weg mit Droschke oder öffentlichen Verkehrsmitteln mindestens so viel Zeit kostete, wie man gegenüber der Bahn eingespart hatte. Diesmal also Reichsbahn.

Spätestens alle drei Wochen war sie bei Laurens in Hamburg. Eher jedes zweite Wochenende. Aber nun hatte sie der Herr Kommissar gebeten, unverzüglich zu kommen. Dringend. Es gab irgendwas, das mit einer ihrer vermieteten Immobilien im Zusammenhang stand. Sie besaß zwei Villen in Harvestehude und Rotherbaum. Beide hatte sie von Martin Hellwege geerbt, dem besten Freund ihres Vaters, der sich nach Ausbruch des Krieges in Norwegen das Leben genommen hatte. Ihr war bis heute schleierhaft, warum er gerade sie als Universalerbin eingesetzt hatte, auch wenn ihr Vater immer betont hatte, wie sehr er heimlich in sie verliebt gewesen sei. Da war sie aber noch Kind gewesen. Und nun war sie sechsunddreißig ... und schwanger. Und auch ihr Vater war seit über einem Jahr tot.

Das große Haus in der Alten Rabenstraße hatte Onkel Martin selbst bewohnt. Es war eine riesige Villa aus gelbem Backstein, die wie ein verwunschenes Märchenschloss wirkte. So hatte sie es schon als Kind empfunden. Ein Hamburger Bankier hatte es gemietet. Die andere Villa lag in Harvestehude direkt an der Alster, war aber deutlich kleiner und, wie die meisten Villen in der Stadt, hell verputzt. Sie hatte das Haus an einen Kaufmann vermietet, der es mit seiner siebenköpfigen Familie bewohnte.

Vielleicht war in eins der Häuser eingebrochen worden? Um was es genau ging, hatte Laurens am Telephon nicht sagen wollen, und die Mieter hatte sie nicht erreichen können. Es war eh an der Zeit, mit Laurens zu sprechen. Bislang hatte sie ihn nicht eingeweiht. Ilka war sich ja auch bis letzte Woche nicht wirklich sicher gewesen. Aber nun. Das zweite Mal war ihre Periode ausgeblieben, das war eigentlich eindeutig. Sie musste sich etwas einfallen lassen. Immerhin war sie inzwischen in einem Alter, in dem man nicht mal so eben noch ein Kind in die Welt setzte. So ohne weiteres ... Ach, sie hatte keine Ahnung.

Und dann musste sie ihrer Mutter in Ohlstedt einen Besuch abstatten. Das war längst überfällig. Überfällig? Nein ... sie selbst war überfällig. Aber sie war es Tilda schuldig. Und David wollte sie auch sehen. Ihren großen Bruder, den ihre Eltern adoptiert hatten, der aber irgendwie immer ihr richtiger Bruder gewesen war. Ilka musste kurz nachrechnen. Einundfünfzig war David inzwischen, nur zwölf Jahre jünger als ihre Mutter. Blieb noch Robert, ihr kleiner Bruder, der auch wieder in Hamburg war, nachdem er sein Jurastudium beendet hatte. Sie hatte nicht mal eine genaue Adresse von ihm. Tilda hatte bei ihrem letzten Telephonat erwähnt, er habe eine Wohnung in St. Georg. Das war dann in der Nähe von ihrer Freundin Toska. Die durfte auch nicht zu kurz kommen, auch wenn ihre gemeinsamen Unternehmungen mehr oder weniger eingeschlafen waren, seit Ilka mit Laurens liiert war. Was gab es noch? Richtig. Den Nachfolger von Dr. Hansen, ihrem bisherigen Finanzberater bei der Donnerbank, wollte sie unbedingt kennenlernen. Sie hatte so viel auf dem Zettel, dass sie sich ohne weiteres für eine Woche in der Stadt hätte einquartieren können. Georg Bernhard, ihr Chef bei der *Vossischen*, war jedenfalls informiert. Es konnte durchaus sein, dass sie ein paar Tage nicht in der Redaktion auftauchen würde. Das kam häufiger vor.

Robert hatte sie seit fast zehn Jahren nicht mehr gesehen und sie überlegte, wie er mit seinen siebenundzwanzig Jahren inzwischen aussah. Würde sie ihn überhaupt wiedererkennen? Ihr Blick fiel auf den Studenten gegenüber. Könnte es sich bei ihm um Robert handeln? Der hatte inzwischen die Zeitung beiseitegelegt und starrte sie nun unverhohlen an. Sein Blick bekundete eindeutiges Interesse an ihrer Person. Ilka nahm es als Kompliment. Dabei hatte sie sich nicht einmal in Schale geworfen. Dem ungemütlichen Wetter entsprechend trug sie ein schlichtes Wollkostüm. Blicke war sie gewohnt, vor allem wegen ihrer maskulinen Kurzhaarfrisur, die sie immer noch kürzer hielt, als es allgemein Mode war.

Seit sie bei Laurens zweites Quartier bezogen hatte, reiste sie leger und ohne großes Gepäck. Sogar einen eigenen Schlüssel hatte sie inzwischen. Alles, was sie brauchte, war bei Laurens am Leinpfad. Dort hatte sie sich auch eine improvisierte Schreibstube eingerichtet, aber wenn sie ehrlich war, kam sie dort kaum zum Arbeiten.

Ilka zog ihren Kalender aus der Handtasche. Vielleicht war Carl momentan auch in der Stadt. Nach den Unruhen im Blutmai hatte sie ihn nicht mehr gesehen. Und im August hatte man Strafantrag gegen von Ossietzky gestellt. Für eine Sache, an der sie nicht ganz unschuldig war. Er hatte tatsächlich das getan, was sie sich verkniffen hatte. Aber sie hatte ihn ausdrücklich gewarnt. Der Artikel in der *Weltbühne* war zwar unter dem Pseudonym Heinz Jäger verfasst worden, aber es war schnell klar, wer dahintersteckte. Walter Kreiser hatte *Windiges aus der deutschen Luftfahrt* geschrieben. Der Bericht war im März erschienen. Und in dem Artikel wurde dargelegt, was eigentlich sie bereits vor vier Jahren recherchiert hatte. Die verbotene Aufrüstung Deutschlands auf russischem Gebiet. Sie selbst hatte Carl die Materialien zur Verfügung gestellt. Aber Staatsanwaltschaft und Gerichte kannten nach dem Ponton-Prozess im letzten Jahr keine Gnade mehr. Jacobs und Küster hatte man eingebuchtet. Wenn man die Wahrheit aussprach und an die Öffentlichkeit ging, galt man inzwischen als Landesverräter. Georg sah es ebenfalls kritisch. Er war es, der sie ausdrücklich gewarnt, ja davon abgehalten hatte, einen Artikel in der *Vossischen* zu bringen. Ilka war ihm dankbar dafür. Und jetzt steckte Carl in der Patsche. Aber er stand zu der Sache, wollte es aussitzen, glaubte nach wie vor an die Sprachrohre der Republik und des Pazifismus. Dabei bot Deutschland den Pazifisten keinen sicheren Hafen mehr. Auch Kurt Tucholsky war inzwischen auf und davon. Nach Schweden – in die Nähe von Göteborg. Nach einem Urlaub in diesem Jahr. Auch daran hatte sie mitgewirkt. Das Haus in Hindås, das Kurt mit seiner neuen Flamme Lisa nun bewohnte, hatte Ture vermittelt. Auf ihre Empfehlung hin.

Tucholsky hatte sie einst in Paris kennengelernt. Auf einer ihrer Reisen für Ullstein. Schnell hatte sie begriffen, was für ein Frauenheld er war. Gerade noch rechtzeitig hatte sie sich seinem Werben entziehen können. Die richtigen Ansichten vertrat er trotzdem, und seine Artikel brachten die Sache stets auf den Punkt. Bislang zumindest.

Der Zug rauschte mit nur fünf Minuten Verspätung in den Hauptbahnhof ein. Gedrängel auf dem Bahnsteig. Das kannte sie nicht anders. Großstadt eben. Gott sei Dank hatte sie nur die kleine Reisetasche und keine Koffer. Träger waren Mangelware. Nein, sie erwartete kein Empfangskomitee. Bis kurz nach sechs war Laurens im Stadthaus. Also noch genug Zeit, die Liebeshöhle auf Vordermann zu bringen. Ilka brauchte am Droschkenstand nicht zu warten. Die Ankunft des Berlin-Express hatte für genügend Taxen gesorgt, die sich fast am Stand stauten. Die Fahrt zum Leinpfad verging fast im Flug.

Als Ilka sah, dass das Haus genau in dem Zustand war, wie sie es vor zwei Wochen verlassen hatte, kam sie sich vor wie eine Hausfrau. Und das nur, weil Laurens sich konsequent weigerte, ein Mädchen einzustellen. Zuerst nahm sie sich des Schlafzimmers an, dann folgten Waschküche und Bad. Überall Zustände, die sogar die Situation in ihrer Berliner Wohngemeinschaft mit Myrna und Käthe in den Schatten stellten, und Myrna war nun wirklich schlampig. So ging es jedenfalls nicht auf Dauer.

Nachdem sie einigermaßen für Ordnung gesorgt hatte, klingelte es an der Tür. Laurens, der es sich nicht nehmen lassen konnte, den Ehemann zu spielen, obwohl er natürlich einen Schlüssel hatte. Frau zu Hause, alles aufgeräumt, Puschen lagen bereit, Abendbrot fertig? Nicht mit ihr. Ganz und gar nicht. Sie war auch nicht bereit, ihm Essen zu kochen. Nein, dafür war sie nicht gekommen. Egal wie gut er wieder aussah – und das tat er ohne Zweifel, sie würde hier nicht zur Hausfrau werden. Fürs Abendessen musste Egberts am Winterhuder Marktplatz herhalten, ihr Lieblingsrestaurant. Dort kosteten zehn Austern der Sorte Bluepoints Selected nur halb so viel wie am Ku'damm. Dazu ein Chablis Premier Cru. Was gab es Besseres, um das Wiedersehen zu feiern?

Laurens' Augen hatten Ilka schon immer eine Gänsehaut bereitet. Das Blau war einfach überwältigend. Als sie zu Hause ankamen, waren alle Vorsätze verflogen. In dieser Situation schaffte Ilka es einfach nicht, ihn mit den möglichen Umständen, mit ihren Umständen, zu konfrontieren. Nicht in diesem Moment.

KAPITEL 2

1. November 1929

«Was genau ist passiert?», fragte Ilka, nachdem Laurens Kaffee eingeschenkt hatte. Türkisch gebrüht. So, wie er ihn um diese Uhrzeit bevorzugte. Eigentlich trank er ihn flüchtig und im Stehen. Heute jedoch nicht. Sogar den Frühstückstisch hatte er gedeckt. Frische Brötchen, Ei und Orangensaft. So, wie Ilka es liebte. Sie hatte gar nicht mitbekommen, dass er schon aus dem Haus gewesen war.

«Unweit der Krugkoppelbrücke trieb sein Leichnam im Wasser.» Laurens tunkte sein Brötchen in den Kaffee. «Auf den ersten Blick hätte man an einen Unfall glauben können. Er ist wohl auch ertrunken. Das sagt zumindest unser Pathologe. Er hat außerdem eine gebrochene Rippe festgestellt. Stumpfe Gewalt also. Da hat wohl jemand nachgeholfen. Oder er ist auf die Böschung geknallt. Am erstaunlichsten aber ist, was Bernstein in seiner Hand hielt. Besser gesagt, was sich in seine Handfläche gebohrt hatte.»

«Mach es nicht so spannend.» Ilka griff zum Glas mit dem Orangensaft. Gut gekühlt. Sie liebte es.

«Eine Anstecknadel. So, als wenn er sie jemandem abgerissen hätte. Vielleicht im Handgemenge. Schwarz-Weiß-Rot. Mit Lorbeeren und … Hakenkreuz.»

«Bernstein war Jude.»

«Eben.»

Ilka kostete vom Honig und köpfte dann das Ei. «Hat es ähnliche Fälle gegeben? Ich meine in letzter Zeit? Übergriffe auf Juden?»

«Man merkt schon, dass du mit einem Criminalen liiert bist.»

Sie schüttelte den Kopf. «Liiert hast du gesagt.»

«Ich korrigiere: unverbindlich verbandelt.» Laurens lächelte sie an. «Nein. Bislang nicht. Nur die üblichen Raufereien zwischen Hakenkreuzlern, SA-Leuten und Kommunisten. Aber kein Tötungsdelikt. Auch wenn man das bei den sichergestellten Waffen manchmal in Absicht stellen könnte. Keine Woche, in der nicht bei irgendwelchen Scharmützeln irgendwer zusammengeschlagen wird.»

Ilka konzentrierte sich auf ihr Ei und dachte an das «Unverbindlich».

«Es sieht aber nicht nach einem gezielten Vorgang aus. Vielleicht etwas im Affekt … Wir tappen noch völlig im Dunkeln. Seine Frau weiß von nichts, sagt sie zumindest. Natürlich steht sie unter Schock. In der Bank ist man auch ratlos. Einen abendlichen Spaziergang an der Alster scheint Bernstein häufig gemacht zu haben, bevor er zu Hause einkehrte. Das meinte seine Frau.»

«Ich werde sie die Tage aufsuchen müssen. Allein was das Haus betrifft. Begleitest du mich?»

Laurens nickte. «Ganz bestimmt. Ich habe ohnehin noch einige Fragen an sie. Und das ist eleganter als eine erneute Vorladung. Am besten gleich heute. Was hast du den Tag über vor?»

«Ich möchte zu meiner Mutter nach Ohlstedt fahren, weiß aber noch nicht, wie viel Zeit das in Anspruch nehmen wird. Wir haben uns lange nicht gesehen, immer nur telephoniert. Ich schätze, gegen vier kann ich zurück sein. Lässt sich das einrichten?»

«Ich werde unser Kommen ankündigen. Hol mich einfach im Stadthaus ab. Ich warte auf dich.» Ein kontrollierender Blick zur Standuhr. «So, ich muss los.» Laurens erhob sich und tupfte sich die Mundwinkel mit der Serviette ab. «Noch irgendwo Reste vom Ei?»

Ilka schüttelte den Kopf und begleitete ihn zur Garderobe. Nachdem er seinen karierten Ulster zugeknüpft hatte, machte er einen Schritt auf sie zu und drückte ihr einen Kuss auf die Stirn. Dann schob er seine Hand unter ihren Morgenmantel. Er wusste, dass sie nichts darunter trug. Noch war es nachts nicht so kalt, dass man einen Pyjama oder ein Nachthemd brauchte. Seine Finger tasteten sich zu ihrem Po vor.

Sie schob ihn energisch von sich. «So, jetzt aber raus mit dir! Sonst kommst du zu spät.» Was natürlich Quatsch war. Um diese Zeit fuhren die Straßenbahnen im Minutentakt. Aber wenn sie sich jetzt auf ihn einließ – und das konnte ganz schnell passieren –, dann würde er sich verspäten. Und zwar nicht zu knapp. Er kniff ihr spielerisch in die Hüfte und zog die Hand zurück. Noch ein Kuss, dann setzte Laurens seinen Borsalino auf, griff sich Schirm und Aktentasche und verließ das Haus.

Ilka überlegte kurz, sich noch einmal in die Federn zu kuscheln, nahm von der verführerischen Idee aber Abstand und schaltete den neuen Europaempfänger ein, den Laurens vor kurzer Zeit gekauft hatte, nachdem sie sich darüber mokiert hatte, dass es kein Radiogerät im Hause gab. Er hatte sich nicht lumpen lassen und gleich das Beste vom Besten gekauft, einen Telefunken 40 mit Stationswähler. Ilka steckte sich eine Kyriazi No 6 an und begann, den Frühstückstisch abzudecken. Eigentlich rauchte sie im Moment OVAs oder Abdulla Standard, aber Laurens hielt die Kyriazis in einer hölzernen Box bereit, aus der er sich bediente, wenn ihm nach Tabak war.

Im Wohnzimmer drohte inzwischen der Wetterbericht mit erbärmlichen vier bis sieben Grad, Bewölkung und Regen bei östlichen Winden. Ilka blickte aus dem Fenster. Hamburger Grieselwetter. Richtig eklig. Und die Temperaturen sollten weiter fallen. Sie hatte Entsprechendes im Gepäck. Selbst an einen Satz wollene Unterwäsche hatte sie gedacht. Aber noch keine Spur von Frost, keine Spur von echtem Winter. Der große Kachelofen, den Laurens' Vater in der Villa hatte einbauen lassen, strahlte angenehme Wärme ab. Ilka legte noch ein paar Briketts und einen Armvoll Eichenscheite nach, dann zog sie sich um.

Ein Blick auf das Thermometer am Fenster ließ sie von Seidenstrümpfen Abstand nehmen. Die Bahnwaggons waren zwar geheizt, aber allein der Weg zur Station sprach für Wolle. Ilka wählte das braune Kleid mit den Glockenärmeln, dazu den schlanken Kerzenmantel mit den großen Aufschlägen an den Ärmeln und dem Opossum-Kragen, für den sie sich schon im frühen Herbst bei Hirschfeld eine farblich passende Knappe Glocke aus Filz gekauft hatte. Ein Hauch von Eleganz im Hamburger Schmuddelwetter. Immerhin. Der Regenschirm gehörte quasi zur hanseatischen Grundausstattung.

An der Station Sierichstraße kaufte Ilka einen *Anzeiger* für die Bahnfahrt. Kurz darauf saß sie im völlig überheizten Zug in Richtung Barmbeck und ließ den Stadtpark an sich vorbeiziehen. Die Viertelstunde im lausigen Wind auf dem Umsteigebahnsteig bestätigte sie in der Wahl ihrer Strümpfe. Erst in der Walddörferbahn legte sie Handschuhe und Kappe ab. Ab Wandsbek-Gartenstadt fand sie Gelegenheit, die Zeitung aufzuschlagen. Die Schlagzeilen betrafen die Politik am Bosporus, das Kraftmeiertum zwischen Hitler und Rupprecht sowie den Abbruch der Gleisanlagen im Rheinland auf Geheiß des französischen Generalstabs. Ilka fragte sich, wann da endlich Ruhe einkehren würde. So viele Jahre nach Kriegsende. Letztendlich noch ein Bericht über den Zusammenbruch der Bank für deutsche Beamte, einer Genossenschaftsbank mit immerhin mehr als 15 000 Mitgliedern. Dann ein Hinweis auf die heute bevorstehende Sonnenfinsternis. Keine totale, sondern eine ringförmige. Ilka musste lächeln, da man angesichts des wolkenverhangenen Himmels nicht allzu viel davon mitbekommen würde.

Sie warf einen flüchtigen Blick auf die Devisen- und Kursnotierungen der Hamburger Börse und die Kassakurse des Berliner Pendants. International wurden die Diskontsätze ermäßigt, so viel war ersichtlich. Die Frage war, ob die Reichsbank dem folgen würde. Alles Dinge, die sie mit ihrem neuen Berater in der Donnerbank besprechen musste. Ilka hatte das von Martin Hellwege geerbte Vermögen mit Bedacht angelegt, in Schweden, Frankreich, England und Amerika. Abgesehen von den Immobilien, war nur etwa ein Viertel des Kapitals auf Einlagen in Deutschland verteilt. Und das wurde von der Donnerbank verwaltet. Wirklich Sorgen machen musste sie sich nicht. Aber eins nach dem anderen.

Die Fahrt ging über Berne bis nach Volksdorf, wo sie auf den Zug in Richtung Hoisbüttel warten musste. Inzwischen hatte ein leichter Nieselregen eingesetzt. Hoffentlich hatte ihre Mutter gut eingeheizt. Das letzte Mal, als Ilka zu Besuch gewesen war, hatte Mathilda die unbewohnten und ungenutzten Zimmer abgesperrt und nur noch den kleinen Kamin im Salon befeuert, weshalb die ganze Villa völlig ausgekühlt gewesen war. Seit dem Tod ihres Mannes kam Tilda manchmal auf merkwürdige Ideen. Dabei hatte sie es eigentlich nicht nötig zu knausern.

Ilka versuchte, an etwas anderes zu denken. Seitenweise Werbung im *Anzeiger*. Da war sie von ihrer *Vossischen* anderes gewohnt. Man merkte eben, dass Hamburg eine reine Kaufmannsstadt war. Das schlug sich auch in den Zeitungen nieder. Die politischen Geschehnisse wurden auf zwei Seiten abgehandelt, meist fast unkommentiert. Aber auch die Baisse an den Börsen wurde nicht wirklich weiter diskutiert. Dafür ganzseitige Anzeigen für Kleidung. C&A, Karstadt, Peek&Cloppenburg und Brenninkmeyer. Alles auf Teilzahlung oder Kredit. Wintermäntel bei Ladage&Oelke zwischen Alsterarkaden und Neuem Wall, Waschmittelwerbung, seitenweise Stellenausschreibungen und Gesuche. Die Warenhäuser kündigten ihre Rekord-Tage an. Man merkte, es ging auf Weihnachten zu und jeder witterte sein Geschäft. Und dann die Theaterwerbung. Der Menge nach musste quasi an jeder Ecke der Stadt ein Tonfilmkino stehen. Im Emelka-Palast gab es *Der Frosch mit der Maske* von Edgar Wallace, das Waterloo-Theater in der Dammtorstraße warb fürs *Tagebuch einer Verlorenen* mit Louise Brooks, am Millerntor konnte man *Abenteuer* mit Charlie Chaplin sehen, und das Lessing-

Theater am Gänsemarkt zeigte Fritz Langs *Frau im Mond*. So ging es über mehrere Seiten. Man konnte den Eindruck bekommen, in Hamburg gäbe es mehr Filmkinos als in Berlin. Nur wenige Live-Veranstaltungen warben um Aufmerksamkeit, und wenn, dann hatten sie zweifelhaften Charakter.

Ilka dachte an Toska und was sie unternehmen konnten. Im Trocadero gastierten die Bon John Jazz Girls. Das klang allemal interessanter als das Programm des Alkazar auf der Reeperbahn, wo eine Sportrevue schöner Frauen angekündigt wurde, ein Pariser Revue Gastspiel sowie Amüsement im Planschetarium. Nein, der hiesige Kiez würde nie mit Berlin oder Paris gleichziehen können. Der fade Beigeschmack des Nepps blieb ihm auf immer angehaftet. Endlich Hoisbüttel. Ilka legte die Zeitung beiseite. Der Droschkenstand war übersichtlich besetzt.

Nach zehn Minuten setzte der Fahrer sie vor der nach Entwürfen von David gebauten prächtigen Villa ab, die mehr als Ersatz für das ehemalige Stadthaus in der Feldbrunnenstraße geboten hatte. Ein Viertelrund in Backstein. Das hohe Walmdach mit der Galerie von Gauben. Zehn Zimmer über die Etagen verteilt. Inzwischen viel zu groß, zumindest für eine Person. In Gedanken sah Ilka ihren Vater, der sie am Portal in den Arm nehmen würde. Sie kannte das Haus eigentlich nicht ohne ihn. Er hatte damals eingewilligt, das städtische Domizil aufzugeben und ins Umland zu ziehen. Wie viele Erinnerungen blieben ihr?

Ihre Mutter am Eingang wirkte einsam. «Welch schöne Überraschung.» Sie hatte immer noch diese mädchenhafte Erscheinung, diese Statur eines zarten Mädchens, auch wenn sie inzwischen graue Haare hatte und etwas gebückt wirkte. Aber im Kern war sie eine Kämpferin. Ilka nahm ihre Mutter in den Arm. «Schön, dass du da bist.»

Wider Erwarten war es warm im ganzen Haus. In den Kaminen loderten die Flammen. Tilda hatte sich Mühe gegeben.

«Was ist mit Agnes?», fragte Ilka. Ihr ehemaliges Kindermädchen, das sie ins Herz geschlossen hatte.

«Agnes hat mich vor einem halben Jahr verlassen», erklärte Tilda. «Es gab ja auch wirklich nichts mehr zu tun für sie. Sie hat eine nette Partie gefunden, einen ganz herzlichen Mann aus Duvenstedt. Vor zwei Monaten haben sie geheiratet. Ich freue mich für sie. Und sie schaut hin und wieder vorbei. Alles wird gut. – So, was kann ich dir anbieten?»

«Wonach dir ist.»

«Tee oder Kaffee? Für Wein ist es doch zu früh.»

«Gerne einen Kaffee.» Ilka nahm gegenüber dem Kamin Platz. «Und du kommst alleine zurecht? Was machst du denn den ganzen Tag über?»

«Was soll ich tun? Das Leben geht weiter. Hauptsächlich bin ich mit der Organisation des Hauses beschäftigt. Das zehrt ...»

«Vereinsamst du hier nicht langsam?»

«Ach was. Du glaubst ja nicht, wer mich alles besucht, wer sich alles meldet, wer an unserem Leben teilgehabt hat.»

Ilka fiel der Plural auf, in dem ihre Mutter sprach, auch wenn Sören seit langer Zeit nicht mehr an ihrer Seite war. Klar, sie hatte ihre Frauenrechtlerinnen, die hatte es immer gegeben. Aber Ilka bezweifelte, dass die wirklich hier ein und aus gingen wie früher. Das Haus wirkte wie eine Hülle, wie die abgestreifte Haut einer Schlange. «Du könntest dir etwas in der Stadt suchen. Wozu brauchst du zehn Zimmer?»

Mathilda zögerte. «Vielleicht hast du recht, aber ich mag mich nicht von den Erinnerungen trennen. Ich weiß nicht, ob du das verstehen kannst ...»

«Vermisst du ihn?»

«Wie könnte ich nicht?»

«Was soll ich sagen?»

«Ich denke, zwischen Vater und Partner bestehen noch gewisse Unterschiede.»

«Ja, entschuldige. Daran habe ich nicht gedacht. Ich kenne euch nur als Einheit.»

«Das waren wir, auch wenn dein Vater 44 und ich 26 war, als wir uns kennengelernt haben.»

Ilka versuchte sich vorzustellen, wie ihre Mutter auf ihren Vater gewirkt hatte, mit ihrer mädchenhaften Statur, der Stupsnase und den Sommersprossen, den goldgelben Augen, dabei fast einen ganzen Kopf kleiner als er selbst. «Du hast nie mit mir darüber gesprochen.»

«Muss man so etwas?»

«Jetzt vielleicht?»

Mathilda zögerte einen Augenblick. «Ich war damals eine unbedarfte junge Frau, die im Hamburger Stadtorchester Violine spielte. Ein Jahr war ich in der Stadt. Aus Berlin kommend. Parallel dazu gab ich Unterricht am Conservatorium. Deinem Vater bin ich zufällig nach einem Konzert von Gustav Mahler begegnet. Es hat sofort gefunkt, wie man heute sagt. Und bei ihm war es wohl ähnlich. Ich war eine überzeugte Sozialdemokratin, und er hatte sein Herz am rechten Fleck, auch wenn er nie Mitglied in der Partei werden wollte. Es war das Jahr der schlimmen Choleraepidemie.» Auf ihren Wangen zeichneten sich die kleinen Grübchen ab, die Ilka lange nicht bei ihrer Mutter gesehen hatte.

«David haben wir aufgenommen, lange bevor wir wirklich ein Paar wurden. Und dann hast du dich irgendwann angekündigt.»

Irgendwann? Ilka schluckte. Der Zeitrechnung nach musste es doch schneller gegangen sein, wenn sie an ihren Geburtstag dachte. Aber es war der falsche Augenblick, ihrer Mutter zu beichten, dass sie schwanger war. Nicht bevor sie mit Laurens gesprochen hatte. Nicht bevor sie sich darüber klar war, ob sie es wirklich wollte. Sie hatte keine Lust auf eine Grundsatzdiskussion über Moral und Verantwortung. Und ihre Mutter hatte, was das betraf, andere Wertvorstellungen. Auch wenn sie ihr nie einen Vorwurf ob ihres Lebensstils gemacht hatte, ahnte Ilka, dass sie ihr flatterhaftes und unstetes Leben in Wirklichkeit nicht guthieß. Sie hatte nicht nachgebohrt, was Ture betraf. Warum Ilka ihn nicht geheiratet hatte. Auch bei Laurens hielt sie sich diskret zurück. Wünschte sie sich Enkelkinder? Sie hatte nie darüber gesprochen. Auf der einen Seite die couragierte Sozialdemokratin und Frauenrechtlerin, auf der anderen Seite doch Mutter genug, solche Wünsche zu hegen.

Dass David und Liane keinen Nachwuchs in die Welt gesetzt hatten, damit schien sie sich abgefunden zu haben, denn inzwischen waren sie zu alt. David hatte ihr gegenüber mal erwähnt, dass sie es durchaus versucht hatten, zumindest nichts dagegen unternommen hätten. Vielleicht war einer von ihnen auch nicht zeugungsfähig. So genau hatte er es nicht gesagt und sie hatte nicht weiter nachgefragt, aber ein wirklicher Kinderwunsch hätte in Ilkas Augen auch anders ausgesehen. Vielleicht hatte ihre Mutter es auch deshalb akzeptiert, da David nicht ihr eigenes Kind war. Ob Blutverwandtschaft ihr wichtig war? Eigentlich passte das nicht zu Tilda.

«David war schon fünfzehn, als er zu euch kam, oder?», fragte sie.

Mathilda lächelte. «Fast. Er kam aus ganz ärmlichen Verhältnissen. Eine Waise, ein Straßenkind. Dein Vater hatte ja beruflich bedingt immer Kontakt zu ärmeren Bevölkerungskreisen. Er vertrat hauptsächlich eine Klientel aus der Arbeiterschaft, häufig auch aus dem Milieu von Kleinkriminellen. Und David lebte damals in einer Art Jugendbande unter der Obhut eines alten Ganoven, dem das Leben übel mitgespielt hatte, Hannes Zinken war sein Name. Kein wirklicher Verbrechertyp, eher so ein schrulliger Gelegenheitsgauner, der inzwischen zu alt war, selbst auf Beutezug zu gehen. David hatte für Sören etwas ausbaldowert und wäre dabei fast von wirklichen Verbrechern totgeschlagen worden. Sören hatte so ein schlechtes Gewissen, dass er Hannes Zinken versprach, David aufzunehmen und für seine Ausbildung zu sorgen ...» Mathilda seufzte. «So war er immer.»

«Na, das hat ja auch geklappt, wenn man bedenkt, was er heute für eine Stellung hat.»

«Ja, aber ... Nun, manchmal merkt man immer noch, dass er aus einem anderen Holz geschnitzt ist.»

«Das habe ich nie so empfunden. Oder meinst du seine körperliche Präsenz? Er hat nie einen Hehl aus der Tatsache gemacht, dass er notfalls auch bereit ist, sich auf anderem Wege für eine Sache einzusetzen, von der er überzeugt ist.»

«Ja, so in etwa ...» Mathilda machte einen tiefen Atemzug. «Was ist denn mit deinem Laurens? Werdet ihr irgendwann zusammenziehen? Es geht mich ja nichts an, aber wie lange kennt ihr euch inzwischen?» Sie tat, als rechne sie zurück, aber das war schlecht gespielt. «Über vier Jahre schon.»

«Mal sehen», erwiderte Ilka einsilbig. Laurens war ihrer Mutter allein deshalb suspekt, weil er Polizist war. Eine tiefsitzende Abneigung gegenüber der Polizei im Allgemeinen. Das stammte wohl noch aus Zeiten der Sozialistengesetze. Tilda hatte immer Wert darauf gelegt, dass sie damals bei der Roten Post aktiv gewesen war, als Schmugglerin verbotener Dokumente zu den Druckereien. Man hatte sie immer unkontrolliert über die Grenze gelassen, weil sie mit ihrer Erscheinung so unverfänglich, ja unbescholten gewirkt hatte. Und nun war ihre Erstgeborene mit einem Criminalen verbandelt. Dazu noch *unverbindlich*. Ilka musste schmunzeln.

«Ich meine ja nur ... Ihr könntet doch hier ... Das Haus ist ja nun wirklich groß genug. Früher haben hier neben uns noch David und Liane sowie Robert und Agnes gewohnt.»

Es war klar, worauf die Sache hinauslief. Ein schneller Themenwechsel war angesagt. «Was macht denn Robert überhaupt? Ich habe ihn eine Ewigkeit nicht gesehen und du hast dich in deinen Briefen auch immer zurückgehalten, was ihn betraf.»

«Ach ...» Mathilda rollte mit den Augen. «Er hat

eine Zeitlang hier gewohnt. Als er aus München zurückkam.»

«München? Ich dachte ...»

«Ja, er war nach dem Studium für etwas über ein Jahr in München. Irgendeine berufliche Assistenz. Als Einstieg ins Berufsleben. Aber das war ihm hier in Ohlstedt wohl zu weitab vom Schuss. Genau wie bei David und Liane damals. Der Weg in die Stadt ist einfach zu umständlich.» Auf ihrer Stirn zeichneten sich Sorgenfalten ab. «Jetzt hat er eine Wohnung in St. Georg. Habe ich dir die Anschrift nicht gegeben?»

«Du erwähntest nur, dass er in St. Georg wohnt. Aber was genau macht er denn?»

«Die Adresse schreibe ich dir gleich auf. Was er macht?» Tilda zuckte entschuldigend mit den Schultern. «Ganz ehrlich? Ich weiß es nicht genau. Er arbeitet wohl als Jurist, aber in ganz anderen Kreisen als dein Vater. Wusstest du eigentlich, dass dein Vater ursprünglich Mediziner werden sollte? Sören hatte sogar ein abgeschlossenes Studium der Medizin. Erst danach hat er sich als Jurist ausbilden lassen. Und weißt du, wer ihm das Studium der Jurisdiktion finanziert hat? Seine Eltern wollten ja unbedingt einen Medicus und durften davon nichts wissen. Das war sein Freund Martin, dein Gönner. Er hat alles bezahlt.»

Sie wollte von etwas ablenken, Ilka merkte es sofort. Irgendetwas war da krumm. «Was heißt *in anderen Kreisen*?», lenkte sie das Gespräch zurück zu Robert.

«Erzkonservative Gestalten. Ein paar von ihnen waren hier mal zu Besuch. Ich konnte nichts mit ihnen anfangen. Nein, ehrlich gesagt waren sie mir suspekt. Als ich Robert sagte, ich schätze seine Freunde nicht besonders, ist er kurz darauf ausgezogen. Ich habe ihn jetzt schon länger nicht gesehen.» Es klang etwas hilflos. Regentropfen prasselten gegen die Scheiben.

Es war kurz nach vier, als Ilka das Stadthaus betrat. Der Abschied in Ohlstedt war ihr nicht schwergefallen. Wirkliche Sorgen machte sie sich nicht um ihre Mutter. Körperlich war sie fit, und einsam hatte sie auch nicht gewirkt. Alles andere würde sich zeigen. Natürlich hatte sie einen erneuten Besuch für die Tage angekündigt. Vielleicht sollte sie etwas Unverfängliches zu dritt organisieren, einen Theaterbesuch, ein Konzert oder wenigstens ein Essen in der Stadt. Bei Laurens am Leinpfad gab es noch zwei Gästezimmer. Und nach Tildas Erzählungen hatte sie früher sogar auf Sackleinen geschlafen. Aber ihrem Bruder musste sie wohl wirklich mal auf den Zahn fühlen.

«Deine Pünktlichkeit erscheint mir fast unheimlich», meinte Laurens nur und griff nach seinem Mantel. «Wir sind angekündigt. Soll ich den Fahrdienst verständigen, oder nehmen wir eine Droschke?»

«Droschke», sagte Ilka. «Ich soll dich grüßen.» Es war geschmeichelt – und gelogen. Mathilda hatte nichts dergleichen gesagt.

Die Villa lag an der Südseite der Alten Rabenstraße. Ihr Äußeres unterschied sich grundlegend von den übrigen Villen und Häusern der Straße, denn die Fassaden waren in hellem Backstein ausgeführt, was dem Ensemble einen fast unfertigen Charakter verlieh. Nur die Gesimse und Fenstereinfassungen sowie der spärliche Giebelschmuck waren aus Sandstein. Derlei Backsteinrohbauten gab es einige in der Stadt, aber meist zitierten sie die Formensprache der Gotik und nicht die der Renaissance. Die Villa wirkte wie ein verwunschenes Märchenschloss, was vor allem an dem übereck angegliederten Turm und dem Umstand lag, dass die Fassade teils bis zur Traufe von Efeu, wildem Wein und anderen Ranken bewachsen war. Fast wie ein Dornröschenschloss. Ein schlichter schmiedeeiserner Zaun fasste das schmale Grundstück ein, zur Rechten gab es eine lange Auffahrt, die zum seitlich gelegenen, überdachten Portal führte und in einer Schleife im hinteren Teil des Gartens endete.

Von der Straße aus vermochte man die wirkliche Größe des Gebäudes nicht einzuschätzen. Ilka erinnerte sich an sechs große Räume je Etage. Dazu mehrere Loggien, terrassenartige Balkone und eine überdachte Veranda im Erdgeschoss. Onkel Martin hatte das ganze Haus, das sich ursprünglich ein ehemaliger Senator der Stadt hatte erbauen lassen, alleine bewohnt. Er war bis zu seinem Tod unverheiratet geblieben und hatte sich strikt geweigert, festes Personal einzustellen. Es hatte nur eine Putzhilfe und einen Gärtner gegeben, die aber nicht im Haus gewohnt hatten und auch nur ein- bis zweimal die Woche gekommen waren. Viele Räume hatten leer gestanden oder waren von Martin Hellwege zweckentfremdet worden. Die im Keller gelegene Küche etwa hatte er nie genutzt. Fürs Frühstück und zum Anrichten kalter Speisen hatte ihm eine kleine Küche im Erdgeschoss gedient.

Und für warme Speisen hatte Onkel Martin immer die vornehmsten Lokale der Stadt aufgesucht. Ilka hatte ihn plötzlich vor Augen, den behäbigen, etwas übergewichtigen Genussmenschen, auf der Veranda sitzend oder im

Ohrsessel in der Bibliothek; stets ein schelmisches Lächeln auf den Lippen und ein Glas Rotwein in der Hand. Bevor sie das Haus hatte vermieten können, waren umfangreiche Umbauten und Modernisierungen notwendig gewesen.

Inzwischen gab es ein Mädchen, das sie freundlich an der Tür begrüßte, die Mäntel entgegennahm und sie in den Salon führte, wo Simon Bernsteins Frau Sarah und deren Bruder Aaron Wiese auf sie warteten.

«Es tut mir sehr leid, was geschehen ist», eröffnete Ilka das Gespräch und reichte Sarah Bernstein die Hand.

«Ich danke Ihnen, dass Sie sich die Zeit nehmen konnten, extra von Berlin aus anzureisen.» Sarah Bernstein bot ihnen Platz am Tisch an. «Sie entschuldigen … ich bin immer noch so durcheinander.»

«Das ist doch verständlich. Mit so etwas rechnet doch niemand.»

«Allerdings nicht. Ich weiß gar nicht, wie es weitergehen soll.»

«Erst einmal sollten Sie alles ordnen», sagte Ilka vorsichtig.

«Der Zins ist bislang pünktlich entrichtet worden.»

«Darüber machen Sie sich in der derzeitigen Situation mal keine Gedanken. Es ist nicht so, dass ich wegen eines Verzugs verhungern würde.» Es sollte aufmunternd klingen, aber für jemanden, der gerade seinen Partner und Ernährer verloren hatte, war es sicherlich nebensächlich. Ein Signal sollte es dennoch sein.

«Aber so wird es nicht bleiben», meinte Sarah Bernstein. «Ich weiß nicht, wie es weitergehen soll. Wir werden … Ich werde mir das Haus ohne die Einkünfte meines Gatten nicht leisten können.»

«Ich habe dir doch angeboten, dass du mit den Kindern fürs Erste bei uns unterkommen kannst», warf ihr Bruder ein.

Sarah Bernstein gab ein Schluchzen von sich. «Das kam alles so überraschend. Auch die Kündigungsfrist werde ich vielleicht nicht einhalten können. Wir sind gerade dabei, die verbindlichen Posten meines verstorbenen Gemahls zu prüfen. Das wird sicherlich einige Reserven ans Tageslicht fördern. Er war so vorausschauend.»

«Wie gesagt. Machen Sie sich um unseren Kontrakt keine Gedanken. Ich bin nicht daran interessiert, hier irgendwelche Geschütze aufzufahren. Aber eine zeitnahe Entscheidung, wie es weitergehen soll, wäre schön.»

«Selbstverständlich», meinte Aaron Wiese. «Wir werden so schnell wie möglich eine Lösung finden.» Er wirkte merkwürdig unbeteiligt. So, als wenn der weitere Verlauf der Dinge bereits feststünde.

«Ich hätte da noch ein paar Fragen an Sie», warf Laurens ein. «Wenn Sie sich dazu in der Lage fühlen.»

Aaron Wiese wollte Einhalt gebieten, aber seine Schwester kam ihm zuvor: «Aber natürlich.»

«Nach unseren bisherigen Recherchen können wir ein Kapitalverbrechen nicht ausschließen», hob Laurens ganz professionell an. Den Fund der Anstecknadel behielt er offenbar ganz bewusst für sich. «Dass Ihr Gemahl ohne Fremdeinwirkung in die Alster fiel und ertrank, halten wir für sehr unwahrscheinlich. Der Gerichtsmedizin nach war er völlig nüchtern.» Er räusperte sich verlegen. «Nach Ihren Angaben liegt kein Grund für einen Suizid vor. Also müssen wir in Erwägung ziehen, dass er gestoßen wurde. Ob mit Absicht oder im Affekt, wissen wir nicht. Gibt es irgendetwas in letzter Zeit, das einen gezielten Angriff erklären könnte? Es könnte auch etwas sein, das für Sie völlig belanglos wirkte. Es ist wichtig für uns, jedwede Sache oder Besonderheit in letzter Zeit zu kennen. Gibt es irgendwelche Dinge, von denen Sie wissen?»

Sarah Bernstein zuckte mit den Schultern. «Wenn Sie berufliche Dinge meinen: Darüber haben wir kaum gesprochen. Aber wenn es etwas Wichtiges gegeben hätte ... davon hätte er mir sicherlich erzählt.»

«Was die Seriosität meines Schwagers angeht, lege ich die Hand für ihn ins Feuer», warf Wiese ein. «Er war stets aufrichtig und korrekt.»

«Es muss nicht zwingendermaßen etwas gewesen sein, für das sein Handeln verantwortlich war», antwortete Laurens.

«Ausgeschlossen», meinte Wiese. «Fragen Sie in der Bank nach.»

«Das werden wir so oder so tun», sagte Laurens. «Es ging mir mehr darum, ob es eventuell etwas Außergewöhnliches gegeben hat, das ihn beschäftigt haben könnte. Sorgen. Welcher Art auch immer.»

«Nein», meinte Wiese knapp. «Bestimmt nicht. Das wäre mir aufgefallen.»

«Nun denn ...» Laurens erhob sich und sagte zu Sarah Bernstein: «Wenn Ihnen noch etwas einfallen sollte, und sei es nur eine Kleinigkeit ...» Er reichte ihr die Hand. «Wir sind jederzeit für Sie erreichbar.»

«Wie schätzt du die Sache ein?», fragte Laurens, als sie bei einem Glas Wein im Wohnzimmer beisammensaßen. «Ist dir was aufgefallen?»

«Dieser Aaron Wiese gefällt mir nicht», entgegnete Ilka. «Der wirkt merkwürdig professionell. Was macht der?»

«Haben wir bereits überprüft. Ist ein Juwelier. Ohne Fehl und Tadel. Keine Einträge. Ein unbeschriebenes Blatt. Aber du hast recht. Mir gefällt sein Gebaren auch nicht. Er wirkt aalglatt und geschäftsmäßig, dabei ist sein Schwager gerade gewaltsam ums Leben gekommen.»

«Du meinst also auffällig unauffällig.»

Laurens grinste. «Könnte man so sagen. Ich werde ihn auf jeden Fall im Auge behalten.».

KAPITEL 3

Montag, 4. November 1929

Die Häuser in der Langen Reihe waren das Spiegelbild eines Ortes, der sich nur langsam vom einstigen Quartier elenden Handwerks und anrüchiger Gewerke zum innerstädtischen Stadtteil entwickelt hatte. Ein Stadterweiterungsgebiet der ersten Stunde mit baulichen Rudimenten aus jeder Epoche. In einigen Hinterhöfen waren noch Überbleibsel aus der Zeit der Torsperre erhalten geblieben. Ein paar der Häuser im Straßenzug, meist giebelständig errichtet und mit niedriger Traufe, mussten um die Mitte des letzten Jahrhunderts erbaut worden sein. In direkter Nachbarschaft standen inzwischen aber vor allem gründerzeitliche Spekulations- und Zinshäuser, hohe Etagenhäuser mit Backstein- und Putzfassaden. Einige beherbergten Ladengeschäfte im Erdgeschoss, es gab aber auch schlichte Fachwerkbauten und dunkle Terrassenhöfe. Ilka musste über sich selbst staunen, dass ihr die bunte Mischung erst jetzt auffiel, denn sie war auf dem Weg zu Toska oft genug hier lang gelaufen. Es mochte daran liegen, dass es solch natürlich gewachsene Straßenzüge in Berlin kaum noch gab.

Toska wohnte am nördlichen Ende an der Ecke zur Schmilinskystraße, würde aber nicht vor drei Uhr zu Hause sein. Bis dahin blieb Ilka noch fast eine Stunde. Robert hatte keinen Telephonanschluss, und wenn doch, dann war Tilda seine Nummer nicht bekannt. Sie musste es also auf gut Glück versuchen. Die Nummer 34 war eines der hohen Zinshäuser, wie sie gegen Ende des letzten Jahrhunderts erbaut worden waren, vier Fensterachsen über fünf Etagen mit prächtigem Fassadenschmuck. Direkt daneben ein altes Fachwerkhaus, das so wirkte, als habe man es zwischen die Brandmauern der hohen Etagenhäuser geschoben. Auch dies ein Überbleibsel aus einer Zeit, als St. Georg noch das Quartier der Siechenhäuser und des Spitals gewesen war, zudem Sammelbecken all der Gewerbe, die Schmutz und Gestank mit sich brachten, Bleicher, Gerber und Mastbetriebe. Alles, was Unrat oder strenge Gerüche produzierte, war hier angesiedelt gewesen.

Das Treppenhaus roch nach frischem Bohnerwachs, glänzendes Linoleum auf der hölzernen Treppe, ordentlich drapierte Puschen vor den Wohnungstüren. Roberts Name fand sich auf einem Türschild in der zweiten Etage. Unter anderem. Bischop und Tegeler. Er wohnte also nicht alleine. Keine Reaktion auf die Türschelle. Auch der zweite Anlauf blieb unbeantwortet. Nun, einen Versuch war es wert gewesen. Ilka kramte ihr Notizbuch aus der Handtasche und schrieb eine knappe Nachricht mit Laurens' Telephonnummer sowie einem herzlichen Grußwort, dass sie sich freuen würde, von ihm zu hören, klemmte den Zettel hinter die Türklinke und machte sich auf den Rückweg.

Auf dem untersten Treppenabsatz im Hochparterre war ein Stapel Zeitungen deponiert. Ilka stach der Satz *Schandfrieden von Versailles* ins Auge, der in altmodisch anmutender Fraktur auf der Titelseite gedruckt war. Für so etwas hatte sie auch im Vorbeilaufen ein Auge. Daneben zu beiden Seiten die Versalien der Nationalsozialisten. Die *Hansische Warte*, lokales Kampfblatt der NSDAP. Ilka hatte flüchtig davon gehört, aber bislang noch kein Exemplar in den Händen gehabt. Als sie sich bückte, um den Text des Aufmachers zu lesen, öffnete sich plötzlich die Wohnungstür hinter ihr.

«Kann ich helfen?», krächzte es ihr heiser entgegen. Ein gedrungener, glupschäugiger Mann stand im Türrahmen und stemmte die Hände in die Hüften. Ilka wich erschrocken zurück. «Die gehören mir!» Der Mann musterte sie und rang sich dann ein verkniffenes Lächeln ab. «Aber Sie dürfen sich gerne bedienen, schöne Frau.»

Ilka fühlte sich ertappt. Hatte es so ausgesehen, als wenn sie eine der Zeitungen hatte an sich nehmen wollen? Sie lehnte dankend ab und verließ zügig das Haus.

Um kurz nach drei klingelte Ilka an Toskas Tür, nachdem sie einen Gang durchs Viertel gemacht hatte, um die Zeit zu überbrücken. Zumindest kurz an die Alster, ein sehnsüchtiger Blick auf den innerstädtischen See mit dieser zauberhaften Kulisse von Wasser und Grün. In der Ferne die Kirchtürme der Stadt. Tatsächlich waren noch zwei Segelboote auf dem Wasser auszumachen. Wirklich kalt war es nicht, und es hatte aufgehört zu nieseln. Möwen hatten sich in die Stadt verirrt und kreisten schreiend über dem Wasser. Die Masten neigten sich im Takt den Böen.

«Endlich bist du mal wieder in der Stadt.» Toska fiel ihr förmlich um den Hals. «Es ist fürchterlich unaufgeräumt, entschuldige bitte.»

«Ich bin nicht gekommen, um irgendwas zu kritisieren oder zu kommentieren.» Ilka legte ihren Mantel ab, schlüpfte aus ihren Pumps. «Schön, dass du jetzt etwas mehr Zeit für dich hast. Zumindest im Winter ist es doch schön, noch vor Sonnenuntergang zu Hause zu sein, oder?»

«Allerdings. Andererseits ... es kostet schon unverhältnismäßig viel.»

«Seit wann hast du eine Angestellte?»

«Eine?» Toska stöhnte. «Nein, zwei. Aber jeweils nur halbtags. Das schien mir rechnerisch günstiger. Zumindest bislang. Jetzt wo die Erwerbslosen- und Versicherungsbeiträge angezogen werden, muss ich die Rechnung noch mal aufmachen. Es kann nicht sein, dass die Selbständigen allein die Zeche zahlen.»

«Ach komm», meinte Ilka, «das kannst du dir doch leisten.»

«Ja, vielleicht, aber es ist so ungerecht.»

«Was wollen wir unternehmen?»

«Heute? Nichts. Ich bin platt. Aber die Tage? Wie lange bist du hier?»

«Erst mal bin ich hier. Keine Ahnung, für wie lange. Komm, du hast sonst auch immer Programm in petto. In die Kammerspiele? Ins Curiohaus? Du hast doch sicher ein Programm. Was sind denn die Bon John Jazz Girls? Das klingt ganz annehmbar.»

«Und was sagt dein Laurens?»

«Nee, ich wollte eigentlich mit dir ...» Ilka musste lachen. «Also nur wir beide.»

«Ja, recht hast du. Freut mich. Aber ganz ehrlich ... bislang hatte ich nicht den Eindruck, dass du mit Laurens wirklich ... Also, ich will dir nicht zu nahe treten, aber etwas Endgültiges?»

«Nun, es könnte sein.»

«Weil? Ist er so talentiert?» Toska rollte mit den Augen.

«Vielleicht bin ich schwanger von ihm.» Es kam ganz selbstverständlich. Sie hätte es selbst nicht gedacht.

«Nein.» Toska sackte förmlich zusammen. «Das meinst du nicht ernst!»

«Zwei Monate überfällig», entgegnete Ilka. «Also doch sehr wahrscheinlich. Wenn ich nur wüsste, dass es wirklich von ihm ...»

«Er weiß also noch nichts?», unterbrach Toska aufgeregt.

Ilka schüttelte den Kopf. «Kann auch sein, dass Ture ...»

«Oh Mann, in deiner Situation möchte ich sein. Du kannst also nicht von ihm lassen?»

«Was soll ich denn tun? Die sind beide ... also ... Ture. Nun ja, das ist mehr so ein Selbstgänger, da kann ich mich nicht gegen wehren. Aber Laurens? Ich könnte mir schon vorstellen ...»

«Und er weiß nichts?»

«Noch nicht», entgegnete Ilka.

«Wann willst du es ihm sagen?»

«Ich weiß ja noch nicht einmal, ob ich es wirklich will.»

«Ach so. Verstehe.» Toska wartete einen Augenblick «Also ich kenne da einen ...»

«Das war es nicht, was ich hören wollte.»

«Entschuldige, ich dachte nur ... Also, falls du dich beraten lassen willst ...» Toska erhob sich, kramte in einer Schatulle und kam mit einer Visitenkarte zurück. «Wenn, dann solltest du ihn konsultieren. Er macht so etwas auch selber, hat Erfahrung.»

Ilka nahm die Karte entgegen. «Danke.»

«Und du kannst dir Laurens wirklich als Vater deines

Kindes vorstellen? Ich dachte, er sei mehr so ein Abenteuer für dich?»

«Ist er ja auch. Aber je mehr ich darüber nachdenke ... Klar, er sieht phänomenal aus, ein guter Liebhaber ist er allemal ... Und sein Herz ist auch am rechten Fleck.» Ilka wurde schlagartig bewusst, dass sie gerade ihre Mutter zitierte, als die über ihren Vater gesprochen hatte.

«Und er ist Beamter, eine gute Partie.»

«Wie meinst du das? Mein Vermögen sollte ausreichen, solche Sortierkriterien von vornherein auszuschließen.»

«Damit kann ich leider nicht aufwarten», entgegnete Toska. «Im Gegensatz zu den Verbeamteten bluten wir Selbständige gerade aus. Wie ungerecht ist es zum Beispiel, dass wir Arbeitgeber einen großen Teil der Erwerbslosenversicherung zahlen müssen? Wir leisten doch allein dadurch ein soziales Werk, dass wir Angestellte oder Arbeiter beschäftigen. Warum also sollen wir außerdem für Arbeitslose zahlen? Wäre es nicht viel gerechter, wenn alle Berufstätigen mit einem Abzug vom Gehalt den Beitrag für die Erwerbslosenunterstützung leisten? Und da sind die Beamten wegen ihrer gesicherten Stellung meines Erachtens besonders gefordert. Denen geht es doch in dieser für die Wirtschaft schweren Zeit noch am besten. Die Arbeitgeber wie ich etwa, deren Zukunft nicht durch Pension, Altersrente und staatliche Krankenkasse gesichert sind, die in ihren Betrieben so viel Abgaben zu leisten haben, sollten von dieser ungerechten Beitragszahlung befreit werden.»

«Aus deiner Sicht kann ich dir nur recht geben.»

«Was heißt aus meiner Sicht? Das ist der Stand der Dinge. Es kann sich doch kaum mehr einer was leisten.

Die Arbeitslosenversicherung, die Krankenversicherung … Das frisst alles auf. Und die Ortskrankenkasse muss ihre Leistungen aufgrund der Verteuerung der Krankenhausunterbringung senken. Wo soll das denn hinführen? Und die Politik? Sagt, wir sollen uns am Riemen reißen und sparen. Schön und gut, aber wovon? Das Pfund Butter kostet inzwischen zwei Mark.»

«Und? Musst du dir deshalb Rama im Blauband statt Butter aufs Brot schmieren? Ich glaube kaum …»

«Natürlich nicht.» Toska grinste kurz, dann wurde sie wieder ernst: «Aber die derzeitige Politik weiß keinen Ausweg aus der Misere. Das geht schief, wenn du mich fragst.»

«Hast du eine Alternative?», fragte Ilka.

«Man muss die Menschen in Lohn und Arbeit bringen, ihnen eine Perspektive geben.»

«Geschieht das denn nicht? Zumindest ansatzweise? Die staatlichen Förderprogramme sind doch eine gute Basis. Vor allem im Bauwesen funktioniert das doch vorbildlich.»

«Ja, natürlich. Aber du vergisst, dass nicht alle Arbeitslosen Maurer oder Bauhandwerker sind.»

Ilka sah sich im Zimmer um und entdeckte etwas, womit sie bei Toska am allerwenigsten gerechnet hatte. Ein Exemplar der *Hansischen Warte*, das sie gerade eben im Treppenhaus bei Robert in Augenschein genommen hatte. «Liest du so etwas?», fragte sie, stand auf und griff nach der Zeitung.

«Warum nicht?», sagte Toska. «Die werden hier im Viertel gerade kostenlos verteilt. Seit Wochen schon. Gar nicht so schlecht, was die Nationalsozialisten anprangern. Ihr Programm. Und Lösungsvorschläge liefern sie auch. Anders als die derzeitige Regierung immerhin. Also keine Durchhalteparolen, sondern alternative Ansätze.»

«Die Hetze gegen Juden findest du gut?»

«Ha. Es geht ja nicht nur gegen Juden. Goebbels sagt, man muss die Gefahr einer rechten Revolution im Auge behalten, nicht nur die Kommunisten. Was soll daran falsch sein? Das zielt doch auch gegen Hugenberg mit seiner DVP. Der fürchtet eine Abwanderung seiner Wähler zu der Hitler-Bewegung. Und ich kann mir gut vorstellen, dass er recht behalten wird.»

«Damit hast du meine Frage nicht beantwortet. Die Hakenkreuzler wettern eindeutig gegen Juden.»

«Ach ...» Toska machte eine wegwerfende Handbewegung. «Glaube ... Das interessiert mich doch nicht.»

Ilka war kurz davor, wütend zu werden. «Die Hälfte eurer Hamburger Senatoren dürfte durch jüdische Erziehung beeinflusst sein. Es geht ja nicht darum, dass sie den Glauben lehren oder danach leben, aber sie haben sich daraus entwickelt. Und die Nationalsozialisten sprechen dem Judentum per se jegliche Daseinsberechtigung ab. – Laurens ist übrigens auch in einem jüdisch geprägten Haushalt aufgewachsen. Und dennoch hat er mit der Religion wenig am Hut. Zumindest lebt er nicht danach.»

«Nun nimm das doch nicht gleich persönlich», wiegelte Toska ab. «Man darf sich doch wohl noch mit solchen Gedankenspielen auseinandersetzen. Es ist ja nicht so, dass die Juden hier die Oberhand hätten, aber der Einfluss ihrer Kultur ist zumindest nicht von der Hand zu weisen. Ich kenne geschäftlich so viele Juden, denen es zu diesen Zeiten einfach zu gut geht.»

Ilka dachte an Simon Bernstein. Auch er ein Jude.

«Was macht die Fliegerei?», fragte Toska. Eindeutig ein Ablenkungsmanöver.

«Ich würde gerne, aber einerseits steht meine Maschine in Schweden zur Überholung, andererseits ist es mir ehrlich gesagt in dieser Jahreszeit auch zu kalt.»

«Ich bin noch nie geflogen», gestand Toska.

«Du würdest es lieben. Es gibt nichts Atemberaubenderes.»

«Man liest ja so einiges. Dieser französische Pilot, der auf dem Mont Blanc gelandet ist. Das muss man sich mal vorstellen ...»

Ilka nickte. «Du meinst diesen Marinier. In der Tat, das war ein wirkliches Husarenstück. In Toulon gestartet und dann am Observatorium neben dem Gipfel im Schnee gelandet. Wahnsinn.» Ihr schauderte. Berge waren eine Herausforderung, der sie bislang widerstanden hatte. Aber irgendwann würde sie auch Berge angehen ... anfliegen. «Also, was unternehmen wir?»

«Ich schlage das Scala Tanz-Casino am Schulterblatt vor. Einfach nur so. Wir werden schon Eintänzer finden.» Toska lachte. «Morgen gibt es eine Aufführung von Valeska Gert in den Kammerspielen. Ich habe sie einmal erlebt. Ein zweites Mal ist aber nicht unbedingt nötig. Das ist mir zu expressiv. Und dann tanzt Mary Wigman im Curiohaus, wie mir zu Ohren gekommen ist. Das ist aber inoffiziell. Die eigentliche Erstaufführung soll in Berlin stattfinden. Vielleicht kannst du was über die Frau deines Bruders arrangieren? Die arbeitet doch fürs Curiohaus? Oder bist du dann schon wieder zurück in Berlin?»

«Ich schaue mal, was sich arrangieren lässt. – Bist du

eigentlich solo?», fragte Ilka ganz unverblümt. Normalerweise hatte Toska jede Menge wechselnde Beziehungen. Immer nur für kurze Zeit, etwas Längeres wollte sich einfach nicht ergeben.

«Nun ja, im Moment schon. Das wird auch nicht einfacher, wenn man in die Jahre kommt.»

«Mach mir keine Angst. Wir sind ein Jahrgang.»

«Aber ich habe keine Anwärter wie du. Laurens und Ture ... Der mit seiner Sippschaft in Schweden. Ich würd den ganzen Kram hier verramschen und da hoch nach Stockholm, wenn ich du wäre. Schon längst!»

«Wenn es so einfach wäre.» Ilka lachte leise. «Es ist nicht so, wie du denkst. Nicht der lockere Umgang, das einfache Kollektiv, dieses liberale Miteinander. In den Kreisen, in denen sich die Sjöbergs bewegen, gibt es ein ganz klares Protokoll. Offiziell zumindest. Und das ist unglaublich spießig. Da gibt es keine Freiheiten, keine Individualität. Das ist ja auch der Grund, warum ich Tures Werben widerstanden habe.»

Toska zuckte mit den Schultern. «Nun, dann bist du eben mal eine Zeitlang Klischee.»

«Nein, nicht mit mir. Das geht gar nicht. Meine Selbständigkeit lasse ich mir nicht nehmen. Die steht über allem.»

«Auch über einem Kind?»

Ilka brauchte einen Moment, um sich die Möglichkeit vor Augen zu führen. «Darüber habe ich mir ehrlich gesagt noch keine Gedanken gemacht.»

David war sichtlich überrascht, als ihm Ilka im Büro des Hochbauamts in die Arme fiel. «Du hättest doch etwas sagen können, dass du mal wieder in der Stadt bist, meine Schöne.»

Ilka stellte sich auf die Zehenspitzen und drückte ihm einen Kuss auf die Wange. «Du bist doch ständig in irgendwelche Dinge eingebunden, die keinen Aufschub dulden. Da dränge ich mich nicht auf.»

«Bist du etwa mit deinem Flieger …? Bei den Temperaturen?»

«Nein, diesmal mit der Bahn.»

«Da bin ich ja beruhigt. Wie lange bist du hier? Wie lange bleibst du?» David rückte einen Stuhl für sie zurecht und bedeutete Ilka, Platz zu nehmen. Die Mitte des Raumes nahm ein riesiger Tisch ein, auf dem das Modell einer gigantischen Wohnsiedlung stand.

«Nun, der Anlass, warum ich hier bin, ist eigentlich nicht schön. Der Mieter einer meiner Häuser ist tot aus der Alster gefischt worden, und so wie es aussieht, ist er nicht freiwillig ins Wasser gegangen.»

«Ein Unfall?», fragte David.

Ilka schüttelte den Kopf. «Eher nicht. Die Kripo ist der Meinung, da hat jemand nachgeholfen.»

«Ein Tötungsdelikt also? Ein Bankier? In der Zeitung habe ich von einer Wasserleiche an der Krugkoppel gelesen, das aber nicht mit dir in Verbindung gebracht.»

«Simon Bernstein ist sein Name. Er hatte mit seiner Familie die ehemalige Villa von Onkel Martin gemietet. Ein Jude. In seiner Hand fand die Polizei einen Hinweis darauf, dass es möglicherweise einen antisemitischen Hintergrund für die Tat geben könnte, eine Anstecknadel mit einem Hakenkreuz.»

«Was heißt dann *könnte*? Das ist doch wohl eindeutig.

Dreckspack, elendiges! Man liest ja so einiges ... Ständig geraten Stahlhelmer und Hakenkreuzler mit Kommunisten aneinander. Man hat sich schon fast an die Meldungen gewöhnt. Aber jemanden bei den Temperaturen ins Wasser zu werfen? Das ist doch Mord!»

Ilka zuckte mit den Schultern. «Es gibt keine Zeugen und bis auf diese Nadel auch keine Beweise. Laurens ist jedenfalls dran an der Sache.»

David lächelte. «Alles in Ordnung mit euch?» Laurens war ihm sympathisch, das hatte ihr David schon nach ihrem ersten Kennenlernen mitgeteilt. Es mochte auch daran liegen, dass beide eine ähnlich Präsenz hatten, auch wenn David mit seiner hünenhaften Erscheinung noch mal um einiges mächtiger wirkte.

«Bis auf den Umstand, dass uns ein paar hundert Kilometer trennen, könnte es nicht besser sein. Vielleicht ist es aber auch gerade diese Distanz, weshalb es harmonisch läuft. Man tritt sich nicht ständig auf die Füße.»

«Und beruflich? Irgendwelche Veränderungen in Sicht?»

«Warum sollte das erstrebenswert sein? Gut, wenn die *Vossische* eine Redaktion hier in der Stadt aufbauen sollte, würde ich mir einen Wechsel wohl durch den Kopf gehen lassen. Aber sonst? Ich habe meine Freiheiten, kann mir die Arbeitszeit mehr oder weniger selbst einteilen, verstehe mich mit dem Chefredakteur bestens. Was will ich mehr?»

«Ein wenig beneide ich dich», entgegnete David. «Mein Terminkalender ist derart voll, dass ich eigentlich eine Seite mehr pro Tag benötigen würde. Es ist ja nicht nur meine eigentliche Arbeit. Nein, es sind auch Verpflichtungen, die ich übernehmen muss. Und sei es nur, um Schumacher zu entlasten. Am nächsten Mittwoch zum Beispiel. Da wird der Naumannplatz am Dulsberg eingeweiht. Ein Gelände, das die gemeinnützige Kleinwohnungs-Bau-Gesellschaft ‹Freie Stadt› bebaut hat. Parallel dazu findet das Richtfest des letzten Baublocks mit 380 neuen Wohnungen statt. Eigentlich haben wir damit nichts mehr zu tun. Wir hatten nur die Entwürfe der Architekten Klophaus, Schoch, zu Putlitz revidiert und etwas angepasst, aber Dr. Petersen hält eine Rede, und wenn der Bürgermeister kommt, muss das Hochbauamt natürlich vertreten sein. Ein ganzer Tag mal wieder, der für so etwas draufgeht. Dabei bin ich eigentlich hiermit schon voll ausgelastet.» Er deutete auf das Modell auf dem Tisch. «Das ist das neue Wohnviertel auf der Veddel. Ein riesiges Projekt, das schon vorangeschritten ist. Quasi ein neuer Stadtteil, was die Geschossflächen betrifft. Über zweitausend Wohneinheiten im ersten Abschnitt. Täglich bekomme ich mehr als zwanzig Anfragen von den Baustellen. Es ist kaum zu bewältigen. Allein die ganzen beteiligten Architektengemeinschaften und Ingenieurbüros … Und die ersten Gebäude sollen im zweiten Quartal nächstes Jahr bezugsfertig sein.»

«Aber das baut ihr doch nicht alles selbst?», fragte Ilka interessiert.

«Nein, aber wir haben die Hoheit. Es muss alles abgestimmt werden. Bis ins kleinste Detail. Da ist Schumacher sehr akribisch.» David ging um das Modell und zeigte der Reihe nach auf einzelne Baukörper. «Das hier bauen Distel & Grubitz, das hier entsteht nach Entwürfen von Henze & Höger, dieses haben die Brüder Gerson entworfen, und das hier wird nach einem Entwurf von Paul Frank unter Mitarbeit von Regierungsbaumeister Blohm für die

Baugesellschaft ‹Heimatscholle› errichtet ... Und das ist grad mal die Hälfte der beteiligten Architekten.»

«Aber das ist doch toll, dass es mit dem Wohnungsbau vorangeht», warf Ilka ein.

«In der Tat. Was die Kleinwohnungsfrage betrifft, sind wir einen gehörigen Schritt vorangekommen. Über die Hamburger Beleihungskasse sind inzwischen mehr als 10 000 Wohnungen in der Stadt gebaut worden. Innerhalb von vier Jahren.»

«Ich gratuliere. Daran hast du sicher erheblichen Anteil.»

«Vielleicht. Dabei mache ich momentan etwas, das eigentlich dem Wohnungsamt unterliegen sollte. Aber von deren Seite geschieht erstaunlich wenig. Ich mache Werbung und Aufklärungsarbeit für die zukünftigen Kleinwohnungen in Arbeiterkreisen. Es ist ja so, dass die Wohnungen auf der Veddel vor allem für die Hafenarbeiter gedacht sind, damit sie nicht die elendigen Wege von Barmbeck oder sonst wo auf sich nehmen müssen. Aber die offiziellen Annoncen finden kaum Beachtung. Der weit verbreitete Glaube ist nach wie vor, dass Wohnungen in Altbauten einfach günstiger sind als in Neubauten. Dabei ist das Gegenteil der Fall, wenn man bestimmte Voraussetzungen erfüllt. Um berechtigte Interessenten ausfindig zu machen, bin ich unterwegs. Ich besuche Veranstaltungen, Lokale, Treffpunkte der Arbeiterklasse, tatsächlich auch Kommunistenhöhlen, um aufzuklären.» David ließ ein Stöhnen vernehmen. «Und ganz nebenbei betreue ich auch noch den Umbau des großen Wasserturms im Stadtpark zum Planetarium.»

«Das klingt tatsächlich nach einem Haufen Arbeit.»

«Was mich fertigmacht, sind die Dinge, mit denen wir

eigentlich überhaupt nichts zu tun haben. Nimm zum Beispiel das Haus der Jugend in Altona, dessen Fertigstellung kurz bevorsteht. Überhaupt nicht unsere Baustelle, nicht mal unsere Domäne. Und meinem Chef gefällt der Klotz noch nicht einmal. Aber Oelsner drängt darauf, dass wir dabei sind. Und heute ...» David schaute auf seine Taschenuhr. «Heute feiert mein Chef seinen 60. Geburtstag. Ich muss gleich los. – Wann haben wir Zeit füreinander?»

«Oh, mach dir darum keine Sorgen. Ich bin flexibel. Da wird sich sicher was finden lassen. Den Anstandsbesuch bei Mutter habe ich schon hinter mich gebracht. Sie gefällt mir übrigens recht gut. Ich hatte nach unserem letzten Telephonat mit Schlimmerem gerechnet. Und vorhin wollte ich Robert besuchen, aber unser kleiner Bruder glänzte durch Absentia. Na, es wird sich eine Gelegenheit finden.»

David rollte mit den Augen und machte einen tiefen Atemzug, der nichts Gutes verhieß. «Robert? Puhh ... Da ist ganz gehörig was schiefgelaufen, wenn du mich fragst.»

«Was meinst du?»

«Na, der ist völlig neben der Spur. Aber wohl schon länger.»

«Ich weiß nicht, wovon du redest», meinte Ilka. Ihr schwante Schlimmes.

«Ich könnte ihn umbringen, unseren Bruder ... deinen Bruder!»

«Na, was hat er ausgefressen?»

«Hat Mutter dir nichts erzählt? Sie hat ihn rausgeschmissen.»

«Das klang aus ihrem Mund anders.»

«Kann ich mir denken. Sie will es nicht wahrhaben. Ist

ja auch verständlich. Wahrscheinlich macht sie sich Vorwürfe, wie es dazu kommen konnte. Weiß der Gott, was ihn geritten hat. Nein, im Ernst: Robert treibt sich mit den Nazis rum!»

Als Ilka die Gartenpforte am Leinpfad öffnete, merkte sie bereits, dass etwas Außergewöhnliches passiert sein musste. Kein Licht im Inneren des Hauses. Eigentlich keine Seltenheit bei Laurens' Beruf, dennoch ungewöhnlich. Zumindest, wenn sie hier war. Nachdem sie die Haustür aufgeschlossen und Licht gemacht hatte, registrierte sie sofort das anhaltende Gebimmel des Telephons. Ein Polizeianwärter Strubens meldete sich, sichtlich erleichtert, dass endlich jemand abgenommen hatte. Wahrscheinlich versuchte er es schon seit Stunden. Er richtete Ilka von Laurens aus, sie möge bitte zur Alten Rabenstraße kommen. In ihr dortiges Haus sei eingebrochen worden.

KAPITEL 4

Montag, 4. November 1929, abends

Ilka brauchte ein wenig, bis sie Laurens im Chaos gefunden hatte. Ein ziemliches Aufgebot an Criminalbeamten durchkämmte das Haus von oben bis unten. Sie fragte sich durch.

Laurens stand neben einem Sekretär im Obergeschoss. Als er Ilka sah, entspannten sich seine Gesichtszüge für einen Moment. «Schön, dass du gleich gekommen bist. Eigentlich hast du damit ja nichts zu tun ...»

«Bis auf den Umstand, dass mir das Haus gehört», entgegnete Ilka.

«Richtig. Und durch die Tatsache, dass ich damit beschäftigt bin.» Er zwinkerte ihr zu. «Heute Morgen ist Frau Bernstein mit den Kindern spontan zu ihrem Bruder, Herrn Wiese, gezogen. Kurz darauf dann der Einbruch. Das sieht nicht nach einem Nachschlüsseldelikt aus. Hier stimmt irgendwas nicht. Auch das Vorgehen der Täter entspricht nicht dem, was wir sonst bei Einbrüchen kennen. Es wurde viel liegengelassen, was sonst sicherlich den Weg nach außen gefunden hätte. Porzellan, Silber, alles noch da. Man hat sich nicht mal die Mühe gemacht, Schubladen und Schränke zu durchsuchen. Auch der Wandtresor ist unangetastet. Dafür massive Gewalt im Keller und in den Stauräumen.»

«Wie habt ihr davon erfahren?»

«Der Gärtner hat es gemeldet. Weil eine Tür zum Kellerabgang offen stand. Das kam ihm komisch vor, weil niemand zu Hause war.»

«Was meinst du?», fragte Ilka.

«Es ist auf jeden Fall mysteriös. Aber ich denke, es wurde gezielt nach etwas Bestimmtem gesucht. Und das war nicht Schmuck, Bargeld oder Silber. Keine Ahnung, wonach. Auch die restlichen Bankunterlagen von Bernstein sind noch da. Einen Großteil davon hatten wir allerdings längst beschlagnahmt. Aber darauf hatte man es anscheinend nicht abgesehen, obwohl ...»

«Ja?»

Laurens zuckte mit den Schultern. «Soweit wir wissen, könnte Bernstein ein Problem gehabt haben. Das haben unsere Nachforschungen in der Bank ergeben. Ich habe noch nichts Konkretes, aber wie es scheint, gibt es Unregelmäßigkeiten im Devisenbereich. Genaueres werde ich erst in den nächsten Tagen in Erfahrung bringen können. Bernstein hatte Prokura, und man deutete an, dass bestimmte Transfers undurchsichtig sind. Eventuell hatte er massive Geldprobleme. Möglicherweise sowohl privat als auch geschäftlich.»

«Unterschlagung?»

«Eher Veruntreuung oder Spekulation. Aber dafür ist es noch zu früh. Wir haben die Unterlagen in der Bank gesichtet. Klar ist jedenfalls, dass da etwas nicht stimmt. Und das, was nicht stimmt, trägt Bernsteins Unterschrift.»

«Um welche Größenordnung geht es?»

«Das ist es, was mir Kopfschmerzen bereitet. Keine Marginalie jedenfalls.»

«Sag schon», insistierte Ilka und gab Laurens einen Stupser.

«Den Unterlagen nach sind knapp zwei Millionen nicht ordnungsgemäß verbucht.»

«Oha. Das ist allerdings 'ne Ansage.»

Laurens machte einen tiefen Atemzug. «Was meinst du, warum wir hier so einen Aufstand machen. Da liegt irgendwas im Argen. Und zwar ganz gewaltig. Und der Tod von Bernstein hat genau damit zu tun.»

«Ist es nicht normal, dass bei solchen Summen im Bankgeschäft jemand gegenzeichnen muss?», fragte Ilka, als sie es sich spätabends am Leinpfad gemütlich gemacht hatten. «Ich meine, das ist doch ungeheuerlich. Über wie viel Kapital verfügt das Bankhaus überhaupt?»

«Was die Einlagen angeht? Ich weiß es nicht. Darüber will man uns bislang auch keine Auskünfte geben.»

«Wird man aber wohl, oder?»

«Keine Ahnung. Bernstein war persönlich haftender Gesellschafter. Der wird gewusst haben, was er tat.»

«Anscheinend nicht», entgegnete Ilka und schenkte sich vom Rotwein nach.

«Warum?»

«Weil er tot ist. Also, wo sind die Millionen geblieben?»

«Wenn wir das wüssten», meinte Laurens resignierend. «Ich bin im Bankgeschäft und internationalen Geldtransfers nicht gerade zu Hause. Bislang wissen wir nur, dass zwei Bankhäuser in Chile und Argentinien involviert sind. Mehr nicht.»

«Zwei Millionen», stöhnte Ilka. Das war eine ungeheuerliche Summe. «Was würdest du damit tun?»

«Die Frage stellt sich mir nicht», antwortete Laurens lapidar. Er grinste. «Außerdem habe ich eine vermögende Freundin. – Nein, im Ernst. Kapitaltransfers in dieser Größenordnung sind im Bankgeschäft sicherlich nicht außergewöhnlich. Auch nicht transkontinental. Allerdings gibt es da einen Haken. Soweit wir wissen, hat Bernstein zwei Millionen auf ein Bankkonto in Chile angewiesen und noch einen weiteren Transfer auf ein Konto in Argentinien ausgeführt, wobei in dem Fall überhaupt nicht klar ist, woher das Geld stammt. Er hat es persönlich verbucht, wie man mir erklärte. Auf einer Art Durchgangskonto, das in der Bilanz des Hauses nicht auftaucht und nur für Transaktionen durch Bareinzahlung angelegt wurde. Also für jemanden, der nicht unbedingt Kunde des Bankhauses sein muss. Und von diesem Konto hat Bernstein eine noch weitaus größere Summe direkt nach Argentinien überwiesen. Das mögen für Bankleute ganz gewöhnliche Prozesse sein, die ich im Detail auch gar nicht verstehen möchte. Aber es ist denkbar, dass Bernsteins Tod damit im Zusammenhang steht, und deshalb werde ich mich wohl oder übel damit beschäftigen müssen.»

«Mein Armer.» Ilka hatte sich hinter Laurens gestellt und massierte ihm zärtlich die Schultern.

«Mich beschäftigt vor allem die Frage, was man in Bernsteins Haus – also in deinem – gesucht hat.»

«Was sagt denn seine Frau?»

«Die gibt sich ahnungslos. Zumindest vermisst sie nichts. Und von den Geschäften ihres verstorbenen Gatten hat sie überhaupt keine Ahnung.»

«Ja, es gibt Frauen, die führen ein Parallelleben. Ohne Wissen, ohne Interesse. In einer anderen Welt. Ich frage mich manchmal, was das für Partnerschaften sein mögen, wenn einen das, was den anderen interessiert, völlig kalt lässt.»

Laurens griff nach Ilkas Händen. «Betrifft uns nicht, oder?»

«Ich hoffe es», erwiderte Ilka und beugte sich zu ihm herunter. Er fuhr ihr zärtlich durch die Haare.

«Ist dir warm genug?», fragte sie.

«Mehr als das», erwiderte Laurens und zog sie näher. Eine eindeutige Aufforderung, das Lager zu wechseln. Seine Hände waren unter ihr Oberteil gerutscht. «Und morgen?»

«Sehen wir weiter», meinte Ilka, machte sich los und leerte ihr Weinglas. Aufbruchstimmung ins Schlafgemach.

«Nein, ich meine: Was hast du vor?»

«Zwei Termine habe ich auf dem Zettel. Einer führt mich nach Othmarschen zu von Bülows. Nach dem Tod des Reichskanzlers muss ich mich bei den Erben sehen lassen, um eine Freigabe zur Veröffentlichung seiner Memoiren in trockene Tücher zu bringen. Die Manuskripte liegen bereits bei Ullstein, aber er hat ein ‹post mortem› verfügt. Da gibt es noch Handlungsbedarf. Und dann habe ich noch ein paar persönliche Termine. Bankgeschäfte und so …» Ihr Bankberater bei der Donnerbank war hoffentlich auch ohne Termin kurzfristig zu erreichen. Hoffte Ilka zumindest. Und von Doktor Bräutigam hatte sie nur eine Adresse. Was für ein Name für einen Arzt der Frauenheilkunde. Aber sie wollte Toskas Empfehlung folgen, und der Arzt residierte an der Bergstraße, also auch zentrumsnah. Aber davon brauchte Laurens vorerst nichts zu wissen. Jetzt ging es erst mal um die Verteilung der Rollen im gemeinsamen Schlafgemach. Und da hatte Ilka schon eine genaue Vorstellung.

Dienstag, 5. November, nachmittags

Wenn das Gespräch mit ihrem neuen Bankberater nicht so impulsiv verlaufen wäre, hätte sich Ilka wahrscheinlich mehr Gedanken darüber gemacht, wie sie sich hier in dieser Praxis gerade offenbarte: ohne Beinkleider, ohne Wäsche. Völlig entblößt. Sie saß, besser lag immer noch im Untersuchungsstuhl von Doktor Bräutigam und wartete auf das Ergebnis der Untersuchung.

Aber sie war in Gedanken bei dem Gespräch in der Donnerbank. Was hatte Dr. Wiem gesagt? Es habe sehr wahrscheinlich einen kapitalen Zusammenbruch der Börse in New York gegeben. Die allgegenwärtige Diskontsenkung habe bereits die Londoner Börse erreicht, und es sei nur noch eine Frage der Zeit, bis Berlin folgen würde. Ilka hatte einen Teil ihres Vermögens in Amerika angelegt, in London ebenfalls. Es gäbe eine überraschende Wendung, wie Wiem es formuliert hatte. Das Geld wird leichter, die Zinsen dementsprechend niedriger, so hatte er es ausgedrückt. Beruhigt hatte es Ilka nicht. Sie brauchte keine Zinsen, ihre Anlagen waren auf Dividende gemünzt. In Gedanken sah sie schon ihre Anleihen in Dollar und in britischen Pfund den Bach heruntergehen.

«Sie können sich jetzt ankleiden», meinte Doktor Bräutigam, als er wieder ins Zimmer kam. «Also, ich kann Sie beglückwünschen. In der Tat, Sie sind guter Hoffnung. Nach meiner Berechnung werden Sie im Juli nächsten Jahres niederkommen.»

Ilka zog sich an und setzte sich auf den Stuhl gegenüber Doktor Bräutigam. «So ich denn will ...»

Ein abschätzender Blick streifte sie. Dann sah der Arzt ihr in die Augen und räusperte sich. «Das ist natürlich Ihre Entscheidung.»

«Man gab mir zu verstehen, dass Sie mir, falls ich mich anders entscheiden sollte, behilflich sein könnten.»

«Gibt es einen Grund?», fragte Bräutigam. «Es wäre ein Verbrechen gegen das keimende Leben. So sagt es zumindest der Gesetzgeber. Als Arzt sage ich Ihnen: Natürlich gibt es Möglichkeiten, aber das möchte ich auf soziale und medizinisch begründete Notsituationen beschränkt wissen.» Er faltete die Hände und strich sich mit den ausgebreiteten Zeigefingern über die Stirn. «Liegt so etwas in Ihrem Fall vor?»

Ilka schüttelte den Kopf. «Ich meinte nur ...»

«Ich weiß, was Sie meinen. Aber glauben Sie mir, Sie werden es nicht bereuen. Oder sind Sie in einer Notsituation?»

Wieder ein Kopfschütteln.

«Keine Notzucht, kein ungewollter Verkehr?»

«Ganz und gar nicht.» Ilka lächelte in sich hinein. Nein, wirklich nicht. Auch wenn sie letztendlich nicht sicher war, von wem das Kind stammte, das konnte sie ausschließen. Zumindest hatte sie Spaß daran gehabt, dass und wie es zustande gekommen war.

«Ich sage das vor allem deswegen, weil es in Ihrem Alter – Sie entschuldigen, aber Sie sind nicht unbedingt frühgebärend – sehr wahrscheinlich ist, dass Sie nach einem Abbruch, also nach einem herbeigeführten Abort, keine Kinder mehr bekommen können. Das sollten Sie auf jeden Fall wissen.» Doktor Bräutigam erhob sich von seinem Stuhl und streckte Ilka zur Verabschiedung die Hand entgegen. «Ich hoffe, Sie entscheiden sich für das Leben», meinte er noch, dann geleitete er Ilka zur Tür des Behandlungszimmers.

Erst auf der Straße brach alles über sie herein. Also wirklich schwanger. Juli. Ilka strich sich unbewusst über den Bauch. Wann sollte sie Laurens damit konfrontieren? Und vor allem wie? Und überhaupt. Wollte sie es wirklich? Und wenn das Kind tatsächlich nach Ture kam? Oder doch von Nikita, diesem wunderhübschen Russen, der nicht nur tanzen konnte wie ein junger Gott, sondern auch sonst alle Verführungskünste parat gehabt hatte? Nein, wenn überhaupt, dann von Laurens. Ilka überlegte, wie er reagieren würde. Freudig? Verantwortungsvoll? Sie sah ihn jubeln ... Endlich die Gelegenheit, sie in ihrer Selbständigkeit in die Schranken verweisen zu können? Nein, sie tat ihm unrecht. So war er nicht. Er würde sofort Verantwortung übernehmen.

Ilka bog auf den Jungfernstieg und nahm auf einem der Stühle des Alsterpavillons Platz. Nur noch wenige Sitzgelegenheiten standen im Außenbereich. Dieser wundervolle Blick auf die Binnenalster. Sie bestellte einen Kaffee. Schwanger. Sie konnte es immer noch nicht glauben. Es war empfindlich kühl geworden. Die Kälte kroch unter ihr Kostüm. Demnächst musste sie wärmere Unterwäsche bereithalten, wenn sie halbwegs elegant daherkommen wollte. Als die Sonne hinter den Wolken verschwand, wurde es ausgesprochen ungemütlich.

Sie wünschte sich an Laurens' Kamin und wechselte ins Innere des Alsterpavillons. Kurz darauf fielen die ersten

Regentropfen. Es war noch Zeit bis zu ihrem Termin in Othmarschen. Und wenn sie den Berichten trauen durfte, dann tobte rund um das Haus des ehemaligen Reichskanzlers immer noch das Chaos. Das Volk hatte dem verstorbenen von Bülow auf der Chaussee gleichfalls Korso und Spalier gestanden. Eigentlich war es unangemessen, dort jetzt mit einem lapidaren Schriftstück vorstellig zu werden. Aber ihr Verlag bestand darauf, und Ilka hatte sich eine passende Ausrede zurechtgelegt.

Umso verblüffter war sie, als sie nach dem erfolgreichen Gespräch mit von Bülows Erben im Haus der Familie auf Baldur von Wittgenstein traf, einen kaufmännischen Berater und Kunstsammler, den sie vor einigen Jahren bei ihren Recherchen über die Verstrickung von deutschen und russischen Interessen im nebulösen Umfeld der Weimarer Verträge kennengelernt hatte. Der Kunstsammler besaß außerdem ein Porträt von ihr, das Tamara de Lempicka gemalt hatte. Aber er war eben auch Chef einer Firma gewesen, die er nach dem Umstand, dass sein Kompagnon in übelste Machenschaften verstrickt gewesen und letztendlich als Mörder überführt worden war, liquidieren musste. Was er inzwischen machte, wusste Ilka nicht, aber allem Anschein nach schien es ihm gut zu gehen.

Zumindest strahlte er sie an: «Ich bin außerordentlich erfreut, Sie unversehrt wiederzutreffen», meinte er. «Wie kommt es, Sie hier zu sehen?»

«Oh, ich bin wirklich überrascht.» Für einen Moment überlegte Ilka, wie sie ihn ansprechen sollte. Damals hatten sie sich, zumindest abseits öffentlicher Konventionen, sogar geduzt. Aber von Wittgenstein hatte die förmliche

Variante gewählt, und so beschloss Ilka, es ihm gleichzutun. «Ich arbeite für einen Verlag, dem Herr von Bülow seine Memoiren, wenn man es so nennen kann, zur Veröffentlichung überlassen hat. Ich bin also nur aus formellen Gründen hier. Und Sie?»

«Persönliche Gründe», erwiderte von Wittgenstein schmallippig. «Ich bin mit der Familie gut befreundet. – Und Sie sind immer noch davon geleitet, Wahrheiten an die Oberfläche zu spülen?»

«Wie könnte es anders sein», konterte Ilka. «Das ist mein Beruf.»

«Dessen Folgen für mein Leben nachhaltige Veränderungen mit sich gebracht haben», erwiderte Wittgenstein. «Seit es Wittgenstein & Consorten nicht mehr gibt, bin ich Privatier. Aber es geht mir gut. Also sollte ich Ihnen sogar dankbar sein. Ich kann mich ganz auf meine Sammlungen konzentrieren. Nur der weitere Ausbau ist aufgrund beschränkter monetärer Quellen nicht mehr in dem Maße möglich, wie ich ihn einst beschritten habe.»

«Es freut mich zu hören, dass es Ihnen gut geht.» Ilka war sich sicher, dass es ihm alles andere als schlecht ging. Auch wenn sie über die aktuellen Bestrebungen von Wittgenstein nicht informiert war, er war ein Schöngeist, ein Mäzen der hiesigen Kunstszene, so viel wusste sie. Kultiviert und charmant war er allemal.

«Wenn Sie noch nichts weiter vorhaben, würde ich Sie gerne auf einen Dip bei Fleischers Weinstuben einladen.»

Ilka hatte noch nichts weiter vor, und Fleischers am Hachmannplatz war in der Stadt bekannt für exquisiten Hummer, Austern und russischen Kaviar sowie auserlesene Weine und vor allem frisches Pilsner Urquell. Von

Wittgenstein zeigte sich spendabel und orderte zum Hummer eine Flasche Champagner vom Ende der Karte. So schlecht konnte es ihm also wirklich nicht gehen.

Ilka ahnte, worauf es hinauslief. Nach dem Sorbet die obligatorische Frage nach dem Wohin. Wittgenstein hatte schon geäußert, dass er in der Sierichstraße residierte. Eine dem Sammler angemessene Adresse. Aber Ilka hatte deutlich kundgetan, dass ihr mehr am Kulturprogramm gelegen war. Am heutigen Abend gab es einen Auftritt von Valeska Gert in den Kammerspielen. Das hatte sie dem Programmheft bei Toska entnommen. Toska hatte kein Interesse gehabt, aber die Gert wollte sich Ilka nicht entgehen lassen.

«Valeska Gert? Klären Sie mich auf», forderte Wittgenstein nach dem Dessert.

«Sie kennen die Gert nicht? Dann müssen Sie unbedingt mitkommen. Die ist einmalig. Eine Tänzerin, aber nicht im klassischen Sinne. Was sie macht, ist eher eine Parodie auf den Ausdruckstanz, eine kabarettistische Überzeichnung. Haben Sie nicht das *Tagebuch einer Verlorenen* mit Louise Brooks gesehen?»

Wittgenstein schüttelte den Kopf, und Ilka überlegte, ob der Film, dessen Uraufführung sie im letzten Monat im Ufa-Theater am Ku'damm erlebt hatte, überhaupt schon in Hamburg angelaufen war. Der Stummfilm von Pabst war die dritte Verfilmung des Stoffes und wirklich grenzwertig. Einige Kritiker hatten bereits am Folgetag eine Indizierung gefordert. Valeska Gert spielte darin die Rolle einer sadistisch veranlagten Leiterin eines Heims für gefallene Mädchen, und die Szene, in der sie ihre fast nackten Schutzbefohlenen zu Turnübungen zwingt, war schlicht atemberaubend. Sie selbst steigerte sich dabei in einen ekstatischen Trommeltanz, der in einem orgiastischen Finale endete – besser gesagt, in einem finalen Orgasmus.

Die Kammerspiele, die nach dem Abriss des alten Gebäudes am Besenbinderhof vor zwei Jahren vorübergehend im Kleinen Lustspielhaus an den Großen Bleichen eine Heimat gefunden hatten, waren nun keinen Katzensprung mehr entfernt, und sie entschieden sich für eine Droschke. Kurz hatte Ilka überlegt, die Strecke zu Fuß zurückzulegen, dann war ihr der Ortswechsel eingefallen. Sie war immer noch zu selten in dieser Stadt.

Wider Erwarten waren die Räumlichkeiten nicht einmal zur Hälfte gefüllt, und das anwesende Publikum hätte heterogener nicht sein können. Anders als bei Theateraufführungen oder Literaturveranstaltungen hatte sich zur Szene einer progressiven Avantgarde, die sonst die hiesigen Reihen füllte, auch bürgerliches Publikum unter die Zuschauer gemischt. Wahrscheinlich aus Neugier oder in Erwartung eines Skandals, für den die Gert allemal gut war.

Ilka schaute sich im Zuschauersaal nach Erich Ziegel um, aber vom Intendanten des Hauses war weit und breit nichts zu sehen. Dafür schien sogar eine Gruppe Nationaler den Weg hierher gefunden zu haben, wie sie an Aufmachung und Parteiabzeichen erkennen konnte. Etwa fünfzehn Männer jüngeren Alters, die allein durch ihre markigen und überlauten Stimmen auffielen. Ein Novum, das sie hier bislang noch nicht erlebt hatte. Die Rechten bekamen anscheinend Narrenfreiheit und wurden hoffähig. In Berlin wären sie hinausgedrängt worden. Nicht nur durch Kommunisten.

Es war Ilka fast peinlich, als einer von ihnen Wittgenstein einen Gruß zuwarf, als der mit zwei Sektflöten von der Bar zurückkehrte und neben ihr Platz nahm. «Kennst du die?» Versehentlich war sie zum Du übergegangen.

«Den einen oder anderen. Flüchtig», winkte von Wittgenstein ab. Bevor Ilka nachhaken konnte, verdunkelte sich der Saal und tatsächlich erschien Ziegel vor dem Vorhang. Er verkündete stolz den Auftritt von Valeska Gert, die ein Varieté grotesker Tanzeinlagen bieten würde, wie er sich ausdrückte. Kurz danach dann schon die ersten schrägen Klänge eines Pianos aus dem Off. Der Vorhang hob sich und ein Raunen ging durch die Menge. Valeska Gert verharrte kurz, dann begann ihr gedrungener Körper, der eigentlich völlig ungeeignet erschien, Tanz aufs Parkett zu bringen, sich zu verbiegen und stampfend auf und ab zu hopsen. Die Maskenwirkung ihres überschminkten Gesichts trug ein Übriges dazu bei, das Dargebotene zu verzerren. Dazu die parodistischen Möglichkeiten ihrer Stimme, die jegliche tonale Übereinstimmung mit der Musik des Klaviers ignorierte. Es war wirklich eine clownhafte Pantomime, eine grobe Karikatur harmonischer Bewegungsabläufe, die sie zwar andeutete, aber bis ins Hysterische übersteigerte. Expressionismus par excellence. Das Publikum johlte, ob aus Genugtuung oder Missfallen war nicht deutlich zu erkennen.

Nach zwei getanzten, besser gewankten Miniaturen von zwei bis drei Minuten Dauer kamen aus Richtung des reaktionären Publikums die ersten Pfiffe. «Die ist ja so was von schräg!», hörte Ilka jemanden rufen. Dann begann ein Chor «Ausziehen! Ausziehen!» zu rufen. Es kam eindeutig aus dem Block der Nationalen.

Die Gert verschwand von der Bühne und der Vorhang

senkte sich. Nachdem sich der Tumult in den Reihen nicht legen wollte und die Anzüglichkeiten überhandnahmen, betrat Ziegel die Bühne. In Richtung der Störenfriede gab er laut zu verstehen: «Wenn Sie das Programm überfordert, bleibt es Ihnen freigestellt, das Etablissement zu verlassen. Nur stören Sie nicht diejenigen, die der künstlerischen Darbietung beiwohnen wollen!»

«Künstlerische Darbietung?», echote es aus der Gruppe. «Das soll ja wohl ein Witz sein! Die kranken Zuckungen sind beleidigend! Ist das die neue Kunst in Deutschland?»

Ziegel holte tief Luft. Er war offenbar bemüht, die Contenance zu wahren. Aber er war routiniert. «Wenn Sie die Lokalität bitte unverzüglich verlassen würden! Man wird Ihnen Ihren Eintritt an der Kasse erstatten.» Und dann deutlicher: «Und jetzt raus! Oder ich lasse Sie wegen Hausfriedensbruch festsetzen!»

Unter Johlen und anzüglichen Sprüchen trollte sich die Gruppe in Richtung Ausgang. Ein «Man wird noch sehen» war zu hören, ansonsten verlief der Rückzug überraschend reibungslos.

«Wie peinlich», meinte Ilka, nachdem die Leute den Saal verlassen hatten.

«Allerdings», erwiderte Wittgenstein. «Aber wenn es an Bildung fehlt, kann man es den Leuten nicht verdenken, dass sie mit derartig schrägen Darbietungen nichts anzufangen wissen. – Aber es gehört natürlich zur guten Kinderstube, dann zumindest die Klappe zu halten», fügte er hinzu.

Sie sahen noch elf Miniaturen der Gert zum Thema Gesellschaft und Kunst aus der Zeit der Gräfin Melanie, wie das Programm offiziell hieß. Aber so recht wollte der

Funke nicht mehr überspringen, und man merkte Valeska Gert auch an, dass sie der Zwischenfall beschäftigte. Ihre spontanen Rhythmen und die krächzende Stimme waren fast versiegt. Nach fast zwei Stunden Programm verabschiedete sie sich von der Bühne und erhielt verhaltenen Applaus.

«Das war anstrengend», gestand Wittgenstein und reichte Ilka ein silbernes Döschen. «Möchtest du?»

Ilka brauchte den Deckel gar nicht aufzuklappen, um zu wissen, was in der Dose war. Wenn sie sich jetzt auf Koks einließ, dann würde der Abend in der Sierichstraße enden, so viel war klar. Von Wittgenstein war alles andere als unattraktiv, aber erstens gab es Laurens, dem sie heute Abend ohne schlechtes Gewissen gegenübertreten wollte, und zweitens ... Ja, zweitens war sie schwanger. Und ein weiteres Verhältnis würde die Angelegenheit unnötig verkomplizieren.

«Und ich dachte, es böte sich Gelegenheit, die Pilotin mal aus einer anderen Perspektive kennenzulernen», meinte Wittgenstein sichtbar enttäuscht, als sie sich am Droschkenstand voneinander verabschiedeten.

«Das heben wir uns für ein andermal auf», entgegnete Ilka, gab Baldur von Wittgenstein einen unverfänglichen Kuss auf die Wange, dankte ihm für den schönen Abend und nannte dem Kutscher die Adresse.

Natürlich hatte Laurens auf sie gewartet, auch wenn er sichtbar hundemüde war. Davon zeugte allein, dass er den Rotwein inzwischen durch ein Glas stilles Wasser ersetzt hatte. «Ich hoffe, du hattest deinen Spaß.»

«Hatte ich. In den Hamburger Kammerspielen. Und

weißt du, wer mich begleitet hat?» Sie wollte gar kein Geheimnis darum machen. «Baldur von Wittgenstein.»

«Der?»

«In der Tat. Ich traf ihn im Haus der von Bülows. Er hat mich erst in Fleischers Weinstuben eingeladen, und dann sind wir gemeinsam in die Ha.Ka. Ich weiß nicht, ob es ihm gefallen hat, aber er wirkte ganz angetan.»

«Ich kann mir schon vorstellen, warum ...»

«Na, na, höre ich da einen Anflug von Eifersucht?» Ilka setzte sich provokant auf Laurens' Schoß.

Der stöhnte nur entschuldigend. «Ich bin eigentlich völlig platt. Du glaubst gar nicht, was alles los ist und womit ich mich beschäftigen muss. Vor allem die Linken sind momentan strapaziös. Nach Auflösung des Rotfrontkämpferbundes organisieren sich die Kommunisten neu. In diversen nur schwer durchschaubaren Organisationen, etwa dem Norddeutschen Arbeiterschutzbund, dem Komitee gegen das Rotfrontverbot, der Roten Hochseewacht oder der Antifaschistischen Jugend. Wir müssen das alles überprüfen und Haussuchungen in den Geschäftsstellen dieser Verbände und in den Wohnungen der Funktionäre durchführen. Weißt du, wie viel Zeit das kostet? Und dann das Vorgehen gegen die *Hamburger Volkszeitung*. Die soll ja demnächst verboten werden wegen Volksverhetzung und Aufforderung zu Gewalt und Ungehorsam gegenüber dem Gesetz. Da können wir aber nicht einfach einmarschieren am Valentinskamp. Das bedarf genauer Absprachen mit der Staatsanwaltschaft. Die Bürokratie ist unglaublich und macht mich fertig. Ich habe gar nicht so viel Leute, wie ich bräuchte, um dem Herr zu werden. Dabei sind das eigentlich Dinge, die genau genommen gar nicht in den Zuständigkeitsbereich der Criminalpolizei fallen. Hinzu kommen gerade jetzt vermehrt Delikte im Bereich Rauschgift und Glücksspiel. Vielleicht sollte ich Personal aus Berlin anfordern. Die schicken unentwegt Criminale nach Düsseldorf, wegen dieses Triebmörders, den sie nicht zu fassen bekommen. Du hast davon gelesen? Sogar Gennat persönlich soll sich auf den Weg zum Rhein gemacht haben.» Laurens seufzte, lehnte sich im Sofa zurück und wartete, bis Ilka auf seinem Schoß begann, das Hemd aufzuknüpfen.

KAPITEL 5

Freitag, 8. November 1929

Sturmböen und Regen waren vorausgesagt. Sturmböen und Regen gab es. Und zwar nicht zu knapp. Ilka hatte in weiser Voraussicht ein Regencape mit Kapuze übergestreift, da es für einen Regenschirm viel zu windig war.

Am späten Vormittag stieg sie an der Nordschleswiger Straße am Dulsberg aus der Droschke. Die Girlanden, mit denen man die Bauten rund um den Naumannplatz geschmückt hatte, wehten im Wind und hatten sich stellenweise schon losgerissen, baumelten herab und schlugen flatternd gegen die Häuserfronten. Hamburger Schmuddelwetter eben. Eigentlich störte sich niemand daran. Man war es gewohnt. Und eine öffentliche Veranstaltung deshalb absagen? War ohne offizielle Sturmwarnung noch nicht wirklich vorgekommen.

Sie brauchte nicht lange, um David zu finden. Allein durch seine Statur ragte er aus der Menge. Etwa zweihundert bis dreihundert Personen hatten sich eingefunden. David stand neben der Rednertribüne, die man provisorisch aus Bauholz zusammengezimmert hatte. Neben ihm wohl die Offiziellen. Ilka kannte außer Bürgermeister Petersen niemanden von ihnen. Davids Chef, Oberbaudirektor Schumacher, war jedenfalls nicht anwesend. David entdeckte sie und kam ihr entgegen: «Na, bei dem Schietwetter ...»

«Ich hatte zugesagt. Dann komme ich auch. Laurens lässt sich entschuldigen. Irgendwas mit Kommunisten, die verbotene Feierlichkeiten abhalten wollen. Vielleicht stößt er später noch dazu.»

«So spannend wird das hier nicht.»

«Für dich ist es wichtig.»

David warf ihr einen erfreuten Blick zu und nahm sie in den Arm. Dann stellte er sie den Anwesenden neben der Tribüne vor, die im Windschatten des Bauwerks Schutz gesucht hatten. Bürgermeister Petersen, ein gewisser Rosenbaum, Vorsitzender des Aufsichtsrats der Wohnungsbaugesellschaft, sowie weitere Offizielle, deren Posten und Funktionen Ilka nichts sagten. Schließlich noch Rudolf Klophaus, der verantwortliche Architekt für das Ensemble. Klophaus, der Mitte vierzig sein musste, war leger in Tweed gekleidet und rauchte eine dicke Zigarre. Nach ein paar Minuten trat Rosenbaum ans Rednerpult und hielt eine kurze Ansprache, wobei er vor allem die Ehre betonte, den Platz nach Friedrich Naumann benennen zu können, einem Demokraten, der stellvertretend dafür stehen sollte, dass sich die gemeinnützige Kleinwohnungsbaugesellschaft «Freie Stadt» vor allem zum heutigen Staat bekannte.

Bürgermeister Petersen holte danach als Redner ein wenig mehr aus, wohl auch, weil er mit Naumann eng befreundet gewesen war: «Naumann kam durch die Kenntnis der Seele und der sozialen Verhältnisse des deutschen Arbeiters zu seiner politischen Überzeugung. Er wollte mithelfen, den Menschen die Möglichkeit zu geben, den Weg vom Dunkel ins Licht zu gehen, eine Welt der Liebe und des Friedens zu finden. Diesen Geist Naumanns zu verwirklichen ist ein großes Verdienst der Baugenossenschaft ‹Freie Stadt› durch die Schaffung schöner und der Gesundheit zuträglicher Wohnungen, die auch der weniger begüterten Bevölkerung zur Verfügung stehen werden.»

Was Ilka verstand, war die Rede Petersens und der Lobgesang auf die Baugenossenschaft auch ein liberales Manifest gegen die gewerkschaftliche Baupolitik in der Stadt.

Direkt nach der Einweihung des Platzes folgte das Richtfest zum sechsten und somit letzten Baublock der Großwohnanlage, ausgeführt nach Entwürfen von Klophaus, Schoch, zu Putlitz, der abermals 380 neue Wohnungen bot. Der gesamte Naumannplatz bestand eigentlich aus zwei ineinander gestellten Doppelhöfen, wobei dem zentralen Hof die Aufgabe eines Gemeinschaftshofs zufiel. Natürlich alles Backstein, wie Ilka etwas enttäuscht feststellte. Backstein war ihr einfach zu düster. Zumindest moderne Flachdächer gab es. Auch die auskragenden, auf Konsolen ruhenden vertikalen Fensterbänder der Treppenhäuser hatten etwas Modernes. Ansonsten das übliche Dunkelrot in all seinen Schattierungen. Die jeweiligen Blöcke waren drei- bis viergeschossig, darin Kleinstwohnungen mit zwei Zimmern plus Küche. «Hätte man die Fassaden nicht zumindest zur Hofseite hin hell verputzen können?», fragte Ilka ihren Bruder. «Das hätte doch auch die Lichtverhältnisse positiv verstärkt. Es wirkt alles so düster.»

«Na, das mag am momentanen Wetter liegen, dass die Helligkeit eher nicht so stark wirkt. Aber die Bauten bieten schon relativ viel Licht. Die Vorgaben, was Traufhöhen und Gebäudeabstände betraf, wurden ja von uns abgesegnet.»

Es klang etwas fadenscheinig, was David sagte. Für Ilka waren das alles dunkle Gemäuer. Nie im Leben wäre sie auf die Idee gekommen, hier einzuziehen. Mindestens eine Verdoppelung der Fensterflächen wäre notwendig gewesen, um die Lichtverhältnisse in den Wohnungen wirklich zu verbessern. Aber sie wollte hier ja auch nicht einziehen. Außerdem waren die Wohnungen als Arbeiterquartiere angepriesen worden, und da mochte es stimmig sein. Sie stupste David behutsam von der Seite an. «Da hat der Klophaus aber die große Nummer gezogen, obwohl ich das Ergebnis eher … nun, angepasst finde.»

David grinste sie an. «Damit hast du, ohne es zu wissen, den Nagel auf den Kopf getroffen. Klophaus ist einer von denen, die genau wissen, worum sie sich bewerben. Damit umschmeichelt er sogar meinen Chef. Er hat die Kontakte, er kennt die Auftraggeber persönlich, bevor es überhaupt zum Auftrag kommt. Typisch Freimaurer. Dadurch versteht er es, sein Büro immer dann ins Spiel zu bringen, wenn ein lukratives Geschäft in Aussicht steht. Baugattung und Thema scheinen ihm dabei völlig egal zu sein. Ein geplantes Gefängnis durchläuft sein Büro genauso sachlich wie ein Rathaus oder ein Bankgebäude. Allerdings sind seine Entwürfe dennoch ziemlich gut, wie ich finde.»

«Na ja», warf Ilka ein. «Mir sind sie zu schwer und zu düster. Mag ja sein, dass sie zweckmäßig sind, aber ich vermisse diese Leichtigkeit, die jetzt überall zu bewundern ist, lichte Laubengänge, organische Formen, heller Putz und Farbe. Hier wirkt alles wie ein steinerner Block in endloser Wiederholung.» Sie blickte David fragend an. «Es gibt keinen Blickpunkt, den ich fixieren möchte. Nichts, was mein Auge erfreut …»

«Ja, du magst recht haben. Es ist alles sehr durchdacht und pragmatisch.» Er wollte gerade zu einem längeren Exkurs ausholen, was Planung und Wohnqualität sowie den Bedarf an städtischem Wohnraum betraf, die Notwendigkeit, bezahlbaren Wohnraum zu schaffen, als Laurens sich zu ihnen gesellte.

Er kam, als sich die Offiziellen gerade aufmachten, die Feierlichkeiten mit einem kleinen Umtrunk in der Stadthalle fortzusetzen. «Es tut mir leid, früher ging es nicht», meinte er entschuldigend und lupfte kurz seinen Borsalino.

David legte ihm die Hand auf die Schulter. «Gerade noch rechtzeitig. So habe ich einen guten Vorwand, mich um den förmlichen Ausklang zu drücken. – Und? Alle Kommunisten verhaftet?» Es sollte witzig klingen, verfehlte aber irgendwie seine Wirkung.

«Du vergisst, mein Lieber, dass ich mir das nicht aussuchen kann», brummte Laurens. «Ich bin als Beamter an Weisungen und Entschlüsse gebunden. Und die Kommunisten übertreiben es gerade mal wieder mit ihren Nadelstichen gegen das System. Es bleibt mir gar nichts anderes übrig, als hart durchzugreifen.»

«Ist schon klar ... War auch nicht wirklich ernst gemeint», entschuldigte sich David.

«Weiß ich doch. Aber auch wenn du lieber gegen die Nationalen vorgehen möchtest ... Die stellen es eben verdammt schlau an. Alles hat bei denen seine Berechtigung, seinen Stempel. Na ja, fast.»

«Ich beneide dich nicht um deinen Job.»

Ilka hatte verfolgen können, wie sich ihr Bruder von einem kampfbereiten Parteilinken zu einem gemäßigten Sozialdemokraten entwickelt hatte, der jeglicher Konfrontation aus dem Wege ging, soweit das möglich war. Nicht erst, seit er im Hochbauamt verbeamtet worden war. Nein, es schien auch eine Sache des Alters zu sein. Sie hatte ihn noch als jemanden erlebt, der durchaus bereit war, körperliche Gewalt für die Sache einzusetzen. Jetzt wirkte er fast blass und ausgelaugt, auch wenn er körperlich immer noch präsent war.

«Ich werde heute am frühen Abend noch mal zu Sagebiels an der Drehbahn müssen», erklärte Laurens. «Die dort angesetzte Revolutionsfeier der KPD wurde zwar offiziell verboten, aber ich werde zur Kontrolle dennoch vorbeischauen müssen. Nur schauen, ob sich alle an die Spielregeln halten. Die Veranstaltung wurde verboten, was nicht heißen soll, dass die Kommunisten nicht an einen anderen Ort ausweichen. Bislang sieht es zwar nicht danach aus, aber unsere Freunde von der NSDAP patrouillieren seit einigen Stunden vor Sagebiels, und ich habe meine Leute angewiesen, keine Provokationen zuzulassen und notfalls hart durchzugreifen. Auch die anderen bekannten Lokale der Kommunisten behalten wir im Auge.»

«Dann könnten wir danach alle zu Mary Wigman ins Curiohaus», warf Ilka ein. Und in Davids Richtung: «Hast du mit Liane gesprochen?»

David nickte. «Ja, wir können rein, aber Karten gibt es nicht. Zumindest nicht offiziell. Das ist eine geschlossene Veranstaltung mit geladenem Publikum. Es handelt sich wohl um so etwas wie eine Generalprobe, denn die eigentliche Erstaufführung ihres Programms ist in Berlin vorgesehen.»

«Also etwas für die Presse. Toll! Dann bin ich ja genau richtig. Und jetzt lade ich euch zum Essen ein. Bist du mit einem Wagen gekommen?», fragte sie Laurens. «Hier in der Nähe gibt es wohl nichts Vernünftiges?»

«Ja, ich habe mir einen von den kleinen Büssing-Wagen geschnappt. Sonst hätte ich es gar nicht mehr hierher geschafft. Steht gleich vorne an der Nordschleswiger. Der hat auf der Bank genug Platz für drei.»

«Ich müsste mich vorher noch kurz auf der Baustelle des Planetariums blicken lassen», meinte David. «Dauert nur zehn Minuten.»

«Dann könnten wir doch zu Egberts am Winterhuder Marktplatz», schlug Ilka vor. «Wenn die unter der Woche um diese Zeit schon offen haben. Und wenn nicht, finden wir am Marktplatz oder Richtung Eppendorf bestimmt was anderes.»

Das Publikum bei Egberts am späten Mittag unterschied sich gravierend von der Klientel, die das Restaurant in der Regel am Abend aufsuchte, wie Ilka und Laurens feststellen mussten. Es waren vornehmlich Einzelpersonen, die sich zum Mittagstisch einfanden. Die Qualität der Speisen tat dem aber keinen Abbruch. Austern wurden zwar weniger als am Abend geordert, denn die Tagesgerichte orientierten sich mehr an deftigen Suppen und Eingelegtem, dennoch fand sich auch um diese Uhrzeit für jeden von ihnen Entsprechendes. David hatte tatsächlich nur wenige Minuten für seine Visite im alten Wasserturm des Stadtparks benötigt.

«Was gibt es denn Neues aus der Alten Rabenstraße?», fragte Ilka, nachdem sie für alle einen Kaffee bestellt hatte. David hatte sie über den Einbruch bereits aufgeklärt.

«Das wird immer mysteriöser», meinte Laurens. «Unsere Untersuchungen vor Ort sind so weit abgeschlossen, ohne dass wir wirklich etwas gefunden hätten. Aber dieser Aaron Wiese, in dessen Haus Bernsteins Witwe mit den Kindern inzwischen wohnt, ist seit gestern verschwunden. Er ist wie vom Erdboden verschluckt. Sein Juweliergeschäft wurde gestern Abend ordnungsgemäß abgeschlossen, aber von ihm selbst fehlt jede Spur. Zu Hause angekommen ist er jedenfalls nicht. Seine Gemahlin und auch Frau Bernstein machen sich große Sorgen. So etwas wäre noch nie vorgekommen, sagen sie.»

«Sein Verhalten ist uns ja schon bei unserem Besuch in der Alten Rabenstraße aufgefallen», sagte Ilka. «Er wirkte irgendwie abgeklärt ... nein, stoisch.»

«Wenn nicht wissend», fügte Laurens hinzu. «Ich werde das Gefühl nicht los, dass Wiese uns nicht die Wahrheit gesagt hat, was Bernstein betrifft. Nach Angaben von seiner Frau sind die beiden sehr gut befreundet gewesen und haben sich häufig getroffen. Vielleicht weiß er doch mehr zu den Hintergründen, als er zugegeben hat.»

«Zugegeben hat er gar nichts. Was hätte er zugeben sollen? Du hast ihm weder etwas unterstellt noch genau befragt.»

«Was ich nachholen werde», versicherte Laurens. «Er trat auf wie der familiäre Wohltäter, dem es um schnelle Hilfe für seine Schwester ging. Davon habe ich mich blenden lassen. Spätestens nach dem Einbruch ist mir das klar geworden, dass etwas nicht stimmt. Der weiß irgendwas.»

«Du meinst, er hat den Einbruch veranlasst?»

«So weit will ich nicht gehen», meinte Laurens. «Aber ich glaube fest an einen Zusammenhang. Wir haben die Personalie erst mal durchleuchtet. Es gibt zwar keine Auffälligkeiten, was seinen Werdegang betrifft, also keine Einträge oder Notizen zu seiner Person oder seinem Geschäft, aber er hat ein Konto und ein Depot bei Bernsteins Bank.»

«Was bei den Familienverhältnissen naheliegend ist.»

«Auf den ersten Blick ja. Aber da wir im Bankhaus eh gerade jede größere Geldbewegung prüfen, ist uns aufgefallen, dass die Kapitaldecke kaum mit den Einkünften eines einfachen Juweliergeschäfts zu erwirtschaften ist, und zweitens, dass gewisse Transfers überraschend mit den ohnehin seltsamen Kapitalbewegungen übereinstimmen, die Bernstein in letzter Zeit mit südamerikanischen Bankhäusern abgewickelt hat. Ich wünschte mir, ich würde mich in der Materie besser auskennen. Denn alles, was unsere Spezialisten mir zutragen, wirft bei mir immer mehr Fragezeichen auf. Ich verstehe von diesen Geldgeschäften einfach zu wenig.» Laurens rieb sich über die Stirn. «Stellt euch vor, Bernstein hat über die Bank in Zitrusfrüchte investiert. Das haben wir unter die Lupe genommen. Kurzum: Er hat Zitronen und Orangen gekauft. Tonnenweise. Für Millionen. Alles sauber bilanziert. Und was sagt uns das? Nichts.»

«Warum investiert jemand in Orangen und Zitronen?», hakte David nach.

«Was weiß ich denn», seufzte Laurens. «Vielleicht versprach er sich einen Gewinn im Weihnachtsgeschäft. Ansonsten gibt es hier keinen wirklichen Absatzmarkt für Zitrusfrüchte. Und die internationale Nachfrage nach Zitrusfrüchten ist in letzter Zeit auch nicht nachhaltig gestiegen. Und der Handel sieht das auch so. Das haben wir überprüft.»

«Fragt sich also, welchen Grund es für Bernstein gab,

in ebendiese Zitrusfrüchte zu investieren. Und vor allem, warum in so einer Größenordnung. Gibt es einen Abnehmer?»

«Nicht dass wir wüssten. Außerdem scheint die Charge noch nicht einmal angekommen zu sein. Die Früchte kommen mit einem Dampfer namens Minerva, der in den nächsten Tagen im Hafen erwartet wird. Zumindest sind die Geschäfte in den Bankunterlagen noch nicht als Haben verbucht. Was wir wissen, ist lediglich, dass Bernstein anscheinend spekulativ auf Zitrusfrüchte gesetzt hat. Aber nicht über die Börse, sondern direkt an die Erzeuger gerichtet. Und das in einem Umfang, der nichts Gutes erahnen lässt. Es gibt keine Rückversicherung, keinen Eigentumsvorbehalt vonseiten der Bank. Es scheint ein einziges Wagnis zu sein, das Bernstein eingegangen ist.»

«Eigentlich völlig untypisch für einen Bankier», warf David ein.

«Eigentlich. Ja. Natürlich.» Laurens zuckte nur mit den Schultern. «Bis auf den Umstand, dass Bernstein tot ist. Und sein Schwager verschwunden.» Er blickte zur Uhr. «Ihr entschuldigt mich? Ich muss mich auf den Weg machen. Entweder ihr kommt mit, oder aber unsere Wege trennen sich erst mal.»

«Wir sehen uns dann nachher im Curiohaus», antwortete Ilka. – «Hast du noch Kontakte zu den Pazifisten?», fragte sie David, nachdem Laurens gegangen war.

«Nicht mal mehr zu Gewerkschaftlern», gestand David. «Ich habe einfach keine Zeit mehr dafür.»

«Hmm. Carl von Ossietzky? Thälmann?»

«Das sind Kommunisten.»

«Carl bestimmt nicht. Genauso wenig wie Tucholsky.»

«Von Ossietzky kenne ich kaum. Aber Thälmann. Ich war letztens auf einer Veranstaltung, wo er eine Rede gehalten hat.» David schüttelte den Kopf. «Er ist nur noch auf Konfrontation aus. Auf Konfrontation gegenüber den Sozialdemokraten. Eigentlich richtet sich sein Hass gegen die Nationalen, aber er schafft es nicht, die Demokraten als Verbündete gegen Hitler zu akzeptieren.»

«Die Hakenkreuzler breiten sich immer mehr aus.»

«Wem sagst du das.»

«Ich nehme es nur zur Kenntnis, wie schnell sich das Gift verbreitet, das sie versprühen. Die Parolen sind auch so gut gestrickt, dass viele darauf hereinfallen. – Von daher stehe ich dem absoluten Pazifismus aufgeschlossen gegenüber. Wir wollen doch keinen erneuten Krieg. Oder hat man schon vergessen, welch unglaubliches Leid der letzte Krieg über das Land gebracht hat?»

«Anscheinend schon, sonst hätten die Radikalen nicht einen solchen Zulauf. Noch zeigt es sich nicht auf den Stimmzetteln, aber das Stammtischgehabe breitet sich schneller aus, als einem lieb sein kann. Das Volk sucht nach einfachen Antworten auf die Probleme des Staates. Die Radikalen bieten sie. Auch wenn man nichts davon einlösen kann. Das ist die Crux.»

«Dann muss man das Volk davon überzeugen.»

«Und womit?», fragte David. «Immer mehr Arbeitslose, immer mehr Insolvenzen, immer weniger Geld, immer mehr Sozialabgaben, immer höhere Preise … die sich keiner mehr leisten kann. Nenn mir ein Argument!»

«Frieden» hätte Ilka sagen können, aber sie sah ein, dass das gegenüber den von David angeführten Gründen kaum als ausschlaggebendes Argument galt, auch wenn es so hätte sein sollen. «Also schauen wir zu, wie die Republik an Faschisten verraten wird?»

«So weit ist es noch nicht.»

«In Berlin nimmt das Ganze dramatische Dimensionen an», entgegnete Ilka. «Kaum eine Auseinandersetzung Radikaler, die ohne Blutvergießen endet.»

«Davon sind wir hier in der Stadt aber noch weit entfernt», meinte David. Als wolle ihn die Realität Lügen strafen, betrat in dem Augenblick eine Gruppe braun Uniformierter das Restaurant. Im Gefolge auch mehrere Männer in ziviler Aufmachung, die aber eindeutig dazugehörten. Als Ilka unter ihnen den Architekten Klophaus erkannte, dem sie gerade erst vorgestellt worden war, verbarg sie ihr Gesicht hinter der Hand und wandte sich ab. David hatte den Männern den Rücken zugekehrt, drehte sich nun aber um und warf einen Blick auf die Szene neben dem Tresen, wo man mit dem Ober ins Gespräch gekommen war. Niemand aus der Gruppe schenkte ihnen Aufmerksamkeit, und auch Klophaus schien sie nicht bemerkt zu haben. Nach wenigen Worten führte der Ober die Gruppe zu einem Durchgang neben den Sanitärräumen, der hinter einem schweren Vorhang verborgen war, und begleitete sie in den hinteren Teil des Hauses.

«Hast du ihn gesehen?», fragte Ilka.

«Rudolf Klophaus, ja. Und der Mann neben ihm war Karl Kaufmann, hiesiger Gauleiter der NSDAP. Hitlers Mann in der Stadt. Puh, was haben die hier zu suchen? Mir war gar nicht bekannt, dass Klophaus im Nest der Nationalen sitzt. Ich dachte immer, das sei ein DDP-Mann. Und dann gleich im Klüngel mit der Führungsriege. Unglaublich ...»

«Und wir sprachen noch von seinen guten Beziehungen», stichelte Ilka.

«Kann ich mir nicht vorstellen», erwiderte David. «Die anderen habe ich nicht erkennen können. Da geht es vielleicht um irgendein Bauprojekt, das sich Klophaus unter den Nagel reißen will. Der ist Freimaurer und Mitglied in einer Hanseatenloge. Und unter deren Ehrenkodex kann er sich eine offensichtliche Kungelei mit einem Nationalsozialisten eigentlich nicht leisten.»

Ilka rümpfte die Nase. «So, wie der ehrbare hanseatische Kaufmann niemals auf die Idee kommen würde, eine private Gewinnsucht vor die Interessen der Stadt zu stellen. Ja, ja ... ich verstehe.»

David konnte ein Grinsen nicht unterdrücken. «Du hast ja recht ...»

«Dabei hast du mir doch vorhin erklärt, dass gerade Klophaus durch seine Kontakte immer das bekommt, was er möchte. Also, das passt schon, wenn du mich so fragst. Außerdem wirkte das Auftreten der Gruppe eben sehr wohl geheimbündlerisch. Als wenn man etwas zu besprechen hätte, was nicht für die Öffentlichkeit bestimmt ist.»

«Aber ich wüsste nicht, was die NSDAP hier an Bauaufgaben vergeben könnte. Das ist doch ein kleiner, unbedeutender Haufen in der Stadt.»

«Wirst du mit Sicherheit im Auge behalten, wie ich dich kenne. – So, lass uns aufbrechen. Ich habe keine Lust, denen noch mal zu begegnen und womöglich sogar mit ihnen sprechen zu müssen.» Ilka zückte ihre Handtasche und winkte dem Ober, der inzwischen wieder an der Kasse neben dem Tresen stand und so tat, als sei nichts Außergewöhnliches vorgefallen.

KAPITEL 6

Sonnabend, 9. November 1929

Irgendein diffuses Klingeln rückte näher. Im Halbschlaf registrierte Ilka, wie sich Laurens mühsam aus dem Bett quälte. Draußen war es stockdunkel. Und am Samstag musste er eigentlich nicht vor Mittag im Stadthaus sein. Sie lagen ja auch erst seit wenigen Stunden in den Federn.

Ilka versuchte zu rekapitulieren: erst die Wigman, die phantastisch gewesen war. So gut wie selten zuvor. Und das mit über vierzig. *Schwingende Landschaft* hieß ihr Solo-Programm, und es war überwältigend gewesen. Überhaupt nicht mit der Gert zu vergleichen. Dann Laurens, der auch überwältigend gewesen war, nachdem sie ihn angestachelt hatte. Etwas unfair, zugegebenermaßen, weil der Hinweis auf den Konsum von Sexursan natürlich völlig aus der Luft gegriffen war. Ein Potenzmittel hatte Laurens in der Tat nicht nötig. Dennoch hatte es sie gekitzelt, ihn zu provozieren. Und er war natürlich eingestiegen – wie erhofft. Typisch Mann. Nicht zu ihrem Nachteil, wie sie sich eingestehen musste, aber dennoch waren Männer doch so einfach zu dirigieren.

Als das Telephon nebenan hartnäckig zu klingeln anhielt, stopfte sich Ilka das Kopfkissen schlaftrunken unter den Hals und zog sich die Bettdecke über den Kopf. Keine Chance, das Erwachen zu verhindern. Nach wenigen

Minuten war Laurens zurück und befreite Ilka von den Daunen. Und nicht an der Stelle, wo sie es vielleicht gerne gehabt hätte.

«Scheint so, als wenn aus dem geruhsamem Wochenende nichts wird», meinte er lapidar. «Wie es aussieht, werde ich Überstunden machen müssen. Man hat Aaron Wiese gefunden.»

Ilka war schlagartig hellwach. «Tot?»

«So ziemlich.»

«Wo? Ich komme mit.» Sie schwang sich seitlich aus dem Bett.

«Man hat ihn in die Leichenhalle in der Norderreihe gebracht – ich denke, das solltest du dir ersparen.»

«Ganz im Gegenteil», antwortete Ilka bestimmt und erhob sich. «Noch Zeit für ein knappes Frühstück?»

Laurens schüttelte den Kopf. «Eher nicht.»

«Dann lass mich kurz den Kopf unter kaltes Wasser halten. War irgendwie zu wenig Schlaf. Wie spät ist es?»

«Kurz nach sieben», meinte Laurens müde.

Ilka ging in Richtung Bad. «Vier Stunden … Ich werfe mir rasch eine Togal rein. Gib mir fünf Minuten, dann können wir.»

«So eilig ist es dann auch nicht», korrigierte Laurens ihr hektisches Vorhaben. «Auf ein paar Minuten mehr oder weniger kommt es nicht an. Er ist schließlich tot.»

«Aber warmes Wasser hilft mir bei dem Schädel auch nicht weiter.»

«*Du* willst ja unbedingt mit. An deiner Stelle wäre ich liegengeblieben.»

«Kommt gar nicht in Frage», protestierte Ilka aus dem Bad.

Laurens hatte einen Bereitschaftswagen angefordert, der ihn abholen sollte, denn den Büssing-Wagen hatte er am gestrigen Abend vorschriftsmäßig im Hof des Stadthauses abgegeben, auch wenn ihn sicherlich niemand wegen der privaten Nutzung angegangen wäre. Aber Schummeleien im Fahrtenbuch konnte er auch bei seinen Kollegen nicht leiden, von daher versuchte er, Vorbild zu bleiben. Der junge Beamte, der sie abholte, staunte nicht schlecht, als Ilka wie selbstverständlich im Fond des Wagens Platz nahm. Laurens stellte sie als Vertreterin der Presse vor, was den Polizisten dann noch mehr verunsicherte. Aber er traute sich anscheinend nicht nachzufragen. Er brauchte gut zehn Minuten bis zur Norderreihe, was angesichts des einsetzenden Berufsverkehrs eine gute Zeit war. Es stürmte wie verrückt, aber vom angekündigten Regen war weit und breit keine Spur.

«Und du willst dir das wirklich antun?», fragte Laurens, als sie vor der Leichenhalle ausgestiegen waren. «Gibt sicher angenehmere Dinge.»

«Red nicht. Ich bin ja völlig nüchtern», erinnerte Ilka ihn daran, dass sie nichts gefrühstückt hatte, und warf ihm deswegen einen strafenden Blick zu. Dann hielt sie ihm auffordernd die Tür zum Institut auf.

«Wir haben ihn erst mal hierher gebracht», erklärte Kommissar Friedrich Appel, ein Kollege von Laurens, der heute die Frühschicht übernommen hatte. Appel hielt einen Becher Kaffee in den Händen, und Ilka beneidete ihn darum.

«Wo habt ihr ihn gefunden?», fragte Laurens.

«Ein Blockdreher hat ihn gefunden. An den Vorsetzen. Das muss kurz vor Mitternacht gewesen sein. Er hat dann

Meldung gemacht. So, wie es aussieht, hat man ihn übelst zugerichtet. Seine Arme sind übersät mit Brandwunden, die Hände ... also seine Finger existieren kaum noch.»

«Woran ist er gestorben?»

«Sehr wahrscheinlich durch Zertrümmerung des Kehlkopfes», mutmaßte Appel. «Das genaue Ergebnis wird die Autopsie zutage fördern. Aber der Fundort ist keinesfalls der Tatort. So etwas geschieht nicht in der Öffentlichkeit. Eine solche Misshandlung macht schließlich Lärm. Der Unglückliche muss geschrien haben wie am Spieß.»

«Irgendwelche Zeugen?»

«Nichts.»

Polizeiarzt Doktor Wiesenthal hatte sich zu ihnen gesellt. «Den hat man sich so richtig vorgeknöpft», meinte er abschätzig und deutete auf den Leichnam. «Unzählige Folterspuren. Erst Zigaretten auf den Armen ausgedrückt, dann die harte Variante. Seine Finger sind alle zertrümmert. Wahrscheinlich mit einem Hammer, wie ich das sehe.» Er schlug das Laken zurück, das den Leichnam bedeckt hatte. Die Hände von Wiese sahen in der Tat grauenvoll aus.

«Wer macht so etwas?» Ilka konzentrierte sich auf ihre Atmung, hielt ihren Blick aber starr auf den Leichnam gerichtet, wobei sie es vermied, die Extremitäten genauer in Augenschein zu nehmen. Der Körper lag auf einem steinernen Tisch, der an den Rändern eine umlaufende, konkave Furche aufwies. Ein Altar der Endgültigkeit. Das ausbleibende Rinnsal der Körperlichkeit war nur dem Zeitpunkt des Todes geschuldet.

«Folterspuren eines Verhörs. Lange her, dass ich etwas Vergleichbares gesehen habe. Jetzt wissen wir zumindest, dass Wiese in irgendetwas involviert war. Und das ist keine

Warnung mehr. Erst Bernstein, dann der Einbruch und jetzt Wiese.» Ilka rieb ihre Hände, als wenn sie sich einen quälenden Schmerz vom Leib schaffen wollte. «Da sucht jemand etwas. Und das kann keine Kleinigkeit sein.»

«Wie wir wissen, geht es um einige Millionen.»

«Aber die sind nicht versteckt, sondern in Südamerika.»

«Vielleicht wissen das diejenigen nicht, die dahinterstecken», mutmaßte Ilka.

Laurens schüttelte den Kopf. «Wenn man einem Bankier derartige Summen überlässt, dann bestimmt nicht, damit er sie an einem unbekannten Ort deponiert. Ich denke, wir müssen uns doch näher mit dem Handel von Zitrusfrüchten befassen.»

«Und mit Aaron Wiese.»

«Das allemal. Ist schon arrangiert. – Die Staatsanwaltschaft ist informiert?», fragte Laurens in Richtung Appel. «Wir brauchen einen Beschluss zur Durchsuchung aller Räumlichkeiten von Wiese. Haus und Geschäftsräume. Machst du den Botschafter? Jemand muss es schonend seiner Frau und seiner Schwester beibringen.» Appel nickte und machte sich Notizen. «Und dann bitte zur Hafenmeisterei. Wir müssen wissen, wann die Minerva eintrifft.» Nachdem er das weitere Vorgehen abgesprochen hatte, wandte er sich Ilka zu: «Und jetzt? Frühstück?»

«Prinzipiell ja, aber mein Kopf rauscht.»

«Ich hatte dich gewarnt.»

Ilka schüttelte den Kopf. «Nicht, was du denkst. Ich frage mich vielmehr nach dem Warum. Was steckt dahinter?»

«Da bist du nicht die Einzige. Und wir werden es herausfinden.»

Sie frühstückten schließlich im Hotel Reichshof, wo es im Restaurant auch für Nichthotelgäste genug Plätze gab. Das Restaurant war im Stil der Speisesäle von Ozeandampfern konzipiert. Man saß im Parkett unter mächtigen Kronleuchtern. Die Séparées in der umlaufenden Galerie waren allerdings den Hotelgästen vorbehalten. Die Besonderheit hier war vor allem, dass es neben dem exzellenten Service zusätzlich ein Buffet mit Käse-, Schinken- und Wurstspezialitäten gab, an dem man sich selbst bedienen konnte. Ilka hatte trotz des Besuchs in der Leichenhalle Hunger und umrundete das ovale Buffet mehr als einmal.

Danach zogen sich die beiden in die Bar des Hotels zurück, die im dekorativen Style 25 eingerichtet war. Ilka orderte einen türkischen Mokka und steckte sich eine OVA an, während sie die neuesten Nachrichten aus dem *Anzeiger* überflog. Dort beklatschte man die Rede des französischen Außenministers Briand, der sich von den Forderungen der Koalition mit Bouillon distanzierte. Das konservative Blatt empfand die Rede natürlich als glänzenden, klugen und gleichfalls mutigen Schritt. Nichts Neues also von der deutsch-französischen Front, die schon längst keine wirkliche mehr war.

Ilkas persönliches Interesse galt der sogenannten Känguruh-Anlage in Berlin-Tempelhof, die Postflugzeugen nicht nur den Abwurf, sondern angeblich auch die gleichzeitige Aufnahme von Postsäcken ermöglichte, ohne zu landen. Sie rätselte, wie das technisch umgesetzt worden war. Ein zielgenauer Abwurf war dabei weniger das Problem als die Aufnahme. Wahrscheinlich wurde der Postsack mit Hilfe einer Winde vom Flugzeug aus heruntergelassen und in einen Aufnahmekorb gesteuert, wobei es einen Mechanismus am Ende der Schleppleine geben musste, der den am Boden befindlichen Postsack aufnahm, während sich der andere durch die Aufnahme ausklinkte. Anders war es kaum möglich.

Dann fiel ihr Blick auf die Notiz, dass Prinz Eugen von Schaumburg-Lippe seinen schweren Verletzungen erlegen war, die er sich nach dem Absturz der D-903 in England zugezogen hatte. Auch wenn dies eine traurige Nachricht war, sie sehnte sich trotzdem schmerzhaft danach, endlich wieder mit ihrem geliebten grünen *Laubfrosch* in die Luft zu steigen. Fast beiläufig wurde erwähnt, was sie bereits aus dem Rundfunk wusste: Für die nächsten Tage war in Hamburg mit einer schweren Sturmflut zu rechnen. «Was geht dir durch den Kopf?», fragte sie Laurens, der fast unbeteiligt auf seinen Kaffee starrte.

«Zitrusfrüchte», meinte der und rüttelte sich wach. Dann schüttelte er den Kopf. «Es ist völlig abwegig. Ein Juwelier. Da denkt man an Gold und Schmuck, Diamanten, Uhren und Tafelsilber. Mein Vater war Goldschmied – das ist nicht so weit entfernt, wenn auch das Handwerk im Vordergrund steht. Aber er war in seinen erfolgreichsten Jahren dann auch mehr Juwelier als Handwerker. Allein die Versicherungsprämien für die Geschäftsräume und Lager sind gewaltig. Schon die Geldanlagen von Wiese bei seiner Hausbank sind für mich ein Rätsel. Woher stammen die Gelder?»

«Vielleicht Einkünfte aus seinem Juweliergeschäft, die er nicht versteuert hat?», fragte Ilka.

«Das reicht nicht», meinte Laurens. «Dann hätte er gleichzeitig als Hehler tätig gewesen sein müssen. Und selbst dann ... Bei ihm ist nicht eingebrochen worden. Ich kann mir nicht vorstellen, dass er selbst etwas Krummes gedreht hat. Er ist nur Mitwisser gewesen. Von etwas, das sein Schwager ausgeheckt hat. Und das gilt es herauszufinden. Wir werden alles beschlagnahmen. Wenn die Bank uns weiterhin die Einsicht in bestimmte Vorgänge verweigert, werde ich drohen, das Bankhaus anderenfalls schließen zu lassen. Man beruft sich auf interne Geschäftsgeheimnisse und ist da immer noch nicht sonderlich kooperativ. Irgendwo muss es aber einen Hinweis geben. Ein paar Notizen, vor allem Ansprechpartner. Bislang haben wir nichts.» Er zog seine Taschenuhr hervor. «Ich werde mich jetzt auf den Weg ins Stadthaus machen. Wäre ja gelacht, wenn von der Staatsanwaltschaft noch nichts vorliegen würde. Dann werde ich meine Leute aus dem bevorstehenden Wochenende zurückpfeifen und einen Trupp für die anstehenden Durchsuchungen zusammenstellen. Noch heute die Geschäftsräume von Wiese, dann seine Villa. Wobei wir seine Frau ... seine Witwe und seine Schwester mitsamt Kindern wahrscheinlich vorübergehend in einem Hotel unterbringen müssen. Am Montag dann die Bank – und zwar komplett.»

Es war spät, als Laurens nach Hause kam. Später als erwartet. Er selbst hatte die Durchsuchung bei Wiese geleitet und war müde.

«Was habt ihr herausgefunden?», fragte Ilka neugierig und schenkte Laurens vom Rotwein ein, nachdem er es sich auf dem Sofa bequem gemacht hatte.

«Innerhalb weniger Wochen sind zwei Frauen zu Witwen geworden. Ein Drama. Nicht nur für die Kinder», stöhnte er und presste kurz die Lippen aufeinander, bevor er einen Schluck Wein nahm. «Und wie es aussieht, sind beide mehr oder weniger mittellos. Bernstein und Wiese haben sich völlig blank gegeben. Angeblich gibt es keine Reserven. Hinzu kommt der Umstand, dass vonseiten des Geldinstituts, besser gesagt von deren Kunden, vielleicht Forderungen gegenüber der Familie von Bernstein geltend gemacht werden können. Bernstein hat sich wohl für seine Geschäfte aus Depots mehrerer Kunden bedient. Anscheinend ohne deren Wissen. Was noch zu überprüfen ist. Allerdings gibt es ein Papier, das eine andere Sprache spricht. Wir haben einen Durchdruck von einer Gesprächsnotiz auf einer Blaupause, die einen Gewinnfaktor 10 in Aussicht stellt. Der Durchdruck scheint unfreiwillig entstanden zu sein, ein Glückstreffer. ‹Gewinnfaktor› ist eine intern gebräuchliche Bezeichnung nicht etwa für zehn Prozent vom eingesetzten Kapital, sondern für eine Verzehnfachung des Kapitals.»

«Eine Dividende, die nicht nur für Lügen, sondern auch für Mord stehen könnte.»

«So ist es.» Laurens zog ein Heftchen Streichhölzer aus der Hemdtasche und drehte es zwischen den Fingern. «Das habe ich in Wieses Kontor gefunden. Besser gesagt bin ich darüber gestolpert, weil es so gar nicht zu einem Juwelier passen will.»

Ilka betrachtete das schmale Heftchen, auf dessen Vorderseite mehrere Würfel und Spielkarten abgebildet waren. «Ein Werbestück. Die gibt es doch zu Hunderten. Was ist so besonders daran? Kennst du das Café Müller?»

«Eine Spelunke am Schulterblatt, gleich neben dem Scala Tanz-Casino, in der sich auch immer wieder zwielichtige Gestalten treffen. Wir haben den Laden schon etliche Male schließen lassen, wegen unerlaubten Glücksspiels, verbotenem Poker und Backgammon. Bis zum letzten Jahr war die Lokalität dazu zeitweise ein beliebter Umschlagplatz für ‹Persil›, also weiße Drogen, Heroin und Koks. Das Kuriose dabei ist, dass das Lokal immer wenige Wochen später erneut öffnet. Mit einem anderen Besitzer, manchmal auch unter anderem Namen. Die Gewerbeaufsicht wirft da inzwischen auch schon einen kritischen Blick drauf, aber solange die neuen Pächter oder Wirte keinen schlechten Leumund oder verdächtige Einträge mitbringen, sind der Aufsicht wohl die Hände gebunden. Anfangs geht auch immer alles gut. Das Konzept jedoch ist stets das gleiche. Tagsüber treffen sich Spielwütige zum Kartenspiel und Knobeln sowie in anderen harmlosen Runden, wobei Geldeinsätze natürlich strikt verboten sind. So geht das wochenlang. Und nach kurzer Zeit tauchen dann abends wie verabredet geschlossene Spielrunden zu verbotenem Glücksspiel auf. Einmal haben wir sogar ein vollständiges Wettbüro ausgehoben. Das Verrückte ist, dass es uns bis heute nicht gelungen ist, herauszubekommen, wer wirklich dahintersteckt. Denn dass die Hintermänner bei jedem Neustart dieselben sind, ist uns natürlich längst klar.»

«Glücksspiel. Das würde doch perfekt zu den Geldmengen passen, die Wiese seinem Schwager anvertraut hat. Vielleicht hat er auch Schulden gehabt? Und ist an die Falschen geraten. Geldeintreiber gehen doch gerne mal mit körperlicher Gewalt vor.»

«Als Drohung, ja. Aber die bringen die Schuldner normalerweise nicht um, nachdem sie sie bestraft haben. Die schießen einem schlimmstenfalls schon mal ins Knie oder hacken einen Finger ab, aber das hier ist was ganz anderes. Das war ein Verhör von Folterknechten.»

«Du solltest dich dennoch erkundigen, ob Wiese regelmäßig in diesem Laden verkehrte und ein Spieler war. Wie sonst ist er zu den Zündhölzern gekommen? Merkwürdige Lage übrigens ...»

«Was meinst du?»

«Na ja, Schulterblatt. Solche Kaschemmen erwartet man doch eher auf St. Liederlich oder weit abseits vom Schuss.»

Laurens legte das Heftchen auf den Tisch und zündete sich eine Kyriazi an. «Da hast du recht. Im letzten Monat haben wir drei Spielhöhlen und einen Opiumkeller in der Bankstraße ausgehoben. Das ist alles eine Frage der Tarnung.»

«Von Tarnung kann doch aber hier keine Rede sein, wenn der Laden so bekannt ist.»

Laurens grinste. «Ich wollte damit sagen, wir haben Leute vor Ort.»

«Ach so, getarnte Vigilanten.» Ilka kicherte. «Mein Vater meinte mal, die seien im Milieu so auffällig wie schon im 19. Jahrhundert. Man könne genauso gut ein Kaninchen in einen Fuchsbau schicken.»

«Inzwischen gehen wir etwas feinfühliger vor», versicherte Laurens. «Natürlich braucht das Zeit und Geduld.»

Eine unternehmungslustige Frau wäre dabei das unverfänglichste und effektivste Mittel, das man in solche Kreise einschleusen könnte, dachte Ilka, wollte den Gedanken aber vorerst nicht weiter verfolgen. Sie hatte da schon eine Idee im Hinterkopf. «Das glaube ich dir. – Hast du sonst noch was Verdächtiges bei Wiese finden können?»

Laurens schüttelte den Kopf. «Bislang nicht. Weder im

Geschäft noch in seinem Privathaus. Nur eine merkwürdige Planzeichnung, die wie eine Pause der öffentlichen Verkehrsverbindungen der Stadt aussieht. Aber das ist es nicht. Die Eintragungen stimmen mit den Stationen nicht überein. Mal sehen, was das Aktenmaterial hergibt, das wir mitgenommen haben. Aber das kann dauern. Spannender ist, was wir Montag in der Bank finden. Inzwischen haben wir einen richterlichen Beschluss. Zwar nicht zur Durchsuchung, aber in den Tresor wollen wir ja auch gar nicht rein. Dafür muss man uns Einsicht in alle relevanten Vorgänge gewähren. Und das wird interessant.»

«Was machen wir denn morgen?», fragte Ilka. «Eigentlich wäre es an der Zeit, meine Mutter einzuladen.»

«Kannst du gerne machen», antwortete Laurens. «Aber ich habe erst am Abend Zeit. Den Tag über werde ich mit Appel das Adressbuch und den Kalender von Aaron Wiese auswerten. Vielleicht gibt es da Auffälligkeiten oder einen versteckten Hinweis. Damit werde ich bestimmt bis zum Abend beschäftigt sein.»

«An einem Sonntag», seufzte Ilka.

«Bleibt nicht aus», entgegnete Laurens entschuldigend. «Solange wir hier keine Düsseldorfer Verhältnisse haben und man uns aus Berlin keine Verstärkung aus dem Landescriminalpolizeiamt schickt, müssen wir auch an einem Sonntag ran.»

«Dafür brauch ich dann aber eine Entschädigung», meinte Ilka zweideutig und begann ihre Bluse aufzuknüpfen.

«Das sollte machbar sein.» Laurens grinste und starrte auf Ilkas Brüste. «Bilde ich mir das ein, oder sind sie größer geworden?»

Ilka zuckte kurz zusammen und blickte an sich herab. Sie hatte davon gehört, dass Brüste in einer Schwangerschaft anschwollen. Nicht nur, weil sich die Drüsen auf eine Milchproduktion einstellten. Aber so früh schon? Dann registrierte sie Laurens' offensichtliches Grinsen und entspannte sich. «Sie zeigen zumindest noch nach oben ... du kannst ja mal fühlen, ob sie gewachsen sind.»

Ilka schickte ihren Worten einen auffordernden Blick hinterher. Wann sollte sie es ihm beichten? Sie rang mit sich. Wie würde Laurens überhaupt reagieren? Was würde er sagen? Bei all den Gedankenspielen merkte sie plötzlich, dass sie sich tatsächlich mit ihrem Zustand abgefunden hatte. Sie würde ihre Schwangerschaft nicht beenden. Sie würde das Kind wirklich bekommen. Wann, wenn nicht jetzt? Mit wem, wenn nicht mit Laurens?

KAPITEL 7

Sonntag, 10. November 1929, abends

Toska war sofort Feuer und Flamme. Und sie hatte sich herausgeputzt. Nichts anderes war zu erwarten gewesen. Natürlich trug sie Schwarz. Wie schon immer. Bestimmt teuer. Aber sie saß ja auch an der Quelle. Das Fransenkleid, das kaum auf Kniehöhe endete, war für ihre weibliche Figur wirklich sehr knapp geschnitten. Der Ausschnitt etwas gewagt, da man den Spitzenbesatz ihres Büstenhalters sehen konnte. Die unterarmlangen Fransen trugen ein Übriges dazu bei, die Staffage als wagemutig einzustufen. Aber so war Toska eben. Wenn, dann ging sie aufs Ganze. Hauptsache, Schwarz.

Auch Ilkas Kleid war frivol. Und natürlich sollte das so sein. Ilka liebte es, mit ihren Reizen zu provozieren. Sie war der Blickfang schlechthin, auch wenn sie nicht Toskas Dekolleté zu bieten hatte. Dafür war offensichtlich, dass sie keine Korsage trug. Und nicht nur dadurch stand sie sofort im Mittelpunkt des Scala Tanz-Casinos. Jäckchen und Pelzstola hatte sie recht schnell abgelegt, da die Combo Vergnügen auf dem Parkett versprach, auch wenn es keine wirkliche Big Band war. Der Swing war jedenfalls flott und vielversprechend. Die meisten anderen Frauen waren zudem zurückhaltend gekleidet, wie Ilka registrierte. Seidenstrümpfe waren kaum zu sehen.

Entsprechend schnell war auch ein Eintänzer an ihrem Tisch vorstellig. Der elegant gekleidete Schnauzbartträger machte einen anständigen Diener vor Ilka, und sie hielt ihm ihre Hand hin. Er deutete einen Handkuss an – ganz die alte Schule. Leider tanzte er steif wie eine Marionette. Die ruckartigen Bewegungen wirkten einstudiert. Jedenfalls alles andere als ausgelassen. Mit einem Diener dankte er schließlich für den Tanz, und Ilka gesellte sich zu Toska, die gerade von der Bar zurückkam und zwei Cocktails auf den kleinen Beistelltisch stellte.

Ilka hatte Durst und nahm einen kräftigen Schluck, weitete dann aber die Augen und warf Toska einen fragenden Blick zu.

«Für den Einstieg ein Alexander.»

«Uh, der zieht aber hin. Was ist da drin?»

«Gin, Kakaolikör und Sahne.» Toska lachte. «Na, wir wollen uns doch amüsieren.»

Ilka stellte ihr Glas beiseite. «Schon, aber drei davon und ich bin willenlos.» Sie trank eigentlich nur Wein und Champagner. Da war sie im Training und spürte den Alkohol meist erst am nächsten Morgen. Wenn überhaupt. Harte Getränke war sie nicht gewohnt. Und sie wollte es heute auch nicht übertreiben.

Es dauerte nur wenige Minuten, bis der nächste Kavalier an ihrem Tisch stand. Ein schmächtiger junger Mann, der aber vor Selbstbewusstsein nur so strotzte. «Sie gestatten? Ernst Emil Endrich», stellte er sich vor. «Auch E3 genannt.»

Der vorwitzige Galan war zwar einen halben Kopf kleiner als Ilka, aber er tanzte mit fast akrobatischen Schritteinlagen, und sie hatte ihren Spaß. Er wirbelte herum, wie er es wahrscheinlich auch ohne sie getan hätte. Den Boogie-Woogie tanzten seine Füße in so atemberaubender Geschwindigkeit, dass Ilka fast schwindelte. Dann noch ein Shag. Überhaupt wurden fast nur Swing-Tänze gespielt. Es dauerte, bis die Combo einen Lindy-Hop zum Besten gab. Ilkas derzeitiger Lieblingstanz. Nicht nur weil sein Name einen Flieger ehrte. Charles Lindbergh eben, der vor zwei Jahren als Erster über den Antlantik *gehoppt* war. Nein, der Drive, den die Combo schmetterte, war wirklich gut. Am besten gefiel ihr der Klarinettist, der mit seinem Instrument verwachsen zu sein schien. Wenn er zum Solo ansetzte, war Ilka, als spiele er nur für sie und ihre Beine.

Aber so ausgezeichnet E3 auch tanzen mochte, als Mann fand ihn Ilka völlig uninteressant. Da gefiel ihr der Mann, den Toska inzwischen aufgetan hatte, deutlich besser. Hans Otto war sein Name, und er rückte sogleich einen zusätzlichen Stuhl an ihren Tisch. So, wie es aussah, war er aber nur an Toska interessiert. Zumindest drängte er sie immer wieder erneut auf die Tanzfläche. Und wenn sie zurückkamen, lag er ihr förmlich zu Füßen. Ilka freute sich für ihre Freundin. Dafür war sie das begehrte Objekt der Tänzer. Sie konnte kaum Schritt halten. Die Kavaliere standen Schlange. Und sie genoss es, tanzte bis zur Erschöpfung. In den kurzen Pausen, in denen sie einen Schluck trank und versuchte, wieder zu Atem zu kommen, bekam sie mit, dass Hans Otto Handlungsreisender war. Kosmetik und Badeartikel. Groß und kräftig war er und hatte Schultern wie ein Schwimmer oder Ruderer. Seine Augen waren fast farblos, was Ilka gleichermaßen unheimlich wie auch faszinierend fand.

«Der Hans will noch was besorgen», meinte Toska

schließlich bei einer Pause, als sie beide alleine am Tisch saßen.

«Hier?», fragte Ilka erstaunt und schaute sich um. Das Scala machte nicht den Eindruck, als wenn es Quellen für Spaßmacher gäbe.

«Nein.» Toska schüttelte den Kopf und schrie fast gegen ein Klarinettensolo an: «Er meint aber, den Stoff gibt es gleich nebenan.»

«Café Müller?», frage Ilka interessiert und war sofort hellwach. Das war das Spielerparadies, das Laurens erwähnt hatte. Ihr war nicht nach Koks, aber es war eine Gelegenheit, den Schuppen von innen zu erleben.

«Keine Ahnung, wie der Laden heißt», sagte Toska. «Soll aber gleich um die Ecke sein.»

«Ja, ins Müller», bestätigte Hans Otto, der inzwischen wieder hinzugestoßen war. Der Schlagzeuger der Band hatte inzwischen zu einem Solo angehoben und steigerte sich immer mehr, seine Stöcke flogen nur so über Trommeln und Becken.

«Dann kommen wir mit», schrie Ilka selbstbewusst gegen das Stakkato des Drummers an.

Nach wenigen Minuten waren sie bereit zum Aufbruch. Draußen regnete es und Ilka brauchte einige Zeit, bis sie sich gegen die Wassermassen geschützt hatte. Ihr Kleid war durchgeschwitzt und die Jacke bot nur unzureichenden Schutz vor dem anhaltenden Geprassel von oben. Hans Otto hatte einen kleinen Schirm, unter dem sie mehr nass als trocken über das Pflaster bis zum Nachbarhaus kamen. Das Café Müller lag im Souterrain und am Eingang kotrollierte ein massiger Türsteher das Publikum. Ein stiller Wink von ihrem Begleiter öffnete ihnen sofort die Tür. Hans Otto schien hier also Stammgast zu sein.

Drinnen war es stickig. Das war das Erste, was Ilka auffiel. Das Nächste war, dass hier in erster Linie Männer waren. Wenn überhaupt Frauen, dann deutlich aus dem Milieu. Und die gaben sich keine sonderliche Mühe, ihre Herkunft und dem Zweck ihres Daseins zu verschleiern. Sie kannte solche Spelunken aus Berlin, aber hier war es etwas anderes. Schnell war ihr klar, dass hier eigentlich nur Männer Zutritt hatten. Frauen waren entweder Konkubinen oder Huren.

«Na, das ist ja mal was Anständiges», raunte ihr einer der Männer nach kurzer Zeit zu. Er hielt seinen Bierhumpen hoch und fuhr ihr beim Vorbeigehen mit der Hand über den Rücken. «Noch nie gesehen. Bist du neu hier?»

Ilka erwartete eigentlich Unterstützung von Otto, aber der war mit Toska schon weiter ins Labyrinth der Gänge vom Müller vorgedrungen und hatte nicht mitbekommen, dass sie angesprochen worden war. «Kannst du dir nicht leisten», erwiderte sie kurz angebunden und erntete einen ungläubigen Blick.

«Wie? Nicht leisten?» Er presste seinen Körper gegen sie und Ilka wich zur Seite. Die Avancen des Typen waren eindeutig, und sie bereute es kurz, dass sie überhaupt mitgekommen war. Eine eklige Bierfahne schlug ihr entgegen.

«Na komm ... für 'ne schnelle Nummer bist du doch hier», faselte der Kerl. Auch wenn Ilka solche Kaschemmen kannte, mit einer so aggressiven Anmache hatte sie nicht gerechnet. Sie schubste den Kerl beiseite und bahnte sich ihren Weg.

Während sie in die Richtung ging, die Hans und Toska eingeschlagen hatten, blickte sie sich um. Außer ihr gab es nur leichtbekleidete Frauen, deren Anliegen klar war. Betrunkene Männer, willige Prostituierte, derbe Anmache in verrauchter Atmosphäre. Von Hans und Toska keine Spur. Sie war längst in einem Areal gelandet, das offenbar nicht für offiziellen Publikumsverkehr gedacht war. Nach mehreren Versuchen landete sie in einem Raum, in den man ihr wohl nur Einlass gewährte, weil man sie für eine Professionelle hielt.

An einem Tisch saßen im rauchgeschwängerten Licht einer Schirmlampe mehrere Personen und spielten Karten. Auf dem Tisch ein großer Haufen Geldscheine. Keine Ahnung, was man spielte, wahrscheinlich irgendein Poker. Ilka kannte sich mit Kartenspielen nicht sonderlich aus. Von Hans Otto oder Toska keine Spur. Hier im Raum waren sie jedenfalls nicht. Ilka konnte sich nicht vorstellen, dass ein Polizeivigilant hier jemals Zutritt bekam, wie Laurens behauptet hatte. Die Atmosphäre hatte etwas Sicheres, spiegelte Sorglosigkeit gegenüber irgendwelchen Auflagen wider. Es war warm und stickig. Zu den Seiten leicht bekleidete Frauen, teils barbusig und von Männerhänden umschlungen. Zur zentralen Pokerrunde hielt man Abstand. Sie musste hier so schnell es ging raus, bevor man auch sie befummelte.

Wieder auf dem Flur gab es eine Reihe von Türen, hinter denen wahrscheinlich ähnlich Rechtswidriges zu finden war. Schließlich landete Ilka in einer Art Abort und setzte sich kurz auf den Lokus. Dann vernahm sie Stimmen, die aus einem benachbarten Raum zu kommen schienen. Sie hätte dem keine weitere Aufmerksamkeit geschenkt, wenn nicht das Wort *Minerva* gefallen wäre. Plötzlich war sie ganz Ohr.

«*Das hat mir die Zitronenjette gesteckt. Die Ladung soll am Dienstag oder Mittwoch ankommen.*»

«*Was sagt Ludwig?*»

«*Der ist hocherfreut.*»

«*Das kann ich mir vorstellen. Bei dem, was er investiert hat.*»

«*Die Preise werden allerdings fallen.*»

«*Nicht nur.*»

«*Was bedeutet?*»

«*Bei der Menge? Der Markt wird sich neu organisieren müssen.*»

«*Im Sinne von Ludwig.*»

«*Wer weiß.*»

«*Jedenfalls ist nicht von Unruhen auszugehen.*»

«*Nein. Wie es aussieht, werden wir den Markt für mindestens ein Jahr unter Kontrolle haben.*»

«*Und wie geht es dann weiter?*»

«*Der Bankmann ist tot.*»

«*Ärgerlich, ja. Aber er hat aus Ludwigs Sicht auch überreizt. Und wir kennen jetzt ja die Quelle.*»

«*Aber nicht nur wir, wie es scheint.*»

«*Richtig. Aber das sollten wir Ludwig überlassen.*»

Das Rauschen eines direkt neben Ilka verlaufenden Abflussrohres unterbrach den Dialog für einen entscheidenden Moment. Sie hörte noch ein: «*… Leute haben Wind von der Sache bekommen. Die haben den Juden bearbeitet. Wir müssen vorsichtig sein.*» Dann hörte sie ein Türklappen und das Gespräch war beendet. Ilka wartete zwei Minuten, dann verließ sie den Abort und suchte weiter nach Hans und Toska. Auf dem Flur lief ihr plötzlich der aufdringliche Kerl von vorhin über den Weg. Mit einem Mal wünschte sie sich Laurens herbei.

«Na, das ist doch mein Luderchen von eben. Jetzt aber ... kommen wir zur Sache. Was kostet denn 'ne Nummer, wenn du schon so aristokratisch bist?» Der Kerl drängte Ilka an die Wand des Flures. Sie spürte, dass er ihr körperlich überlegen war, und tastete unauffällig nach der Deringer, die sie immer in ihrer Handtasche hatte.

Sie spürte Hände, wo sie nicht hingehörten. «Nicht!» Ilka zog die Waffe und drückte sie ihrem Gegenüber zwischen die Beine. «Falls du es nicht gehört hast: Ich habe kein Interesse an dir. Einen Schritt weiter, und ich schieß dir die Eier weg!»

Sie wunderte sich, woher diese Worte kamen. Aber es wirkte: Der Kerl ließ sofort von ihr ab und verzog sich. Einen Moment brauchte sie, um sich zu beruhigen. Sie hatte die Pistole schon benutzt, sogar einen Menschen damit erschossen, aber noch niemals Gefahr von sich selbst damit abgewehrt. Nach wenigen Minuten ging ihr Atem wieder ruhiger. Langsam steckte sie die Deringer, die tatsächlich immer noch gesichert war, wie sie erstaunt feststellte, zurück in ihre Handtasche.

Ilka fand Hans und Toska in ebendem Raum, wo noch vor kurzer Zeit hart gepokert worden war. Oder war es ein anderer? Ein wenig hatte sie die Orientierung verloren. Nein, er war es, aber jetzt sah es anders aus. Die Spielerrunde hatte sich aufgelöst, die Dirnen waren verschwunden. Hans saß am Tisch und sprach mit einem schmächtigen Typen, der in vornehmen Zwirn gehüllt war. Zu ihrem Schrecken registrierte Ilka, dass seine Stimme einer von denen glich, die sie kurz zuvor auf dem Abort gehört hatte.

Hans hatte inzwischen wohl erhalten, wonach ihm der Sinn stand. Aber damit hatte sie nichts zu tun. Viel interessanter war für sie in dem Augenblick, wer das war und was für eine Rolle er im Zusammenhang mit dem Tod von Bernstein und Wiese spielen mochte. Dass sie zufällig etwas dazu erfahren hatte, war ihr längst klar. Das war keine kleine Gaunerkomödie hier, sondern eine Sache organisierter Banden. Und es ging auch nicht um Zitronen oder Orangen, sondern um etwas ganz anderes, was unauffällig zusammen mit den Zitrusfrüchten transportiert wurde. Sehr wahrscheinlich Rauschmittel, wie sie spekulierte. Und wer war dieser Ludwig, von dem die Rede gewesen war?

«Da bist du ja», meinte Hans Otto erleichtert, als er Ilka bemerkte. «Wir haben dich schon vermisst.» Der Kerl neben ihm rieb sich die Augen, als wenn er müde wäre. Eine fiese Visage hatte er, auch wenn er elegant gekleidet war. Neben ihm saß ein dicker Osmane von bestimmt doppeltem Format. «Wollen wir dann?»

«Na, dann macht euch mal einen netten Abend», meinte Ilka zu Toska und Hans, als sie den Raum verlassen hatten und nach vorne zur Bar gingen.

«Wie? Du kommst nicht mit? Ich habe erstklassiges Zeug besorgt.» Hans Otto klang empört.

Wahrscheinlich hatte er insgeheim mit einem flotten Dreier gerechnet, dachte Ilka. «Danke», verneinte sie und schüttelte entschuldigend den Kopf. «Ich habe für heute genug.» Und zu Toska gewandt: «Mir dröhnt der Schädel. Ich wünsch dir viel Spaß, aber pass auf dich auf.»

Nachdem die beiden das Müller verlassen hatten, blieb Ilka im Eingangsbereich an der Bar und wartete, bis der schmächtige Kerl den Laden verließ. An seiner Seite der korpulente Osmane, der tatsächlich einen Fes trug, obwohl das in der Türkei selbst seit Jahren verboten war. Aber schließlich war hier nicht die Türkei und man konnte aufsetzen, was man wollte. Komisch kam es Ilka dennoch vor. Sie hatte Übung darin, Personen nicht aus den Augen zu lassen und gleichzeitig die nötige Distanz zu wahren, also verließ sie den Laden fast zeitgleich. Sie registrierte auf der Straße noch, wie sie sich eine Droschke nahmen, und sie hetzte zum nachfolgenden Kutscher.

«Dem hinterher!», rief sie dem Droschkenfahrer zu und erntete einen erstaunten Blick. Aber der Kutscher folgte ihrer Ansage. Nach wenigen Sekunden hatten sie den anderen Wagen eingeholt.

Aber die Fahrt war nur von kurzer Dauer und endete schon an der Sternschanze. Am dortigen Bahnhof stoppte die vor ihnen fahrende Droschke und die beiden Männer stiegen aus. Ilka tat es ihnen gleich und blieb kurz im Schatten einer Litfaßsäule stehen. Nach einem längeren Wortwechsel gingen die Männer zu den Gleisen. Ilka wusste, dass die Bahnen um diese Zeit nur noch viertelstündlich fuhren, und gerade hatte ein Zug den Bahnhof verlassen. Es eilte also nicht, und sie nahm sich Zeit. Man durfte sie nur nicht erkennen. Zumindest der Schmächtige dürfte sie im Müller bemerkt haben. Was den Türken betraf, war sich Ilka nicht sicher.

Vorsichtig betrat sie den Bahnsteig und schwenkte sofort in Richtung Wärterhäuschen. Sie konnte die beiden sehen. Sie standen auf der Bahnsteigseite Richtung Innenstadt und achteten nicht auf mögliche Verfolger. Sie rauchten und fühlten sich anscheinend sehr sicher. Ilka würde einen Waggon hinter ihnen besteigen, so der Plan. Und so kam es auch. An jeder Station öffnete sie die Türen und kontrollierte mit einem raschen Blick, ob die beiden Männer ausgestiegen waren. Aber erst am Baumwall war es so weit.

Ilka ließ den Männern einen Vorsprung von einer Treppenlänge, um sich mit dem Geräusch ihrer Pumps nicht zu verraten. Als sie schließlich unter dem stählernen Viadukt auf der Straße stand, glaubte sie, ihren Augen kaum zu trauen. Nirgendwo eine Spur von den beiden. Weder auf dem Trottoir noch auf der Straße. Sie mochten kaum eine halbe Minute Vorsprung gehabt haben. Ilka stellte sich neben den Treppensockel, zündete sich eine Zigarette an und schaute sich prüfend um. Es gab auch keine benachbarten Lokalitäten, wo die beiden hätten einkehren können. Sie blieben wie vom Erdboden verschluckt.

KAPITEL 8

Montag, 11. November 1929

Es herrschte weiterhin unfreundliches Wetter. Von der angekündigten Sturmflut würden sie am Leinpfad zwar nicht viel mitbekommen, aber die Bäume neigten sich in den heranrückenden Sturmböen bereits bedenklich. Schlimmstenfalls krachte ihnen eine der alten Eichen vom Nachbargrundstück aufs Dach. Eigentlich ein Wetter, um zu Hause zu bleiben. Aber Ilka war zum Feierabend mit David verabredet und wollte ihn dann bei einem seiner Werbefeldzüge für neue Arbeiterwohnungen in eine Kneipe begleiten. So zumindest der Plan. Laurens hatte heute den Termin in Bernsteins Bankhaus. Das versprach Spannung. Sie überlegte, ihn vorher im Stadthaus aufzusuchen, um die Ergebnisse zu erfahren. Von dort war es nur ein Katzensprung zu Davids Büro.

«Du warst *wo*?» Laurens hatte die Stirn gerunzelt, als sie ihm am Frühstückstisch von den gestrigen Geschehnissen im Café Müller berichtete. Er hatte schon tief und fest geschlafen, als sie nach Hause gekommen war, was selten geschah.

Er machte ein besorgtes Gesicht. «Ich hab dir doch gesagt, das ist kein harmloses und gewöhnliches Café.»

«Hast du gesagt, ja. War auch mehr oder weniger Zufall. Die Begleitung von Toska wollte da noch etwas organisieren ...» Dass sie persönlich bedrängt worden war, behielt Ilka bewusst für sich. Man musste nicht aus jeder Mücke einen Elefanten machen. Und es war ja gutgegangen. Die anderen Erkenntnisse waren ihr wichtiger.

«Also mal wieder Koks, das man da vertickert. Wird Zeit, dass wir einschreiten. Wie hieß der Kerl gleich?»

«Otto. Hans Otto.»

«Werde ich prüfen lassen. – Und dieses Gespräch, das du belauscht hast ... wo es um die Minerva ging. Bitte noch mal mit allen Details.»

Ilka holte aus und gab sich Mühe, nichts auszulassen.

«Interessant – in Wieses Kalender fand ich dreimal einen Eintrag mit dem Begriff ‹Zitronenjette›. Das passt also. Und die Minerva ist im Hafen für Mittwochabend oder Donnerstag angekündigt. Das wissen wir schon. Im Baakenhafen, am Versmannkai. Du könntest tatsächlich recht haben mit deiner Vermutung.»

«Natürlich habe ich recht!», protestierte Ilka. «Es gibt einen Zusammenhang. Und was ist mit diesem Ludwig?», wollte sie wissen und träufelte sich etwas Honig aufs Brötchen. Es war schon das zweite Mal, dass Laurens entgegen seinem normalen Tagesablauf vorm Frühstück das Haus verlassen und frische Brötchen geholt hatte. Ein bemerkenswerter Umstand.

«Sagt mir jetzt nichts auf Anhieb. In Wieses Kalender taucht der Name jedenfalls nicht auf. Aber auch dafür haben wir Verzeichnisse.»

«Bleiben die beiden Typen, die ich verfolgt habe. Der Kleine und der dicke Osmane.»

Laurens räusperte sich. «Das unterlässt du zukünftig ... bitte», schob er schnell hinterher. «Wenn du recht behältst, dann ist das hier kein Katz-und-Maus-Spiel. Solche Typen sind skrupellos und gefährlich. Denk an Wiese und was mit ihm geschehen ist. Sie werden gemerkt haben, dass du ihnen gefolgt bist. Organisierte haben für solche Fälle immer Fluchtwege parat.» Er blickte Ilka unmissverständlich an.

Sie nickte, schlug Laurens' Warnung aber gedanklich in den Wind. Sie dachte gar nicht daran, bei nächster Gelegenheit nicht weiter herumzuschnüffeln. Schließlich war sie es, die Laurens wahrscheinlich einen entscheidenden Schritt vorangebracht hatte. Und so würde sie es auch weiter handhaben. Wo die beiden Typen geblieben sein konnten, war ihr allerdings immer noch ein Rätsel.

«Vergiss nicht, dass sowohl Bernstein als auch Wiese Juden waren. Das Wort ‹Jude› fiel auch in diesem Gespräch. Explizit auf Wiese bezogen. Bernstein hieß da nur der ‹Bankmann›», erinnerte sie ihn.

«Aber ja doch. Dem gehen wir nach. Du glaubst doch aber nach alldem nicht wirklich an einen antisemitischen Hintergrund?»

«Eigentlich nicht.»

Nachdem Laurens das Haus verlassen hatte, nahm Ilka erst mal ein Bad und widmete sich danach einer ausgiebigen Körperpflege, beschallt von Lina Goldschmidt, die im Radio eine ihrer formidablen Sendungen präsentierte. Es ging mal wieder um die Rolle der Frau in der Gesellschaft, und es war für Ilka wie immer erheiternd, wie wenig sie sich mit dem Klischee der Frau im Allgemeinen identifizierte. Achselhaare rasieren? Für sie das Natürlichste auf der Welt. Genauso wie die Beine haarfrei sein mussten. Aber anscheinend war die Mehrzahl der Frauen da anderer Meinung. Sonst gäbe es die Goldschmidt nicht. Ilka musste lächeln. Selber schuld, dachte sie und bemitleidete kurz das Gros der Frauen. Hätten sie doch auf ihre Männer gehört.

Danach gab es die Übertragung klassischer Konzerte. Diesmal wieder Brahms. Immer wieder Brahms, nur weil er der Stadt eine Symphonie gewidmet hatte. Sie hatte nichts gegen Brahms, aber Rachmaninoff, Skrjabin, Prokofjew und vor allem Schostakowitsch sagten ihr mehr zu. Alles Russen, wie sie sich eingestehen musste. Warum auch immer.

Gegen vier Uhr nachmittags verließ sie das Haus und machte sich auf den Weg ins Stadthaus zu Laurens. Es stürmte gewaltig und sie überlegte, ob das Cape wirklich ausreichend war. Die Wassermengen strömten nur so über den Bordstein. Vom Blitz erschlagen zu werden wäre das geringste Übel auf ihrem Weg gewesen. Der Sturm peitschte um sie herum und riss an ihrer Kleidung. Durch Regen und Wind arg in Mitleidenschaft gezogen, erreichte sie schließlich das Stadthaus. Die Wachmannschaft kannte sie nach den vielen Jahren inzwischen fast vollzählig, und Neulinge wurden von den Kollegen schnell aufgeklärt, wer sie war. Um sich frisch zu machen, genügte Ilka ein kurzer Abstecher zu den Waschräumen, aber sie brauchte sich nur um ihre Frisur zu kümmern. Cape und Mantel hängte sie zum Trocknen vor einen Fensterschacht.

Der kantige Beamte, der sie auf dem Flur vor Laurens' Amtsstube freundlich grüßte, ließ sie kurz zusammenzucken. Irgendwoher kannte sie ihn, aber Ilka fiel nicht ein, wo sie ihm schon mal begegnet sein könnte. Vielleicht war es auch Einbildung, denn der Gruß war beiläufig gewesen.

Annähernd en passant, wie man eben flüchtig eine Frau grüßte. Zum engen Stab von Laurens gehörte er jedenfalls nicht. Und der schien schwer im Stress. Als Ilka die Tür seines Arbeitszimmers hinter sich ins Schloss zog, blickte er nur kurz auf und gab ein jammerndes Stöhnen von sich.

«Störe ich?»

Laurens verharrte kurz, schüttelte dann den Kopf und schob mehrere Ordner auf seinem Schreibtisch zusammen. Dann erhob er sich und drückte Ilka einen zärtlichen Kuss auf den Mund. «Gut, dass du gekommen bist. Ich weiß gerade nicht, wo mir der Kopf steht.»

«Steht dir jedenfalls gut», meinte sie trocken und grinste, nachdem Laurens sich wieder gesetzt hatte.

Er quälte sich ein Lächeln ab. «Es sind sieben Millionen. Bernstein hat mindestens sieben Millionen angewiesen. Mir schwindelt angesichts der Zahl.»

«Was heißt mindestens?», fragte Ilka.

«Es ist möglich, dass da noch mehr hinzukommt. Bernstein hatte ja die Möglichkeit, auf Depots von Kunden zuzugreifen. Ob die mit der Entnahme einverstanden waren, steht in den Sternen. Das müssen wir alles prüfen», sagte er, über seine Unterlagen gebeugt.

«Das wusstest du doch bereits», meinte sie etwas enttäuscht. Sie hatte mehr erwartet. Etwas Bahnbrechendes.

«Ich kann es dennoch einfach nicht glauben.»

«Herrje! Das war ein Bankier. Der investiert von Natur aus. Warum sollte er es nicht getan haben, wenn ein Gewinn in Aussicht stand? So etwas erwarte ich schließlich von meinem Bankberater auch», erklärte Ilka.

«Ja klar. Die Frage ist, woher wusste er vom Gewinn?»

«Du glaubst immer noch an Zitrusfrüchte?», fragte sie.

«Nein, ganz bestimmt nicht. Der hatte einen Tipp. Da ist irgendwas Großes am Laufen. Aber in den einschlägigen Kreisen weiß man angeblich von nichts. Zumindest gibt es keine Hinweise darauf. Aber was heißt das schon ... – Wiese hat übrigens regelmäßig Kokain konsumiert. Das sagt zumindest Doktor Wiesenthal nach der Leichenöffnung. Er meint, man könne das an den Nasenscheidewänden erkennen.»

«Na also. Das passt doch», erklärte Ilka und grübelte kurz darüber nach, ob auch ihre Nase bereits solche Schädigungen aufwies. Sie schnupfte das Zeugs zwar nicht täglich, aber ein-, zweimal die Woche kam es schon vor. Und das seit mindestens fünf Jahren. Zeit, damit aufzuhören, dachte sie. Vor allem jetzt, wo sie schwanger war. Andererseits, das Amüsement war doch erstaunlich. Und der Sex allemal. Sie schob den Gedanken beiseite. «Spielsucht, Kokain – und der Schwager investiert sieben Millionen in undurchsichtige Geschäfte. Dazu das, was ich in Erfahrung gebracht habe. Noch irgendwelche Fragen?»

«Ja ... Nein. Eigentlich nicht. Aber es passt eben nicht. Wenn Bernstein und Wiese solche Geschäfte geplant und umgesetzt haben ... Warum bringt man sie um? Warum foltert man Wiese, bevor man ihn tötet? Warum ermordet man den Verbindungsmann der Geldgeschäfte? Das scheint mir alles völlig abwegig ...»

«Zugegeben, das ist seltsam. Aber wir sollten nicht vergessen, dass der Deal anscheinend noch nicht abgeschlossen ist. Die Minerva ist noch unterwegs», sagte Ilka.

«Und das, was mit dem Schiff eintreffen soll, damit möglicherweise herrenlos. Wir werden die Minerva mit allen uns zur Verfügung stehenden Kräften in Empfang nehmen und durchsuchen. Vom Top bis zum Wellentunnel. Da entgeht uns nichts.»

«Und ihr meint, das wissen die Empfänger nicht?»

«Woher sollten sie?»

«Erinnere dich an das, was ich gehört habe. Es scheint mehrere Interessenten zu geben. Und da ist man sicherlich nicht so blöd, sich auf den ursprünglichen Plan einer Übergabe zu verlassen, so es denn einen gegeben hat.»

Laurens rollte mit den Augen. «Und mit dieser Einschätzung willst du dich bei uns bewerben? Nun lass mal gut sein. Wir haben das schon unter Kontrolle und wissen, was zu tun ist.»

«Und jetzt? Feierabend?»

«Darf ich lachen?» Laurens erhob sich erneut. «Nein, mein Zettel ist noch voll. Gleich habe ich einen Termin bei einem Ingenieur der Stadtwasserkunst. Wilhelm Berger. Sein Name taucht in Wieses Kalender mehrfach auf. Das sind so die kleinen Unbekannten, an denen ich mich entlanghangele, denn einen wirklichen Hinweis haben wir bislang noch nicht. Ich muss sie alle abklappern.»

Ilka passte ihren Bruder genau zum Feierabend an den Hohen Bleichen ab. David war der Letzte im Büro und noch damit beschäftigt, Ordnung zu schaffen. Darauf legte sein Chef äußersten Wert, wie er meinte. Alles musste seine Ordnung haben. Der morgige Tag war von Schumacher akribisch durchgeplant. Und David oblag die Organisation, die Vorbereitung. Alles, was danach geschah, war sein persönliches Plaisir, nicht sein Job. Dies Werben für Wohnungen in neu gebauten Siedlungen, all die Energie, die er da reinsteckte, Arbeiter zu überzeugen, nicht mehr in baufälligen Gemäuern und gesundheitsschädlicher Umgebung zu leben, keine mehrstündigen Arbeitswege mehr auf sich nehmen zu müssen. Es war ihm ernst, es war ihm ein Anliegen, es war sein Herzblut, wofür er sich einsetzte. Irgendwie war Ilka deshalb stolz auf David. «Und du willst dir das wirklich antun?», fragte er, als er zu seinem Mantel griff.

Ilka nickte. «Habe ich dir versprochen. Und es bleibt dabei. Wohin geht es übrigens?»

«Erkers Gaststuben. Das liegt auf der Uhlenhorst ... na ja ... eigentlich ist das schon Barmbeck. Die Grenze verläuft da im Zickzack durchs Quartier und die Straßen, und Uhlenhorst klingt natürlich netter. Kein großer Laden, aber sie haben einen Anbau mit einer Kegelbahn und einem kleinen Saal. Das ist immer wichtig. Auch wenn da höchstens hundert Leute reinpassen. Kegelbahn und Saal – da kommen die Inoffiziellen zusammen. Gewerkschaftler, Vorarbeiter, Gruppenführer. Leute, auf die man hört. Und die gemäßigte Fraktion der Kommunisten lässt sich dort auch hin und wieder blicken. Es ist ja nicht so, dass sich alle KPDler und Sozialdemokraten spinnefeind sind. Auch wenn man manchmal den Eindruck gewinnen könnte. Da gibt es durchaus auch Sympathien. Nur ist das meist auf persönliche Freundschaften und Verbindlichkeiten zurückzuführen. Etwa, wenn es um den Pazifismus geht. Da gibt es in beiden Lagern genug Anhänger, die das gleiche Ziel haben. Aber wenn es offiziell wird, wenn die Parteilinie eingehalten werden muss, dann ist Schluss mit lustig. Dafür sorgen aufseiten der Kommunisten schon Leute wie Thälmann. Das ist ein Heißsporn, der Blut geleckt hat.

Wie alle Leute vom nun endlich verbotenen Rotfrontkämpferbund. Denen ist wirklich nichts heilig. Hauptsache, Randale. Egal ob gegen Polizei, Hakenkreuzler oder Sozialfaschisten, wie die Demokraten dort inzwischen genannt werden.»

«Kennst du ihn persönlich?»

David schüttelte den Kopf. «Ich habe ihn bei zwei, drei Veranstaltungen als Redner gehört. Das hat mir gereicht. Ein ganz übler Geselle, der aber in der Lage ist, Massen zu mobilisieren. Leider. Sein ganzer Hass schlägt seit dem Blutmai den Sozialdemokraten entgegen, dabei vergisst er völlig, dass es einen Feind gibt, den er nur gemeinsam mit den Sozialdemokraten besiegen kann: die Nationalsozialisten. Aber Thälmann ist eben kein Mann der Kompromisse.»

Auf dem Weg in die Humboldtstraße erzählte sie David von den gestrigen Geschehnissen in Eimsbüttel und was es sonst Neues zu berichten gab. Sie hatten eine Droschke genommen, die wegen des Feierabendverkehrs stadtauswärts nur langsam vorankam.

«Müllers Café?», echote David. «Nie gehört. Aber wie, sagtest du, war der Name dieses ominösen Hintermanns?»

«Ludwig.»

«Das ist schon merkwürdig.» David lächelte kurz. «Ich kannte mal einen Ludwig, und der hieß tatsächlich Müller. Aber das ist sehr, sehr lange her.»

Ilka warf ihm einen fragenden Blick zu. Wie hatte er den Namen des Cafés mit dem Namen Ludwig zusammengebracht? Obwohl ... warum nicht?

«Das war zu meiner Jugendzeit ... nein, eigentlich waren

wir noch Kinder. Keine Ahnung, was aus ihm geworden ist ...»

«Erzähl schon», sagte Ilka, als sie merkte, dass Davids Redefluss zu verebben drohte.

Der haderte kurz mit sich, wie Ilka merkte. «Es war einmal ein Waisenkind ... vor langer Zeit. Du willst die Geschichte noch mal hören?»

«Als Vater und Mutter dich adoptierten, warst du fünfzehn Jahre alt. Ich weiß.» Ilka nickte. So viel wusste sie. Mehr aber nicht. Gespannt wartete sie auf Davids Geschichte.

Es dauerte einen Augenblick, bis David fortfuhr. «Ich ... wir gehörten zu einer Straßengang, Ludwig und ich. Aber nicht nur wir. Da gab es noch einige andere. Hannes war unser Vater. Na ja, unser Boss. Alles ging nach ihm. So schlecht war es nicht, aber eben immer irgendwie kriminell. Das war uns aber nicht wirklich klar. Was wir taten, machten wir für Hannes. Ohne es zu hinterfragen. Wieso auch. Er war unsere Heimat, bot uns Schutz und gab uns das Gefühl einer Familie. Und er lehrte uns, füreinander einzustehen, egal was war. Und das taten wir.»

David stockte. Vielleicht hatte er noch nie über diese Zeit gesprochen, überlegte Ilka. Aber dann warf er ihr einen fast fürsorglichen Blick zu und fuhr fort: «Natürlich waren die Sachen, die wir machten, die er uns auftrug, nur selten legal ... nein, eigentlich nie. Aber dennoch bekamen wir ein Gefühl dafür, ob etwas in Ordnung war oder nicht.» Er räusperte sich verlegen. «Egal, was der Gesetzgeber dazu sagte. Ja, ich habe also tatsächlich eine kriminelle Vergangenheit.» Es klang fast wie ein Scherz aus seinem Mund. «Wir haben gestohlen, wir haben geraubt ... den

Reichen genommen. Wir saßen auf der Lauer, wir waren die Boten, die Kuriere, das Ablenkungsmanöver ... alles, was Hannes wollte. Klar ging auch mal was schief. Wir bekamen auf die Nase, wurden durchgeprügelt ... aber wir waren halt fünfzehn. Da steckt man so was irgendwie weg. Wir hatten ja auch keine Alternative.»

«Aber dann ...»

«Ja, wir hatten von unserem Vater ... von Sören den Auftrag für eine Observation bekommen. Besser gesagt, von Hannes. Ich weiß nicht genau, aus welchen Gründen Sören mit Hannes per Du war, aber die beiden verstanden sich gut. Typisch Vater eben. Und Hannes meinte, wir sollten das machen. Tja, es ging mächtig schief und ich kassierte mehr als eine Ohrfeige. Mit Pech hätte ich das nicht überlebt. Und das war dann wohl ausschlaggebend für Vaters Entschluss, mich zu adoptieren und mir mein Leben zu finanzieren, mein Studium. Ich stehe tief in Sörens Schuld.»

Ilka lächelte. «Ich glaube nicht. Für mich warst du immer mein großer Bruder.»

«Bleibe ich auch.» David legte ihr beschützend eine Hand auf die Schulter, und sie wischte sich eine Träne aus dem Augenwinkel. «Und auch irgendwie klar, dass ich bei den Sozialdemokraten gelandet bin, bei der Mutter.» Er lachte. «Obwohl ich wirklich zeitweise mit der linken Fraktion der USPD konform gegangen bin.»

«Aber nicht mit den Kommunisten.»

«Nein. Na ja, direkt nach dem Krieg war ich wohl kurz davor, das Lager zu wechseln. Ich habe ja selbst die Rote Fahne der Räte verteidigt. Das war schon schräg. Da hat nicht viel gefehlt. Gott sei Dank hat die Vernunft gesiegt.»

Er zog Ilka dicht an sich. «Und dich habe ich immer beschützt, meine Hübsche.»

Ilka kämpfte kurz gegen die Tränen. «Und ich habe mich immer von dir beschützt gefühlt.»

«Und einen Teil davon hat nun Laurens übernommen.»

Sie lächelte. «Irgendwie schon. Aber das ist was anderes. Ich kann ja auch ganz gut auf mich selber achtgeben.»

«Er wird schon auf dich aufpassen. Da bin ich mir ganz sicher», meinte David. «Kommt da noch was mit euch?»

Ilka stieß einen tiefen Seufzer aus und lächelte ihren Bruder an. «Ich denke schon.»

«Ist ein feiner Kerl, dein Laurens. Wir verstehen uns jedenfalls.»

«Ja, wir auch.»

David stupste sie an. «Dann lass ihn nicht vorbeiziehen.»

«Ganz bestimmt nicht. Aber es gibt noch Dinge, über die wir uns nicht im Klaren sind.» Das war gelogen. Sie wusste es sehr wohl.

Erkers Gaststuben war ein eher unscheinbares Lokal. Es lag hinter einer gründerzeitlichen Fassade im heterogenen Straßenbild eines Viertels, das irgendwo im Nichts zwischen bürgerlichem Wohnquartier und Terrassenvierteln der Arbeiterschaft lag. Straßenbeleuchtung hatte es jedenfalls noch nicht bis hierher geschafft. Trotzdem stand der Laden unter Beobachtung, wie David meinte. Allein wegen seines Saals und damit der Möglichkeit, verbotene Veranstaltungen für ein größeres Publikum abzuhalten.

Drinnen war es wie in allen Lokalitäten der Arbeiterschaft stickig. Eine Melange aus Schweißgeruch und Bier schlug Ilka entgegen. Lautstarke Diskussionen, die sich offenbar um die Sorgen und Nöte der Arbeiter drehten. Am Tresen bot sich das übliche Bild hektischen Austauschs von Flüssigkeiten und Münzen. Und auch das fand anonyme Kommentare: *«Die braunen Fünfzig-Pfennig-Stücke sollen bald ungültig sein und eingezogen werden»* ... *«Dann können wir ja mit Wohlfahrtsbriefmarken unsere Zeche zahlen»* ... Eine ganze Gruppe lachte. *«In den Autobussen darf nicht mehr geraucht werden»* ... *«So? Was brauchen wir Autobusse? – Nach Ansage der Autorufer sind die Kraftdroschken eh genauso teuer wie eine Fahrt für fünf Personen von Rathaus zu Rathaus ... also nach Altona.»* – *«Na, wenn wir zum Trinken unter uns bleiben, sollte sich das ja lohnen. Aber was soll ich in Altona?»* Lautstarkes Gegröle. *«Beim Preis von vier Mark fürs Pfund Kaffee allemal. Und in den Droschken gibt's keine Klassengesellschaft. Und rauchen darf man auch ... Also nicht, dass ihr mir was gegen 'ne Taxe sagt.»*

David schlängelte sich bis in den Saal vor und betrat selbstbewusst die kleine Bühne. Sein Auftritt war nicht angekündigt. Und er kannte hier anscheinend niemanden. Aber seine Stimme war durchdringend und brachte das tumultartige Rauschen der Umgebung innerhalb kürzester Zeit zum Erliegen. Klar, dass er das nicht das erste Mal praktizierte, aber Ilka war dennoch überrascht, wie ihm die Menge innerhalb weniger Minuten Gehör schenkte.

Nach wenigen Sätzen war es mucksmäuschenstill im Saal und alle lauschten Davids Worten. Er machte es gut. Nicht als Manifest, nicht als Mitglied einer Partei. Nein, er trug die Fakten vor. Von Zwischenrufen ließ er sich nicht aus dem Konzept bringen. Vor allem die Nähe der neuen Wohnquartiere zu den Arbeitsstätten betonte er und erntete tatsächlich Beifall aus einigen Reihen. Langsam strömten auch die Leute aus dem Schankraum in den Saal und es füllte sich zusehends.

Als David etwas ausholte, um über die verschiedenen Finanzierungsmöglichkeiten zu sprechen, ging plötzlich ein Raunen durch den Saal und die Masse strömte hektisch in Richtung Ausgang. Ilka hörte nur Wortfetzen. «Hakenkreuzler!» ... «Leute vom Sturm!» ... «Nationale» ... «Überfall!»

Bevor sie reagieren konnte, eskalierte die Situation. Eine Gruppe von uniformierten Schlägern drängte ins Lokal und schlug mit Knüppeln in alle Richtungen. Ilka sah Hakenkreuzbinden an den Armen, Tische und Stühle gingen zu Bruch. Alles schrie durcheinander, der Wirt hielt sich die Meute mit einem Hocker vom Leib. Hinter ihm der Koch, der drohend ein riesiges Fleischermesser vor sich hielt. Aus dem Augenwinkel sah Ilka David, der mit seinen Fäusten auf die Störenfriede einschlug und einem Uniformierten einen heftigen Schlag mit dem Ellenbogen verpasste, dass der rücklings gegen einen Pfeiler krachte. David war aufgrund seiner Statur eine Bank, die so schnell niemand außer Gefecht setzte. Die Eindringlinge skandierten lautstark «Deutschland erwache! Jude verrecke!».

Viele flüchteten auf die Straße, aber die Mehrzahl verteidigte sich gegen die Schlägertruppe. Ilka hielt sich in Deckung. Notfalls hatte sie ihre Pistole dabei. Nach wenigen Minuten war der Spuk vorbei und die Angreifer vertrieben. Aber bei den verbliebenen Personen zeigte sich Unsicherheit. «Das machen sie überall ... immer häufiger. Man ist nirgendwo mehr sicher. Brüder, zu den Waffen!» Es dauerte einen Augenblick, bis einige die *Internationale* intonierten. David kam zu Ilka und legte ihr den Arm um die Schulter. «Alles in Ordnung?», fragte er voller Sorge.

«Ich muss an die frische Luft», entgegnete Ilka und strebte zum Ausgang. David begleitete sie.

Warum auch immer, aber plötzlich fiel Ilka ein, woher sie den jungen Polizisten kannte, der sie auf dem Flur im Stadthaus gegrüßt hatte. Er war einer von den Männern gewesen, die im Café Müller am Pokertisch gesessen hatten. Sie war sich ganz sicher. Hatte auch er sie wiedererkannt, oder war der Gruß reine Höflichkeit gewesen? Vielleicht war er einer von den Vigilanten, die man dort heimlich eingeschleust hatte, um die Szene und die Vorgänge im Café im Auge zu behalten.

«Das war so nicht vorgesehen», meinte David. «Geht es dir gut?»

Ilka hatte sich eine Zigarette angezündet und inhalierte tief. Dann fiel ihr Blick auf eine Gruppe von Männern, die lachend auf der anderen Straßenseite stand. Einer von ihnen in brauner Uniform mit Banderole am Arm. Sie erschrak und mochte es kaum wahrhaben. Wenn sie nicht alle Sinne täuschten, dann war der junge Mann neben dem Uniformierten ihr Bruder Robert.

KAPITEL 9

Dienstag, 12. November 1929

Ilka wollte nichts weiter als Aufklärung. Aufklärung, was ihr Bruder am Abend des brutalen Überfalls dort zu suchen gehabt hatte. Er war dort gewesen, sie war sich zu hundert Prozent sicher. Unglaublich, dass er sich so wenig verändert hatte. Am nächsten Tag machte sie sich auf in die Lange Reihe. Ihre handschriftliche Nachricht hatte Robert bislang ignoriert, zumindest hatte er sich nicht telephonisch gemeldet, was an sich schon bemerkenswert war. Allerdings war sie selbst auch nur selten erreichbar gewesen. Vielleicht hatte er es tatsächlich versucht und sie tat ihm unrecht.

Im Treppenhaus an der Langen Reihe begegnete ihr erneut der glupschäugige Nachbar, der über die *Hansische Warte* gewacht hatte. Ein freundlicher Gruß, mehr nicht. Er hielt zumindest die Kontrolle über das Treppenhaus, so viel war klar. Wahrscheinlich schaute er den ganzen Tag durch den Spion in der Tür.

Robert war tatsächlich zu Hause. Er tat überrascht, als er die Tür öffnete, und Ilka war überrascht, mit welcher emotionslosen Selbstverständlichkeit er sie hereinbat. Keine Umarmung, kein Kuss. Immerhin hatten sie sich seit etlichen Jahren nicht gesehen. Ihr Verhältnis war eigentlich immer herzlich gewesen. Für sie war Robert der kleine

Bruder, den sie liebevoll durch die Schulzeit begleitet, ihm durch die Haare gewuschelt hatte. Sie war schließlich neun Jahre älter als er, und die neun Jahre waren entscheidend gewesen. Und nun stand sie einem jungen Mann gegenüber, der attraktiv war und vor allem schnittig aussah. Ja, er habe es mehrfach telephonisch versucht, entschuldigte er sich. Aber ohne Erfolg. Nun hätte es ja geklappt. «Was darf ich dir anbieten?»

Ilka glaubte ihm kein Wort. Zugegeben, sie war voreingenommen. «Einen Kaffee vielleicht?» Das Frühstück war heute knapp ausgefallen.

«Wir haben uns wie viele Jahre nicht gesehen? Ich dachte schon, ich würde dich nicht wiedererkennen, aber so sehr hast du dich dann doch nicht verändert», meinte Ilka. Sie war ihm in die Küche gefolgt, wo Robert den Kaffee aufsetzte. Dass sie ihn gestern erkannt hatte, verschwieg sie. Er hatte sie in all dem Chaos auf der Straße nicht bemerkt, und selbst David hatte ihn nicht gesehen. «Mein kleiner Bruder.»

«Das ist lange her», sagte er etwas pikiert. Die dampfende Kaffeekanne trug er wenig später ins Zimmer.

Ilka registrierte, dass er Tildas Augen hatte. *Muttersöhnchen*, schoss es ihr durch den Kopf, aber dem war ja nachweislich nicht so. «Na ja, der Jüngere wirst du immer bleiben.» Robert kramte Kaffeetassen und Untersetzer aus einer Anrichte und schenkte ihnen ein.

«Mag sein.» Er umkreiste Ilka. Förmlich und auch gedanklich. «Was ist mit Schweden?»

«Ture?»

«Wie auch immer er hieß.» Es klang ziemlich geringschätzig, fand Ilka. So, als wenn man einen Namen vergisst, weil man den zugehörigen Menschen für unwichtig hält. Aber Robert kannte Ture gut. Ihr schwedischer Freund hatte ja eine Zeit bei ihnen gewohnt. Und auch danach war ihre Beziehung ein jahrelanges Streitthema in der Familie gewesen. Streit, weil sie nicht heirateten und Kinder bekamen. Sie und Ture hatten sich festgefahren. So war es. Aber einen so verachtenden Kommentar hatte die Angelegenheit nicht verdient. Und was hatte Robert davon schon mitgekriegt? In ihrer Erinnerung war er Ture immer wohlgesinnt gewesen. Aber da gab es wohl etwas. Anscheinend mehr, als Ilka bewusst gewesen war. «Na ja, du hast es ja auch nicht nötig, da irgendwas Handfestes draus gedeihen zu lassen. Mit den Millionen von Onkel Martin bist du ja fein raus.» Das war es also. Er neidete ihr das Erbe.

«Ach, red keinen Quatsch. Ich mache nach wie vor meinen Job und habe Spaß daran.»

«Bist du immer noch bei dieser Zeitung in Berlin beschäftigt?» Roberts Worte klangen fast aggressiv.

«Die *Vossische*, ja. Ich bin nach wie vor bei Ullstein.»

«Soll jüdisch unterwandert sein, wie ich hörte.»

«Häh?» Ilka glaubte, sich verhört zu haben.

«Na ja, die Beletage ist mit Juden besetzt. Dazu noch Sozialdemokraten.»

Was war hier los? «Ich glaub, ich höre nicht richtig! Darf ich dich daran erinnern, dass du aus einer sozialdemokratischen Familie stammst?»

Robert machte eine abschätzige Handbewegung. «Ja, natürlich. Und wenn man die Dinge nicht hinterfragt ... bleibt immer alles so, wie es ist. Die Guten bleiben die Guten, auch wenn sie eigentlich die Bösen sind. Weil man das nicht sehen will, weil man das nicht sehen soll. Ich glaube, in der Hinsicht wurde viel Schindluder getrieben. Und solange man die Presse unter Kontrolle hat, kann man sicher sein, dass die eigenen Verfehlungen nicht an die Öffentlichkeit kommen.»

Ilka war sprachlos. Sie schüttelte den Kopf. «Presse unter Kontrolle? Ich weiß nicht, was du meinst.»

Robert baute sich vor ihr auf. «Ach, komm schon. Du weißt, was ich meine. Dieses Lügengespinst. Alle schreiben dasselbe. Um das Volk ruhig zu halten. Aber das Volk hat das längst durchschaut.»

«Was durchschaut?»

«Dass es nur noch darum geht, an der Macht zu bleiben. Das, was entscheidend ist, wird im stillen Kämmerlein verhandelt, nein ausbaldowert. Schau dir an, was mit Moldenhauer und Curtius ist. Da gibt es eine Rochade zwischen Reichswirtschaftsminister und Reichsaußenminister. Mal eben so, und niemand regt sich auf. Es geht nicht mehr um fachliche Kompetenz, sondern um Parteizugehörigkeiten. Um Macht. Wer berichtet darüber? Richtig: niemand. Und dann die Berichte über Tardieu und den Young-Plan. Alles hausgemacht. Nur um den Volksentscheid nicht zu gefährden. Es könnte ja jemand nein sagen. Warten wir mal ab, was das Volksbegehren zutage fördern wird. Aber wahrscheinlich geht das wirkliche Ergebnis auch innerhalb der Lügenpresse unter.»

«Tardieu hat die fristgerechte Räumung des Saarlandes angekündigt», warf Ilka ein.

Robert lachte. «Bist du blind? Sind's die Augen, geh zu Ruhnke! – Die Debatte hat doch gerade erst begonnen. Na schau'n wir mal, was davon übrig bleibt. Jetzt haben wir ja erst mal das Problem mit den deutschstämmigen Bauern aus Sibirien. Ich bin gespannt auf das Verhandlungsgeschick. Die wollen da weg, und möglichst in Richtung Kanada. Erst mal natürlich hierher, weil hier der Hafen ist. Irgendwie verständlich. Wie ich hörte, ist es aber unwahrscheinlich, dass die Russen sie so einfach ziehen lassen. Und dann die zweite Haager Konferenz? Schweigen im Walde!»

«Das sind ziemlich viele Baustellen, die du ansprichst», entgegnete Ilka.

«Ja, zu viele für einen Durchmarsch. Ist mir auch klar. Aber ich denke, der Staat wird das hinkriegen.» Robert lächelte. «Vorausgesetzt, es gibt ein anderes Führungspersonal.»

«Und das wäre?», fragte Ilka. Sie hatte es sich inzwischen auf einem der ledernen Sessel im Salon bequem gemacht. Mit einem solchen Feuer hatte sie nicht gerechnet.

«Auf jeden Fall nicht mit Sozialdemokraten», entgegnete Robert trotzig.

«Sondern?»

«Hast du Hitlers *Mein Kampf* gelesen?»

«Ich muss gestehen: Nein. Aber das liegt wohl daran, dass ich mich grundsätzlich damit schwertue, Menschen aufgrund ihres Glaubens oder ihrer Herkunft zu bewerten. Und darum geht es Hitler ja wohl.»

«So in etwa», konstatierte Robert. «Aber nicht nur. Lies das mal.»

«Und du gehst mit den Thesen von Hitler konform?»

«Ich lese sie mir zumindest durch. Und ja, in vielen Dingen scheint er recht zu haben. Seine Ansätze sind nachvollziehbar. Und vor allem hat er Lösungen zu den gegenwärtigen Problemen parat. Im Gegensatz zu den Phantasmen der jetzigen Regierungsparteien.»

«Und wie sollen die umgesetzt werden?»

«Erst mal geht es darum, dass überhaupt etwas geschieht. Bewegung. Veränderung. Und das alles nicht nur aus der Perspektive des Versagens, der Verlierer, der Gebändigten. Nein, es muss einen Aufstand geben, der uns das Wertgefühl zurückgibt, die Führung zu übernehmen.»

«Hmm ... ich weiß nicht. Das klingt in meinen Ohren alles sehr reaktionär. Und ‹Führung übernehmen› auch gefährlich. Ich glaube nicht, dass das Ausland es hinnehmen oder dulden wird, dass Deutschland eine Führungsrolle einnimmt.»

«Das ist typisch. Deinen Worten entnehme ich, dass auch du dem Irrglauben unterliegst, das sogenannte Ausland – gemeint sind natürlich die Siegermächte, die aber keine Siegermächte sind, weil es keinen Sieg gab – könne uns zu irgendwas zwingen, uns etwas vorschreiben. Sie werden es nicht verhindern können. Und man wird sich auch dort eingestehen müssen, dass sowohl unsere Ingenieursleistungen als auch unsere geistigen Produkte ihnen immer eine Nasenlänge voraus sind. Nicht ohne Grund beschränkt man unsere Wirtschaftskraft und Produktion mit den Paragraphen von Versailles und steht gleichzeitig Schlange beim Erwerb unserer Patente und Produkte.»

Ilka schüttelte den Kopf. «Im Kern magst du ja recht haben, aber dieser Hochmut ist schon einmal schiefgegangen.»

«Aber es ist doch so! Wir brauchen gar nicht in den Bereich militärisch nutzbarer Produkte zu schauen. Es reicht völlig aus, zivile Dinge ins Auge zu fassen, um die

Die Schauspielerin und Tänzerin Valeska Gert (1892–1978).
Aufnahme von 1928. *ullstein bild*

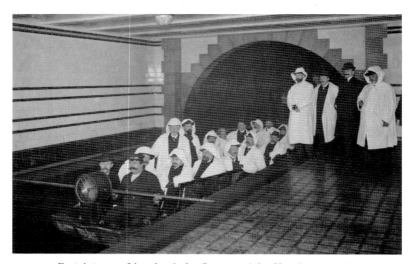

Besichtigungsfahrt durch das Stammsiel der Kanalisation mit Prominenz und Journalisten. Anlandestelle am Baumwall. Aufnahmedatum nicht bekannt. *Hamburger Staatsarchiv, Plankammer*

Planetarium im Hamburger Stadtpark. Umbau des ehemaligen Wasserturms. Aufnahme von 1930. *Hamburger Staatsarchiv, Plankammer*

Das Gebäude der Talgschmelze auf dem Gelände des Central-Schlachthofs an der Kampstraße. Erbaut 1894.

Hamburger Staatsarchiv, Plankammer

Die Wohnbauten am Naumannplatz in Dulsberg-Süd.
Entwurf Klophaus, Schoch, zu Putlitz. Aufnahme um 1929.

Hamburger Staatsarchiv, Plankammer

An dieser Stelle wäre das Kokain umgeschifft worden.
Anlandestelle am Hauptstammsiel an den Landungsbrücken.
Aufnahme von 2004. *ullstein bild – Zapf*

Ab 1929 Gauleiter der NSDAP
in Hamburg: Karl Kaufmann
(1900–1969). Zeitgenössisches
Photo. *ullstein bild*

Der Architekt Rudolf Klophaus (1885–1957).
Aufnahme um 1929. *Hamburgisches Architekturarchiv*

Luxuslimousine mit 12 Zylindern:
Maybach W6. *Interfoto / TV-Yesterday*

Die Wohnsiedlung Veddel im Jahr 1930. Architekten:
Distel & Grubitz, Elingius & Schramm, Hermann Höger u.a.

Hamburger Staatsarchiv, Plankammer

Wasserturm Sternschanze. Erbaut 1907–1910 nach einem Entwurf von Wilhelm Schwarz. Inzwischen zu einem Hotelkomplex umgestaltet. Gewölbe unter den Wasserkammern. Aufnahme von 2004.

ullstein bild – Röhrbein

Das Rundfunkgerät im Hause Rosenberg: Telefunken 40 Radioempfänger. Italienischer Prospekt von 1929. Im Ausland von Siemens vertrieben.

akg-images / Album / Documenta

Einstiegshaus zur Anlandestelle am Baumwall.
Erbaut 1904 zu Ehren von Kaiser Wilhelm II.
für dessen Besuch und seine Besichtigungsfahrt
durch das Stammsiel. Zustand 2019.

Aufnahme des Autors

Der Architekt Karl Schneider
(1892–1945). Aufnahme um 1929.

*Aus: Robert Koch und Eberhard Pook:
Karl Schneider. Leben und Werk (1892–1945).
Hamburg 1992.*

Ausstellungsgebäude für den Hamburger Kunstverein an der
Neuen Rabenstraße 25. Erbaut 1929/30. Architekt: Karl Schneider.
1943 bei einem Bombenangriff zerstört. *Fotograf Errst Scheel © Petra Vorreiter*

Überlegenheit der deutschen Ingenieurskunst zu veranschaulichen. Nimm etwa den Automobil- und Motorradbau. Mercedes Benz, DKW, Aral, Brennabor. Die 12-Zylinder von Maybach sind international ohne Konkurrenz, die Motorräder von BMW ebenso wie die von Zündapp, Victoria und NSU. Die Lastkraftwagen von Büssing, Hanomag und Magirus gewinnen Preise auf allen internationalen Messen, die Auftragsbücher sind zum Bersten voll. Und dann die chemische Industrie. Oder der künstlerische Bereich. Das Bauhaus ist das Sammelbecken internationaler Avantgarde im Bereich Design und Architektur. Wenngleich bislang total verjudet, gibt es weltweit wohl keine höhere Auszeichnung, als dort einen Lehrauftrag zu erhalten oder einen Abschluss von dort vorweisen zu können. Die Opern von Wagner, überhaupt deutsche Musik, Furtwängler ... Und wie ich heute gelesen habe, soll Thomas Mann wohl den Nobelpreis für Literatur erhalten ...»

«Ja, das habe ich auch gelesen. Ist schon erstaunlich, vor allem aber erfreulich. Ich kenne Klaus, seinen Sohn.»

«Eine Schwuchtel – aber egal. Du kannst jedenfalls nachvollziehen, was ich meine. Und entscheidend bei diesen Meisterleistungen ist: Es sind keine Juden darunter. Also unter den Wirkenden. Und da fragt man sich doch: Warum ist der internationale Finanzkapitalismus fest in jüdischer Hand, warum sind die Börsen- und Bankwirtschaft unter jüdischer Kontrolle?»

Ilka zwang sich, ruhig zu bleiben. «Ich denke, das ist eine Frage kultureller Tradition. Es ist ja bei weitem nicht so, dass es nur jüdische Bankhäuser gibt.» Sie musste kurz an Simon Bernstein denken. Was ihr kleiner Bruder hier von sich gab, war hochaktuell, wenn man voraussetzte, dass

Bernstein ermordet worden war. Und es gab eigentlich keinen Grund, daran zu zweifeln. Und dann die Nadel mit dem Parteiabzeichen in Bernsteins Hand ... Ilka überlegte kurz. Bestimmt gab es unter den Lehrkräften am Bauhaus Jüdischstämmige, auch wenn sie es nicht genau wusste. Aber sie hatte keine Lust auf eine sinnlose Diskussion. Robert klang völlig verbohrt und steigerte sich förmlich in das hinein, was die Nationalsozialisten lauthals proklamierten. «Bist du eigentlich Mitglied bei der NSDAP?»

«Seit der Neugründung vor fast fünf Jahren, ja.»

Du meine Güte. So schlimm war es also tatsächlich. Was machte sie hier überhaupt? Ilka war speiübel. Aber sie wollte es wissen. Es war schließlich ihr Bruder. «Wie bist du denn mit denen in Kontakt gekommen?»

«Das war während des Studiums», sagte Robert. «Ein Kommilitone hat mich auf Hitler aufmerksam gemacht. Arminius Volck. Sein Vater Adalbert hat eine Kanzlei in Lüneburg und führte während des Parteiverbots die Nationalsozialistische Arbeitsgemeinschaft. Man hält zusammen. Über ihn habe ich auch meine jetzige Stelle bekommen.»

«Und die wäre?»

«Ich arbeite als persönlicher Rechtsberater von Karl Kaufmann. Das ist der neue Gauleiter der NSDAP in der Stadt. Wenn du möchtest, arrangiere ich gerne eine Zusammenkunft. Kaufmann ist durchaus auch an gegensätzlichen Auffassungen interessiert.»

Mein Gott. Das war der, den Ilka zusammen mit dem Architekten Klophaus im Egberts gesehen hatte. «Weiß Mutter davon?»

Robert nickte. «Sie wird es ahnen. Nach meiner Rückkehr habe ich ja eine Zeit in Ohlstedt gewohnt und natürlich auch Parteifreunde zu Besuch gehabt. Man schämt sich bei der NSDAP keinesfalls, ein Parteiabzeichen zu tragen.»

Ilka schüttelte den Kopf. «Du wusstest also genau, was passieren würde? Oder hast du es sogar provoziert?»

«Ich stehe dazu, was ich denke, was ich mache. Für wen ich es tue. Es war klar, dass Mutter das nicht akzeptieren konnte. Aber sie ist eine alte Frau.»

«Und dazu eine gestandene Sozialdemokratin.»

«Da kann ich wohl nicht auf Verständnis hoffen.»

Ilka kochte innerlich. «Natürlich nicht! Mutter hat ihr ganzes Leben für die Sozialdemokratie gelebt.»

«Ja, das tut mir leid. Sie war auf dem falschen Weg. Aber da kann ich nichts für.»

«Und was ist mit mir?» Ilka war aufgesprungen und schlug sich demonstrativ gegen die Brust. «Ich bin eine junge Frau!»

«Und wählst die SPD?» Robert lachte gehässig. «Das kann ich mir nicht vorstellen. Du bist doch keine Arbeiterin, du bist eine vermögende, gutaussehende und intelligente Frau in den besten Jahren. In deinen Adern fließt kein jüdisches Blut. Aus welchem Grund solltest du die Sozialdemokraten wählen? Es sei denn aus dem Grund, weil man es bei uns in der Familie immer getan hat. Warum auch immer … Früher hat es vielleicht mal einen inhaltlichen Grund gegeben. Und genau da sind wir wieder beim Thema!»

Ilka hatte einen Kloß im Hals, so dick, dass sie fast daran zu ersticken drohte. Sie war kurz davor, ihren Bruder zu schlagen, so falsch waren seine Argumente. Seine Worte klangen in ihren Ohren wirr. Es waren angelesene und auswendig gelernte Phrasen, Verdächtigungen und Parolen. Aber etwas Gefährliches schwang in ihnen mit. Sie hatte es gerade selbst erlebt, als sie sich darauf eingelassen hatte, seinen Argumenten zu folgen. Aber die Argumente waren unpassend. Natürlich lag im Reich vieles im Argen, herrschte teils himmelschreiende Ungerechtigkeit ...

«Ach Robert ...» Es war eine Mischung aus Wut und vor allem Traurigkeit, die sie überkam. Sie hatte den kleinen, schutzbedürftigen und sensiblen Jungen vor Augen, der er früher gewesen war. Der mit allen Problemen zu ihr gekommen war. Und jetzt das. Wer hatte da nicht aufgepasst? Hätte man es nicht verhindern können? «Gab es denn keine Kommilitonen, die anderer Meinung waren? Die dich gewarnt haben, Hitlers Gedanken zu folgen?»

«Wovor gewarnt? Aber natürlich gab es die, sie waren jedoch eher Verfechter des völkischen Gedankens. Während der Studienzeit habe ich mir deren Argumente ja noch angehört, auch wenn ich sie da schon falsch fand. Es waren ja auch nicht wirklich Argumente, sondern nur der Verweis darauf, dass die Partei verboten worden war. Mir war aber schon klar, dass von Seeckt nur taktiert hatte, weil er seine politischen Sonderbefugnisse in erster Linie gegen Putschisten im Allgemeinen einsetzen wollte, als er neben der KPD auch die NSDAP verbot. Er war nicht wirklich gegen Hitlers Ideen, denn genaugenommen zielte die Reichswehr ja auch in dessen Richtung. Aber diese Zusammenhänge sind mir erst in München klargeworden.»

Ilka schluckte. Sie konnte sich schon vorstellen, was in München wirklich geschehen war. Ihr Robert war den Rattenfängern dort auf den Leim gegangen. In irgendeinem verdammten Kellerlokal, wo irgendwelche versoffenen bayerischen Provinzler in Uniform Freibier ausgegeben hatten, bis ihnen alle zujubelten und die Arme hochwarfen. So sah es aus. Was konnte man jetzt noch tun, wenn selbst die Bindung zur eigenen Mutter in Frage gestellt wurde? Sie fühlte sich hilflos. Vielleicht hatten Laurens oder David eine Idee. Allein kam sie hier jedenfalls nicht weiter.

«Es wäre schön, wenn wir das Gespräch beizeiten fortsetzen könnten …» Ilka blickte zur Uhr. Sie musste hier raus, bevor noch ein Unglück geschah. Mit allem hatte sie gerechnet, aber nicht mit einem nationalsozialistischen Ideologen. Und zu dem war Robert anscheinend geworden. Sie brauchte einen Plan, wie damit umzugehen war. Es durfte einfach nicht sein, dass Robert im Sumpf dieser Partei unterging.

Die Börse in New York war zusammengebrochen, so viel war klar. Ilka legte die Zeitung beiseite und zahlte. Im Café war es üblich, dass man die Rechnung einfach mit Talern auf dem Unterteller beglich, bevor man ging. Die Meldungen waren zwar nebulös, aber es gab eine radikale Baisse. Was das zu bedeuten hatte, würde sich erst in den nächsten Tagen offenbaren. Für die Amerikaner war es eine Katastrophe. Das stand außer Frage. Die hiesigen Börsen reagierten noch verhalten. Noch. Aber wenn es wirklich so drastisch war, dann würden die Folgen auch schnell über Deutschland hereinbrechen, vermutete Ilka. Und zwar schneller, als man ahnte. Aber der Umstand ließ sie erstaunlicherweise verhältnismäßig kalt. Was sie wirklich beschäftigte, waren ethische und moralische Fragen. Das Gespräch mit Robert hatte sie wachgerüttelt. Sie war absolut ratlos, wie sie damit umgehen sollte, ein Gefühl der Ohnmacht machte sich in ihr breit.

Die schmerzhafte Empfindung verfolgte Ilka bis zu den Vorsetzen, bis zum Baumwall. Erst dann ließ sie den Gedanken fallen. Sie konnte sich nicht damit abfinden, dass ihr die beiden Männer entwischt waren. Bei Tageslicht wirkte die Gegend völlig anders. Irgendwelche Lokalitäten konnte sie auch jetzt in der unmittelbaren Umgebung nicht ausmachen. Und die Eingänge der Häuser links der Straße wirkten nicht so, als wenn sie schnell Unterschlupf gewähren konnten. Was blieb, war nur ein kleiner Bau neben der Bahntreppe, den Ilka erst jetzt registrierte. Kaum größer als ein Wärterhäuschen, vielleicht vier Meter im Quadrat, mit sandsteinernen Bossen verkleidet und mit einem Ziergitter über einem reich geschmückten Pfannendach. Tatsächlich gab es eine Tür, aber sie war verschlossen. «Sielwesen» stand in geschwungenen Lettern darauf. Um diese Zeit war es zu auffällig, das Schloss mit einem Dietrich zu öffnen, von denen sie immer ein paar Exemplare in der Handtasche mit sich führte. Und sie war geübt, bislang hatte sie noch jedes Bartschloss geöffnet. Keine Ahnung, was das Gebäude beherbergte, aber sie würde es herausfinden. Allerdings war es mehr als unwahrscheinlich, dass die beiden Kerle einen passenden Schlüssel gehabt hatten. Und so schnell, wie sie verschwunden waren, musste es noch einen anderen Fluchtweg gegeben haben.

Ilka machte sich zu Fuß auf in Richtung Rödingsmarkt. Als sie die Schartorbrücke passierte, hörte sie plötzlich quietschende Bremsgeräusche hinter sich und trat automatisch beiseite. Es war ein Pritschenwagen, der zwar nicht auf sie zugehalten hatte, aber in unmittelbarer Entfernung zum Stehen kam. Kurz darauf sprangen mehrere Personen vom Fahrzeug und liefen grölend auf eine Gruppe von Männern zu, die eine Litfaßsäule am anderen Rand der Brücke beklebten. In den Händen hielten sie Stöcke und Latten und begannen mit martialischem Geschrei auf die Plakatkleber einzuschlagen. Ilka stand wie gebannt und beobachtete die unheimliche Szenerie. Sechs wildgewordene Kerle, die wie im Rausch wahllos auf drei Männer eindroschen. Keine zehn Meter von ihr entfernt. Erst jetzt konnte sie erkennen, dass die Schläger braune Uniformen trugen. Keine Banderolen mit Hakenkreuzen, aber ihre Herkunft war eindeutig. Wenn nicht Nationalsozialisten oder SA, dann mindestens Leute vom Stahlhelm. Die fast jugendlichen Plakatkleber stoben auseinander, aber einen hatte es bös am Kopf erwischt und er wälzte sich auf dem Boden. Die anderen zwei flohen vor ihren Verfolgern in Richtung Schaartor. Ilka lief zu dem am Boden Liegenden, half ihm auf die Beine, stützte ihn halbwegs und zog ihn in Richtung Stella-Haus. Das Portal des Kontorhauses erreichten sie knapp, und nachdem sie im Vestibül Schutz gefunden hatten, steckte sie ihren Regenschirm zwischen die Griffe der Türflügel.

Der Junge, er mochte vielleicht sechzehn sein, hatte eine böse Platzwunde am Kopf und stöhnte vor Schmerzen. Er saß benommen auf den Treppenstufen der Eingangshalle, und das Blut lief ihm den Hals hinunter und tränkte seinen Kittel in ein tiefes Rot. Ohne groß zu überlegen, riss Ilka einen Streifen von ihrem Rocksaum und presste den Stoff auf die Wunde. «Wie heißt du?», fragte sie.

«Matthias. Warum?»

Ilka strich ihm über die Schulter. «Na ja, wir sitzen hier

und sind gemeinsam vor dem Mob geflüchtet. Da wüsste ich schon gerne, wie mein Gegenüber heißt.»

Er warf ihr einen irritierten Blick zu. «Ich muss zu meinen Leuten», stöhnte er.

«Jetzt nicht», meinte Ilka und presste den Stoff auf die Wunde, um die Blutung zu stillen. «Was war denn los?»

«Scheiß Hakenkreuzler», entfuhr es dem Jungen. «Das machen sie immer, wenn sie von unseren Aktionen erfahren.»

«Was habt ihr denn gemacht?»

«Rote Plakate geklebt.»

«Mehr nicht?» Nach kurzer Zeit hatte Ilka die Platzwunde unter Kontrolle. Zumindest sickerte kein weiteres Blut mehr nach. Genäht werden musste die Wunde trotzdem. «Für die Kommunisten?»

«Aber ja doch. Wir kriegen zehn Pfennig für jedes geklebte.»

«Du gehörst also gar nicht dazu, oder?»

«I wo. Aber die Roten sind mir allemal lieber als die Drecksäcke von der NSDAP.» Er wischte sich über die Stirn. «Geht schon», meinte er schließlich und rappelte sich hoch. «Danke übrigens. Hätte mir übler ergehen können.» Er schaute sie eine Weile an. «Wirklich. Danke.» Dann hastete er zur Tür und zog den Schirm zwischen den Bügeln heraus. «Ich muss dann mal.»

«Sei vorsichtig», rief ihm Ilka hinterher, aber da hatte er das Kontorhaus schon verlassen und war auf die Straße zurückgekehrt.

KAPITEL 10

Mittwoch, 13. November 1929

Tatsächlich hatte Mann den Nobelpreis bekommen. Die Geschäfte dekorierten sofort um. *Buddenbrooks* in Ganzleinen waren zu 17 Mark zu bekommen, die wohlfeile Ausgabe zu 2,85 Mark. Man witterte natürlich ein großes Geschäft. Ilka schlenderte an den Schaufenstern entlang, bis sie bei Toskas Wäscheladen am Alstertor angelangt war.

«Brauchst du was?», fragte ihre Freundin nach der herzlichen Begrüßung.

«Eigentlich nicht, aber ich schaue mal», entgegnete Ilka. «Alles in Ordnung?» Toska sah mitgenommen aus. Die Ränder unter ihren Augen zeugten von zu wenig Schlaf – oder anderem. «Wie war's denn mit Hans?» Ilka begutachtete die neuesten Dessous und Strümpfe, die nicht an Puppen, sondern fein säuberlich auf grünem Samt ausgestellt waren.

«Ganz ehrlich?», sagte Toska. «Das Zeug war so stark, dass ich keine Erinnerung habe.»

«Das klingt schon mal gut», witzelte Ilka. «Zumindest für den Moment.»

«Ach du …» Sie knuffte Ilka in die Seite.

Ilka stupste zurück. «Du doch auch. Hauptsache, du hattest deinen Spaß.»

«Ja, ist schon ein Spaßmacher. Zumindest besser als zu

viel Alkohol. Aber dennoch ...» Toska beugte sich diskret vor und sagte leise: «Ohne sollte es doch auch gehen, oder? Und Hans ist völlig versessen auf Schnee.»

«Wenn er's sich leisten kann? Warum nicht?»

Toska kicherte. «Weil ich kaum noch zum Schlafen komme? Übrigens fallen die Preise gerade, meint er. Weil immer mehr Zeug auf den Markt kommt.»

«Woher weiß er das? Ist er da irgendwie eingebunden?»

«Nee, glaub ich nicht.»

«Also, um ins Müller gelassen zu werden, hat ein Wink mit der Hand gereicht. Er ist da zumindest kein Unbekannter.»

Toska gab einen ächzenden Laut von sich. «Mach mir keine Angst.»

«Ich wollt ja nur sagen ... Bei deinem Glück. Und ganz ehrlich? Das mit dem Handlungsreisenden, das nehm ich ihm nicht ab.»

«Doch, doch. Er hat mir schon was fürs Bad mitgebracht. So ein Salz, das nach Lavendel duftet. Und gestern stand er mit einer Flasche Eau de Toilette vor der Tür.»

«Auch Lavendel?» Ilka lachte. «Na, wie's scheint, seht ihr euch häufiger.»

«Ja. Er macht mir schon ein wenig den Hof.» Etwas Stolz schwang in Toskas Stimme mit. Das war schön. Sonst passierte es ihrer Freundin häufig, dass ihr die Liebhaber davonliefen, bevor es ernst werden konnte. Und das war noch die harmloseste Variante. Es war sogar schon vorgekommen, dass man sich an Toska rangemacht hatte, um letztendlich Kontakt zu ihr selbst zu bekommen. Und das nicht mal im angenehmen Sinne.

«Er hatte also wirklich keinen flotten Dreier im Sinn?»

Ilka sah Toska in die Augen. «Als wir uns im Müller trennten, hatte ich fast den Verdacht, so enttäuscht wirkte er.»

Toska lachte. «Nein, bestimmt nicht.» Dann plötzlich wurde sie ernst: «Und ich glaube, da hätte ich auch nicht mitgemacht.»

Ilka stimmte mit ein. «Na, dann wäre aus dem Dreier wohl ein Solo geworden, befürchte ich.»

Sie lachten. Aber Ilka wurde das Gefühl nicht los, dass etwas mit Hans nicht stimmte.

Den Weg zum Stadthaus legte Ilka wie immer zu Fuß zurück, lockten doch die Geschäfte am Jungfernstieg und Neuen Wall mit ihren Auslagen. Aber obwohl sie in Kauflaune war, fand sie nichts, was sie wirklich hätte begeistern können. Die Wintermonate bewegten sie so oder so nicht zum Kauf von Kleidung oder Accessoires. Das sah im Sommer ganz anders aus. Da fand sie immer etwas, das sie reizte, und streckenweise musste sie sich arg am Riemen reißen, nicht verschwenderisch einzukaufen. Es mochte daran liegen, dass Winterkleidung für sie im Allgemeinen eher unattraktiv wirkte. Unerotisch, da hauptsächlich praktikabel ... und geschlossen. Warm eben. Ja, es war nicht wirklich ihre Jahreszeit. Kein Flieger, keine Haut, die man zeigen konnte. Selbst waghalsige Ausschnitte blieben die Ausnahme.

Dafür sah Laurens besser aus denn je. Seine Augen strahlten mit Ilkas Erwartungen um die Wette. Natürlich nicht hier, und auch nicht um diese Jahreszeit, aber für die blauen Augen wäre sie wahrscheinlich ohne Unterwäsche unterwegs gewesen. Sie umarmte ihn stürmisch zur Begrüßung, aber er schob sie sanft von sich.

Seine Gedanken waren eindeutig anderswo. «Wilhelm Berger von der Stadtwasserkunst. Besser gesagt also von den Wasserwerken. Der war völlig überrascht, als ich ihm vom Tod Bernsteins berichtete. Berger hat ein Konto bei der Bank, und Bernstein hatte ihm angeblich ein Angebot gemacht. Eine Investition mit erheblicher Gewinnerwartung, aber er hat sich nicht darauf eingelassen. Also haben wir nichts schwarz auf weiß.»

«Von Wiese hast du ihm nichts erzählt?»

«Erst mal nicht, nein.»

«Ein Schachzug, wie ich annehmen darf? Und sonst?»

«Zitronenjette ... Das ist der Spitzname von Hinnerk Roth. Er steht dem Südfruchtkonsortium vor und arbeitet im Fruchtschuppen A. Das ist interessanterweise der Anlandeplatz der Minerva. Sie ist für morgen angekündigt. Ich bin gespannt, was da auf uns zukommt. Wir werden mit zehn Beamten vor Ort sein und schon ausrücken, wenn das Schiff Cuxhaven passiert hat. Das Hafenamt ist informiert, und zur Verstärkung haben wir noch ordentlich Leute vom Zoll angefordert.»

«Sehr schön.» Es mochte klingen, als wenn sie Laurens' Vorgesetzte war und Rechenschaft einforderte. Aber wenn er selbst nicht mit den neuen Erkenntnissen herausrückte – was blieb ihr anderes übrig als das Frage-und-Antwort-Spiel? «Was ist mit Ludwig? Dem vermeintlichen Ludwig Müller? Konntest du da was herausfinden?»

Laurens räusperte sich. «In der Tat gibt es einen Ludwig Müller in unserer Kartei. Aber die Einträge sind schon reichlich alt. Seit über zwanzig Jahren hat er sich nichts mehr zuschulden kommen lassen. Also deutlich vor meiner Zeit.»

«Und vorher?»

«Ach, so ein Kleinkrimineller. Einbrüche, einmal Körperverletzung. Wir haben allerdings keinen aktuellen Wohnsitz mehr, weil das Gelände, wo er damals gemeldet war, inzwischen niedergelegt wurde. Und das Bild dürfte nach über zwanzig Jahren auch veraltet sein.» Er zeigte Ilka eine Karteikarte. «Schau mal, der müsste jetzt so um die fünfzig sein. Und so einen Bart trägt er heute bestimmt nicht mehr. Ist aus der Mode, genau wie die Melone.» Laurens schmunzelte. «Der elegante Mann der Unterwelt trägt ja heute eher Schiebermütze.»

Das liebte Ilka an Laurens. Diese heiter-sarkastischen Bemerkungen, egal wie gestresst oder übermüdet er war. «Aber das Muttermal hier unter dem Auge müsste er immer noch haben», überlegte Ilka laut. Laurens nickte. «Und wer ist das?» Sie tippte auf die Karteikarte, die darunter lag. Das Gesicht des Mannes kam ihr irgendwie bekannt vor.

«Das ist Max Steudtner. Ein Kumpel von Müller, mit dem er früher zusammengearbeitet hat. Also Dinger gedreht hat, auf Tour gegangen ist. Das Bild ist aber jüngeren Datums. Steudtner, den man im Milieu auch Zecke nennt, ist seinem Metier offensichtlich bis heute treu geblieben. Und das ist auch 'ne andere Liga als Müller. Das letzte Mal hat er fünf Jahre wegen versuchten Totschlags bekommen. Vor knapp einem Jahr ist er entlassen worden. Seither aber unauffällig, sagt die Akte.»

Vom Stadthaus brauchte Ilka nicht einmal eine Viertelstunde bis zu Davids Dienststelle.

«Ein Abgang zur Unterwelt von Hamburg, wenn du so willst.» David wusste natürlich genau, worum es sich bei dem Gebäude handelte, das Ilka am Baumwall gesehen hatte. «Einer der Eingänge zu den Sielen, wie die großen Stränge des Abwassersystems der Stadt genannt werden. Genaugenommen wurde das Häuschen für den Kaiser gebaut, damit er einen angemessenen Einstieg ins damals modernste Abwassersystem des Reiches hatte. Zur Besichtigung. Das Stammsiel war eine technische Sensation. Es reicht vom Kuhmühlenteich bis zur Elbe. Gebaut wurde das System nach Entwürfen des englischen Ingenieurs Lindley, der nach dem großen Brand in Hamburg die Moderne in die Stadt getragen hat. Spätestens nach der Choleraepidemie von 1892 waren seine Vorgaben verbindlich, und auch das Abwassersystem wurde nach seinen Vorschlägen realisiert und seither ständig ausgebaut. Ich weiß nicht, wie viel hundert Kilometer es inzwischen umfasst.»

Ilka stellte sich ein Rohrsystem ungeheuren Ausmaßes vor. «Was heißt Besichtigung?»

«Die Siele haben inzwischen gewaltige Durchmesser. Über drei Meter. Da kann man sogar mit speziellen Booten durchfahren.»

«Das stelle ich mir unheimlich vor», meinte Ilka. In Gedanken sah sie sich mit einer hölzernen Schaluppe durch die städtische Kloake rudern. «Ist es nicht völlig dunkel dort und stinkt schrecklich?»

«Ich bin nur einmal unten gewesen», entgegnete David lachend. «Und da gab es Kerzen und Petroleumleuchten an den Wänden. Die dort natürlich nicht immer brennen. Das war eine Fahrt entlang des Stammsiels bis zum Auslass an den Landungsbrücken. Das Gefälle ist erstaunlich gering, reicht aber dennoch, alles aus den Sielen …» David machte

Anstalten, das gesamte System der Stadtentwässerung zu erklären.

«Interessant», unterbrach ihn Ilka. «Es gibt also so etwas wie ein unterirdisches Straßensystem.»

David lächelte. «Straße würde ich es nicht nennen, wobei ... Wenn man außer Acht lässt, dass man sich mit Fäkalien fortbewegt, könnte man es so nennen.»

«Wer hat Zugang zu den Anlagen?»

David kratzte sich am Nacken. «Wie meinst du das?»

«Na, wer hat die Schlüsselgewalt, beispielsweise zu dem Einstiegshaus am Baumwall?»

David zuckte mit den Schultern. «Keine Ahnung. Die Stadtentwässerung, die Stadtwasserkunst, die Abteilung Sielbau der Baudeputation, nehme ich an. Warum fragst du?»

«Egal», meinte Ilka. Laurens hatte heute einen Termin mit einem Ingenieur der Stadtwasserkunst gehabt, dessen Name in Wieses Kalender aufgetaucht war. Es ging darum, die kleinen Details zusammenzufügen. Und ihre Ohren waren mehr als geschult. «Übrigens, du erzähltest mir neulich von deinem ehemaligen Kumpel Ludwig Müller. Hatte der ein Muttermal auf der Wange unter dem rechten Auge?» Sie hatte sich das Bild aus Laurens' Kartei ganz genau eingeprägt.

David schaute sie verdattert an. «Ja, in der Tat. Woher weißt du davon?»

«Es gibt ein Bild von ihm im Karteikartensystem der Polizei.» Warum hätte sie lügen sollen, sie hatte keine Geheimnisse vor David.

«Das ist ja irre. Nach so vielen Jahren ... Wo lebt er? Was macht er?» Davids Interesse schien echt zu sein. «Aber

Kartei der Polizei klingt eher danach, dass er die Karriere eines Kriminellen fortgesetzt hat ...»

«Eine aktuelle Meldeadresse gibt es nicht. Er hat am Kattrepel gewohnt, aber die Quartiere da sind gemeinsam mit den letzten Häusern an der Steinstraße abgebrochen worden. Da verliert sich die Spur.»

«Das Muttermal hatte er wirklich. Merkwürdig, nach so langer Zeit etwas von ihm zu hören. Das muss er sein.»

Ilka hatte einen Blick für solche Dinge. Überhaupt war ihr bildliches Gedächtnis phänomenal. Insbesondere was menschliche Physiognomien betrafen. Aber nicht nur. Allerdings brauchte sie Zeit, bis die Zuordnung klappte. Und das konnte dauern. Und genau jetzt fiel es ihr ein: Der Mann auf der anderen Karteikarte. Dieser Steudtner, genannt Zecke. Das war die Visage von dem Kerl aus dem Müller ... Das Bild war fünf Jahre alt, aber so sehr hatte er sich nicht verändert. Die Stimme, die sie gehört hatte, der Mann mit dem bulligen Türken an der Seite, dem sie gefolgt war und der ihr entwischt war.

Nach dem Besuch bei David fand sich Ilka erneut bei Laurens im Stadthaus wieder, der allerdings auf dem Sprung war. «Willst du dem nicht nachgehen?», fragte sie fordernd.

Laurens machte auf geschäftig. «Ich werde mal unseren Vigilanten befragen, ob er Steudtner im Müller gesehen hat.»

«Dem bin ich übrigens neulich hier im Flur des Stadthauses begegnet. Und ich muss mich bei dir entschuldigen. Also, der hat sich wirklich eine gute Tarnung zugelegt. Im Müller war er Teilnehmer einer Pokerrunde oder so. Ich hab keine Ahnung, was da genau gespielt wurde. Er scheint mich hier aber nicht wiedererkannt zu haben.»

Laurens nickte. «Ja, ich kümmere mich beizeiten darum. Jetzt kommt erstmal die Minerva. Ach ja, und dann ist da noch etwas Merkwürdiges vorgefallen, worauf ich mir bislang keinen Reim machen kann.»

«Und zwar?»

«Na ja, die Witwe von Wiese hat sich gemeldet, weil etwas vorgefallen ist, was ihr zumindest merkwürdig vorkam. Es hat sich jemand mit ihr in Verbindung gesetzt und sich nach ihrem Mann erkundigt. Allerdings wusste er offenbar nichts von dessen Tod. Und jetzt kommt's: Der Name des Mannes, der vorgab ein Geschäftspartner von Wiese zu sein, war Wilhelm Berger.»

«Wilhelm Berger?» Ilka konnte den Namen nicht sofort zuordnen. Sie wusste aber, dass er gefallen war. Dann fiel es ihr ein. «Der, mit dem du verabredet warst? Der von der Stadtwasserkunst? Von den Hamburger Wasserwerken? Dann scheint dein Plan ja aufgegangen zu sein, dass du ihm nichts von Wieses Tod erzählt hast.»

Laurens nickte. «Anscheinend schon. Versuch einer Kontaktaufnahme. Merkwürdig, oder?»

«Sag mal ...» Ilka überlegte kurz, ob sie sich richtig erinnerte. «Es gab doch diesen Plan, den ihr bei Aaron Wiese gefunden habt. Womit ihr konkret nichts anzufangen wusstet.»

Laurens nickte und ging an den Regalschrank, der sich vom Fenster bis zur Tür erstreckte. Er griff zielstrebig nach einem Ordner und blätterte durch die Seiten. Schließlich zog er ein Blatt hervor und schaute gleichzeitig zur Uhr, während er das Blatt vor Ilka auf den Tisch legte. «Es tut mir leid, aber ich muss jetzt wirklich los.» Er gab ihr einen Kuss auf die Stirn. «Du kannst dich gerne daran versuchen. In zwei Stunden bin ich zurück.»

Ilka blickte minutenlang auf das Papier, das scheinbar willkürliche Linien zeigte. Mit viel Phantasie konnte sie schließlich an den Formen die Struktur der Stadt erkennen. Zumindest Alster und Elbe waren als Freiflächen auszumachen, wenn auch nur strukturell, weil keine Linien die Flächen kreuzten. Es musste einen geheimen Kodex geben, denn die Linien waren in unterschiedlicher Stärke gezogen. Im Bereich der Altstadt deutlich stärker als im gedachten Bereich der Stadterweiterungsviertel, von denen es inzwischen reichlich gab, falls sie es richtig interpretierte. Aber die Zeichnung zeigte anscheinend vor allem das Gebiet der Innenstadt. Und es gab auf dem Plan Bereiche, die mit deutlichen Markierungen gekennzeichnet waren. Umso stärker, je mehr sie zur Elbe reichten. Das war aus dem Plan eindeutig zu lesen. Schließlich war es Ilka klar: Das war eine Karte des Untergrunds der Stadt. Unter diesen Vorzeichen las sich die Hinterlassenschaft der Stadt völlig anders. Die Markierungen mussten nur noch mit dem oberirdischen Plan abgeglichen werden. Sie wünschte sich Laurens herbei, aber der war nicht greifbar. Also suchte Ilka in Laurens' Regal nach einem Hamburger Stadtplan, legte ihn daneben und begann, die Linien bestimmten Örtlichkeiten zuzuordnen. Sie brauchte nicht lange, bis sie das Geflecht auf die überirdische Topographie übertragen hatte. Besonders an der Lage des Einstiegshauses am Baumwall war ihr gelegen. Und der Ort war auf dem Plan mit einem roten Kreuz markiert.

Immer wenn eine Bahn über das stählerne Viadukt donnerte, flatterte eine Schar Tauben auf, um sich nach einer schnellen Flugrunde kurz darauf wieder zwischen den nietengesäumten Eisenträgern niederzulassen, als wenn nichts gewesen wäre. Das Schauspiel wiederholte sich alle paar Minuten, und Ilka überlegte, warum die schlauen Vögel noch nicht gelernt hatten, dass ihnen von der Erschütterung und dem Lärm keine Gefahr drohte. Wahrscheinlich war es ein Reflex, gegen den sie nichts tun konnten. Andererseits schienen Tauben sonst ja durchaus Spaß daran zu haben, mit Gefahren zu spielen, wenn sie etwa auf den Straßen saßen und erst im allerletzten Augenblick vor einem herannahenden Automobil davonflatterten, als gelte es, eine Mutprobe zu bestehen. Ein merkwürdiges Verhalten jedenfalls.

Ilka umkreiste das kleine Gebäude mehrmals, aber es ergab sich keine Gelegenheit, bei der sie unbeobachtet war. Immer wieder kreuzten Passanten oder Laufburschen ihren Weg. Wenn es doch nur eine Lokalität in der Nähe gegeben hätte, von wo aus sie den Eingang im Blick behalten könnte. Aber dem war nicht so. Ohne Bewegung kroch sofort die Kälte unter ihre Kleidung. Und mit Einbruch der Dämmerung würde es noch ungemütlicher werden. Keine idealen Voraussetzungen für eine Observation.

Schließlich fasste sie sich ein Herz und versuchte sich kurzerhand am Schloss. Es musste schnell gehen. Und vor allem durfte niemand sie beim Eintreten sehen. Allein als Frau hatte sie dort nichts verloren. Auch wenn sie nicht in Übung war, brauchte sie nur einen Versuch mit dem großen Dietrich, um das Schloss zu öffnen. Dann zwängte sich Ilka blitzschnell durch die Tür.

Direkt vor ihr führte eine steinerne Treppe in die Tiefe. Fast wäre sie gestürzt, so plötzlich begann der Abstieg. Mit einer Hand an der Wand tastete sie sich vor. Ein kühler, modriger Geruch stieg ihr in die Nase. Sie hatte es sich schlimmer vorgestellt. Ilka hatte keine Ahnung, wie tief es hinabging. Nach wenigen Metern schwenkte die Treppe nach rechts und führte in einen Flur, dessen Wände aus Backstein gemauert waren. Zunehmend wurde es dunkler. Zur Linken gab es einen kleinen Raum, der mit hellen, glasierten Majoliken gekachelt war. Auf dem Boden waren kunstvoll verzierte Fliesen zu erkennen. Am Ende des Raumes stand eine Bank und es gab einige Garderobenhaken. Sonst war der Raum leer. Wenige Meter weiter sah Ilka eine eiserne Tür mit großen Sperrhaken wie auf einem Schiff. Sie brauchte ihre ganze Kraft, um die Verriegelung zu öffnen.

Sofort schlug ihr ein übler Geruch entgegen. Im matten Schein des Restlichts erkannte sie eine hübsch gefliese Plattform vor sich, dahinter ein Strom übel riechender Brühe, der an ihr vorbeifloss … und Dunkelheit. Ilka verzichtete darauf, sich weiter voranzutasten. Sie konnte gerade noch erkennen, wie das Abwasser auf die Plattform schwappte. Nein, so kam sie nicht weiter. Es war einfach zu dunkel, zu gefährlich. Sie brauchte eine Lichtquelle. Und anderes Schuhwerk. Ilka verriegelte die Tür hinter sich und machte sich auf den Rückweg.

Als sie aus dem Bauwerk schlüpfte, warf ihr ein Hafenarbeiter, der Kleidung nach ein Ketelklopper, kurz einen fragenden Blick zu. Sie ignorierte ihn, zog die Tür ins Schloss und machte sich direkt auf in Richtung Rödingsmarkt. Diesmal keine Scharmützel, keine Schlägertrupps oder sonstigen Ereignisse. Bei Wegener, einem Schiffsausrüster, kehrte sie ein und kaufte ein paar kniehohe Stiefel aus Kautschuk. Dem fragenden Blick begegnete sie mit einem ahnungslosen Achselzucken. Natürlich kauften Damen keine solchen Stiefel. Für die benötigte Karbidleuchte schickte man Ilka zu Heinrich Siemsen, der gleich nebenan in der Steintwiete einen Laden für Lampen und Leuchten aller Art hatte. Ilka erwarb eine Grubenlampe mit Reflektor, von deren Leistungsfähigkeit sie sich gleich in einem abgedunkelten Nebenraum des Geschäfts überzeugen konnte. Angeblich leuchtete die Lampe bis zu einer Weite von zehn Metern, ohne den Bereich vor ihren Füßen zu vernachlässigen. Und in der Tat hielt die Leuchte das Versprechen. Das war genau, was sie brauchte.

Auf dem Weg nach Hause begutachtete Ilka ihre Neuanschaffungen und fragte sich, was um alles in der Welt sie eigentlich tat. Wollte sie tatsächlich in die Hamburger Kanalisation absteigen? Sie hatte keine Ahnung, was sie dort erwartete, sie war eine Frau, und sie war verdammt noch mal schwanger. Und Laurens wusste immer noch nichts davon. Dennoch stand ihr Entschluss fest, das Untergeschoss der Stadt näher ins Auge zu fassen. Es gab zu viele Hinweise, die darauf hindeuteten, dass diese Unterwelt mit den bisherigen Geschehnissen in irgendeinem Zusammenhang stand.

Auch wenn Ilka eigentlich das Haus am Leinpfad als Ziel vor Augen hatte, steuerte sie auf ihr Haus an der Alten Rabenstraße zu. Ein kleiner Schlenker, mehr nicht. Unwahrscheinlich, dass Bernsteins Witwe es mit den Kindern weiter bewohnen würde. In absehbarer Zeit galt es also, einen neuen Mieter zu finden. Oder es selbst mit Laurens zu bewohnen? Die Räumlichkeiten waren wunderschön. Aber zu zweit ... zu dritt ... eigentlich übertrieben groß. Vielleicht sollte sie sich doch mit einem Makler in Verbindung setzen.

Der Alsterdampferanleger an der Alten Rabenstraße wirkte verwaist. Einmal den Weg abschreiten, den Simon Bernstein am Tag seines Todes gegangen war. Das war das Mindeste, was sie vorhatte. Hoch bis zur Krugkoppel. Auf den Rückweg konnte sie ja verzichten. Sie hatte die Architektur unter sich vor Augen. Was wurde nun aus dem Haus an der Alten Rabenstraße?

Ilka wählte für einen vorabendlichen Happen das Bistro de Paris am Mittelweg. Eine gute Entscheidung, waren die servierten Escargots de Bourgogne doch eine Gaumenfreude. Nachdem Ilka die Butter mit Baguette aufgetippt hatte, tippte ihr jemand von hinten auf die Schulter.

Ilka erschrak und fuhr herum. Sie blickte in ein freundliches Gesicht, das sie irgendwoher kannte, aber nicht sofort zuordnen konnte. Hatte sie den Mann nicht in Verbindung mit Baldur von Wittgenstein kennengelernt? «Frau Bischop, nicht wahr?»

Jetzt fiel es ihr wieder ein. Karl Schneider. Der Architekt der Moderne, dem sie sich viel mehr Aufträge in der Stadt gewünscht hätte. Allein weil er nicht mit den düsteren Backsteinen experimentierte, sondern hell und licht baute.

«Wir hatten mal in der Stadthalle das Vergnügen. In Begleitung von Baldur von Wittgenstein, richtig?» Es war der Tag gewesen, als ihre Affäre mit Laurens begonnen hatte. Wie konnte sie sich nicht daran erinnern? Schneider hatte bis zum Schluss mitgetrunken, war sogar geblieben, als alle anderen gegangen waren.

«Aber ja doch ... Herr Schneider, nicht wahr?»

«Ich habe Sie sofort erkannt.»

«Wie schön. Das nehme ich als Kompliment», erwiderte Ilka. «So bin ich also nicht gealtert.»

«Jedenfalls nicht zu Ihrem Nachteil», sagte Schneider charmant.

Ilka zwang sich, die schmeichlerische Kaskade zu erwidern. «Sie haben durchaus Eindruck bei mir hinterlassen. – Ihre Entwürfe und Bauten sind phantastisch», rückte sie das Gesagte unmittelbar zurecht. «So wünschte ich mir viel mehr Architektur in der Stadt.»

«Ich mir auch», lachte Schneider.

Ilka bot ihm an, an ihrem Tisch Platz zu nehmen. «Der Zufall führt uns nun schon das zweite Mal zusammen. – Was bauen Sie gerade in der Stadt?»

Schneider räusperte sich verlegen. «Ich komme gerade von der Baustelle des Kunstvereins an der Neuen Rabenstraße. Er wird gerade nach meinen Entwürfen umgebaut. Insbesondere die Fassade.»

«Ich werde es mir gerne anschauen, falls Sie irgendwann Gelegenheit haben, mir Ihren Entwurf zu erläutern.» Ilka reichte ihm die Karte, auf der Laurens' Adresse und auch sein Name vermerkt war. «Falls Sie Zeit haben, mich über die Baustelle zu begleiten, würde es mich freuen», meinte sie. «Haben Sie übrigens noch Kontakt zu Baldur von Wittgenstein?»

«Sporadisch», bemerkte Schneider und steckte die Karte ein. «Kann ich Sie noch ein Stück des Weges begleiten?»

Ilka erhob sich. «Das ist sehr nett, aber ich denke, ich werde allein nach Hause kommen.»

«Es würde mich freuen, wenn sich unsere Wege ein weiteres Mal kreuzten», verabschiedete sich Schneider und ging.

Mit Einsetzen der Dämmerung erreichte Ilka den Anleger an der Alten Rabenstraße. Eigentlich hatte sie den Weg entlang der Alster zu Fuß zurücklegen wollen, aber im Dunkeln war ihr das zu unheimlich, da nur noch wenige Passanten auf dem Uferweg unterwegs waren und es inzwischen auch empfindlich kalt geworden war. Der Anschlagtafel nach verkehrten die Dampfer noch zwanzigminütig, aber ärgerlicherweise schipperte der nächste in Richtung Stadt und nicht in Richtung Alsterlauf nach Winterhude. Dennoch entschied sie sich, den nächsten Dampfer zu nehmen. Nicht nur wegen ihres Gepäcks. Besser eine Ehrenrunde im Warmen, als hier in der Kälte zu stehen. So lange dauerte die Runde um den See dann auch nicht. Ilka zog den Schal vor den Mund und klappte den Kragen ihres Mantels hoch. Die Positionslichter konnte sie bereits erkennen.

Kurze Zeit darauf ging der kleine Dampfer längsseits zum Steg und Ilka betrat das dümpelnde Boot über eine kurze Gangway, die direkt danach wieder zurückgeschoben wurde. Dafür war auch der Schaffner zuständig, der sie freundlich begrüßte, bevor sie bei ihm den Fahrschein für die große Runde löste. Ilka war der einzige Fahrgast und nahm im hinteren Salon des Schiffes vor der geschlossenen Tür zum Achterdeck Platz. Trotz laufender Radiatoren war es nicht wirklich warm, aber zumindest windgeschützt.

Nach kurzer Fahrt passierte der Dampfer die Lombardsbrücke und steuerte die Haltestelle am Alsterpavillon an, wo bereits mehrere Fahrgäste am Ponton warteten.

Eher beiläufig als wirklich interessiert blickte Ilka zum Pulk der Fahrgäste am Steg. Aber dann glaubte sie ihren Augen nicht zu trauen. Der Mann im eleganten Zweireiher am Anleger war eindeutig Hans Otto, Toskas Kavalier. Neben ihm ein eher unscheinbarer Typ, der sich aber seltsam verhielt. So als habe er weder mit Hans Otto noch mit dem Geschehen um sich herum etwas zu tun. Dafür nahmen sie auf der vordersten Sitzbank nebeneinander Platz. Otto hatte sie nicht erkannt.

Um ihn zu begrüßen, drängte Ilka mit den anderen Fahrgästen nach vorne und ließ sich auf dem letzten freien Platz auf der Bank direkt hinter ihm nieder, nahm dann aber schnell Abstand von ihrer Idee. Es war nur ein Gefühl, aber irgendetwas stimmte nicht. Vielleicht lag es daran, wie die beiden Männer ihre Köpfe zusammensteckten. Ilka konnte hören, was sie sich zuflüsterten. Schon der erste Satz bestätigte sie in ihrer Entscheidung.

«Wir müssen bei der Zecke aufpassen. Da ist man auf der Hut.»

Ilka hielt den Atem an und versank fast in ihrem Mantelkragen.

«Nun, ich habe mit Pereira vereinbart, das Schiff in Höhe der Landungsbrücken zu stoppen, damit die Sachen von Bord kommen. So wie geplant. Ihr müsst nur dafür sorgen, dass die Umladung kurzfristig funktioniert. Am besten über ein Rettungsboot, das ihr in Empfang nehmt. Der Rest ist Routine ...»

«Genau so machen wir das.»

Ilka wagte nicht, sich zu rühren. Sie sah, wie sich die beiden Männer die Hand gaben, als wolle man ein Geschäft besiegeln. Hans Otto. Sie war sich irgendwie sicher gewesen, dass er ein zwielichtiger Geselle war. Ein harmloser Handlungsreisender war er jedenfalls nicht, so leid es ihr für Toska auch tat. Die beiden stiegen am Anleger Lombardsbrücke aus und verschwanden in der Dunkelheit. Dabei sah Ilka etwas, das sie zutiefst beunruhigte. Der Mann neben Otto hatte ein deutliches Muttermal unter dem rechten Auge.

KAPITEL 11

Donnerstag, 14. November 1929

Laurens war schon außer Haus, wie Ilka überrascht feststellte, als sie um sechs Uhr erwachte. Kein gemeinsames Frühstück, keine frischen Brötchen. Die Ankunft der Minerva vereinnahmte ihn völlig, was sie einerseits verstehen konnte. Anderseits hätte sie ihm gerne von ihrer gestrigen Begegnung auf dem Alsterdampfer erzählt. Aber Laurens war bereits im Bett gewesen und hatte auf ihre Berührungen nicht mehr reagiert, so fest schlief er. Nur noch ein tiefes Schnarchen war zu vernehmen gewesen. Nun war es zu spät. Sehr ärgerlich. Keine Ahnung, wie sie ihn informieren konnte. Am Versmannkai würde er jedenfalls nicht fündig werden, so viel ahnte Ilka schon.

Hans Otto also. Ilka kam nicht davon los. Irgendwie hatte sie von vornherein ein ungutes Gefühl gehabt. Und wieder mal traf es Toska. Aber wenn der Kerl mit dem Muttermal wirklich Ludwig Müller war ... Was für eine Rolle spielte er bei der Sache? Und was war mit Hans Otto? Welche Aufgabe fiel dem zu? Die Gesprächsfetzen, die sie aufgeschnappt hatte, gaben darüber keine wirkliche Auskunft. Sie wusste nur, dass die beiden ebenfalls auf das Eintreffen der Minerva warteten und dass das Schiff etwas geladen hatte, das von Bord gebracht werden sollte, bevor der eigentliche Anlandeplatz erreicht war.

Im Stadthaus war Laurens nicht zu erreichen. Wahrscheinlich war er direkt zum Versmannkai gefahren. Ärgerlich, aber nicht zu ändern. Nachdem sie sich angezogen und sich ein üppiges Frühstück gegönnt hatte, nahm Ilka ihre Ausrüstung und rief nach Sonnenaufgang schließlich eine Droschke, die sie zu den Landungsbrücken bringen sollte. Nein, nicht zum Versmannkai. Natürlich nicht. Auf dem Plan hatte sie sich genau angeschaut, wo der Austritt der Kanalisation lag.

Den Ort fand sie schnell. Ein unscheinbares Gebäude jenseits des Elbtunneleingangs in Richtung Altona, das weder bewacht noch sonst wie gesichert war. Von den Landungsbrücken aus konnte man das Areal vor dem Gebäude gut überblicken. Ilka trotzte der Kälte und hielt den Landesteg im Auge. Ständig wurde sie von Möwen attackiert, die Scheinangriffe auf sie flogen, obwohl sie nichts zu essen in den Händen hielt. Spielerische Manöver. Dafür ein Fernglas, das sie minütlich benutzte und die Möwen mit einer permanenten Handbewegung verscheuchte. Es war eine Herausforderung. Nicht nur das. Aber sie war schon fast dankbar für die unfreiwillige Bewegung. Die Kälte kroch ihr unter die Kleidung. Immer wieder musste sie auf dem Ponton umherlaufen, um nicht vor Kälte zu erstarren. Das Wasser schwappte hingegen unermüdlich gegen ihr Plateau und spülte auch hin und wieder ein Rinnsal um ihre Füße, die in den dicken Stiefeln gut geschützt waren. Im ledernen Mantel und dem Südwester von Laurens konnte man sie durchaus für einen Mann halten. Sehr sicher sogar. Nur die Handschuhe hätte sie anders wählen sollen. Ihre Fingerspitzen waren bereits klamm vor Kälte.

Und dann kam das Schiff tatsächlich. Nach etwa einer Stunde Wartezeit. Die Minerva. Eskortiert von einem Schlepper. Und der Frachter machte wirklich Anstalten, hier anzulanden. Zumindest drosselte er die Geschwindigkeit sichtbar, bis er im Elbwasser nur noch vor sich hin zu dümpeln schien. Aber wirklich näher kam er nicht. Und auch der Schlepper verharrte erst regungslos und drehte dann ab. Tatsächlich wurden nach einiger Zeit von der Minerva zwei Boote zu Wasser gelassen. Im hektischen Betrieb des Hafens geschah das völlig unauffällig. Ilka behielt das Vorgehen mit dem Fernglas im Auge. Allerdings konnte sie nicht erkennen, was die Boote geladen hatten. Aber sie konnte erkennen, wer am Landesteg stand und auf die Schaluppen wartete. Und das war eindeutig Hans Otto. Es fing an, spannend zu werden. Das Boot hielt auf den Steg vor dem Ausfluss der Hamburger Unterwelt zu. So, wie sie es vermutet hatte. Genau konnte sie es nicht erkennen, aber es wurden Kisten geleichtert. Und nicht wenige. Derweil nahm die Minerva langsam wieder Fahrt auf und dampfte in Richtung Versmannkai weiter.

Wenn sie Laurens doch nur erreichen könnte. Er wartete mit seiner Truppe und den Leuten vom Zoll auf ein leergeräumtes Schiff. Es war genau, wie sie vermutet hatte. Ein Ablenkungsmanöver. Das wirkliche Geschehen fand hier statt. Und sie war ganz allein. Nachdem die Boote entladen waren, schlich Ilka genau zu jener Stelle und tauchte zwischen Kaimauer und Vorsetzen ein in die Hamburger Unterwelt. Wer ihr begegnete, musste sie erstens für einen Mann und zudem für einen Eingeweihten halten, was sicherlich an ihrer Kleidung lag. Den Südwester hatte sie tief ins Gesicht gezogen. Niemand, dem sie begegnete, nahm

Anstoß an ihrer Gegenwart. Weit und breit keine Spur von Hans Otto.

Es waren verschnürte Pakete von erheblichem Ausmaß, die von rund einem Dutzend Männer verladen wurden. Offenbar jeweils ein guter Zentner an Gewicht, denn es waren immer zwei Leute notwendig, sie zu verladen. Und die Umschiffung schien kein Ende zu nehmen. Ilka summierte das Gewicht auf mindestens eine halbe Tonne. Das war allerhand, sollte es sich wirklich um Drogen handeln. Und das vermutete sie zumindest. Es ergab Sinn. Die Pakete wurden am Rand des Abwasserkanals gestapelt und Stück für Stück auf schmale Kanalboote umgeladen. Flache Boote, die eigentlich wohl zum Transport von Personen vorgesehen waren. Ilka packte mit an, um kein Aufsehen zu erregen. Im düsteren Schein einiger Laternen fiel sie nicht weiter auf. Die Gruppe schien also zusammengewürfelt zu sein. Sie fragte sich nur, wie sie selbst mit auf die Reise gehen konnte, denn dass die Pakete irgendwohin transportiert werden sollten, war ja sonnenklar.

Bei erstbester Gelegenheit löste sich Ilka von ihrer Gruppe, schummelte sich in Richtung des unterirdischen Kanals und lief ein paar Schritte hinein, bis sie sicher war, nicht mehr gesehen werden zu können. Dafür war sie hier. Das hatte sie vorgehabt, auch wenn sie nun viel mehr wusste.

Der Gang neben dem Kanal war düster und schmal. Sosehr sie sich auch Mühe gab, sie konnte mit dem Tempo der Boote kaum Schritt halten. Nach zehn Minuten war sie heillos abgehängt und orientierungslos. Der Schein ihrer Laterne gab ihr zumindest Anhaltspunkte der Fahrt durch das Stammsiel. Immer wieder erschienen Abzweigungen im Lichtkegel ihrer Leuchte. Unheimlich wie Augen öffneten sich die gemauerten Ovale der Röhren. Sie musste an Döblin denken, an dieses expressionistisch überzeichnete Gewirr der Stadt und ihrer Fluchten. Hier nun die Wege der Stadt unter der Stadt. An den Geruch der Kloake hatte sie sich längst gewöhnt, wenn man das überhaupt konnte. Alle paar Meter sah sie Ratten über den Weg neben dem Kanal huschen. Aber Ratten jagten ihr keine Angst ein. Immer weiter entfernten sich die Geräusche der Schaluppen. Sie war zwar noch auf dem richtigen Weg, aber es war eindeutig falsch gewesen, ihnen zu Fuß zu folgen. Sie konnte nicht mithalten. Als sie den Kontakt zu den Booten endgültig verloren hatte, wagte sie den Aufstieg durch einen der Abflüsse, die alle paar Meter nach oben führten. Dort waren armierte Steigeisen eingelassen. Langsam hangelte sie sich empor. Der Kanaldeckel hatte es in sich. Sie brauchte ihre ganze Kraft, um ihn anheben und beiseiteschieben zu können. Das Licht blendete. Ilka zwängte sich aus dem Schacht. Und dann stand sie auf dem Neuen Jungfernstieg.

Zitronen über Zitronen. Und Orangen. So weit das Auge reichte. Von Laurens keine Spur. Dafür überall Polizisten und Zollbeamte. Die Kripo war mit großem Tross vorgefahren. Allein die Absperrung um das Schiff und den Fruchtschuppen war gewaltig. Ilka war nur durchgekommen, weil Friedrich Appel sie erkannt hatte. «Wo ist Laurens ... wo ist Kommissar Rosenberg?», fragte sie aufgeregt.

Appel begleitete sie zur Brücke des Schiffes, die Laurens gleichermaßen zum Hauptquartier der Kripo gemacht hatte.

«Die sind längst über alle Berge», stieß Ilka hervor. Laurens warf ihr nur einen beiläufigen Blick zu und konzentrierte sich weiter auf seine Kollegen. Das Schiff wurde systematisch durchsucht, so viel war klar. Und jeder Trupp meldete Vollzug bei ihm.

«Sie haben es vorher von Bord geholt», rief Ilka.

Langsam wandte sich Laurens ihr zu. «Wer hat was von Bord geholt? Wie siehst du überhaupt aus?»

Ilka blickte an sich herab. In der Tat sah sie mit den klobigen Stiefeln und der dicken Fliegerhose sowie dem Mantel hier merkwürdig unpassend aus. «Ludwig Müller und Hans Otto!» Sie nahm den Südwester ab und öffnete den Mantel.

«Nun mal langsam ... Wie? Von Bord geholt?»

«Das Schiff hat kurz vor den Landungsbrücken gestoppt und zwei Boote zu Wasser gelassen.»

Laurens wirkte verwirrt. «Der Kapitän, Juan Pereira. Sofort hier zu mir auf die Brücke!», rief er einem Kollegen zu. «Und wir wunderten uns schon, wo die Rettungsboote des Schiffes sind. Angeblich im Sturm auf dem Atlantik verloren, wie Pereira meinte. Der Einzige übrigens hier an Bord, der Deutsch spricht.»

«Der ist von Bord», antwortete ein anderer Kollege.

«Von Bord?!», schnaubte Laurens wütend. «Das kann nicht sein. Hinterher! Sofortiger Zugriff!» Er war kurz davor zu explodieren.

«Das Schiff hat Ladung an den Landungsbrücken abgesetzt», erklärte Ilka. «Und die Ladung wurde durch die Kanalisation transportiert. Mit Hilfe von Booten.»

Laurens schaute sie ungläubig an. «Woher weißt du das?»

«Ich war selbst dabei ... habe es direkt miterlebt.»

«Du hast was …?» Er blickte kurz zu seinen Kollegen, die einen Mann in Handschellen auf die Brücke führten. «Wer ist das?»

«Hatte sich hinten in der Halle versteckt», machte der Polizist Meldung. «Wollte sich gerade aus dem Staub machen.»

«Roth», sagte der Mann einsilbig.

«Hinnerk Roth?»

Der Mann nickte. «Ich vertrete hier das Südfruchtkonsortium und bin für den Schuppen zuständig. Was werfen Sie mir vor? Und was soll diese ganze Aktion hier überhaupt?»

«Bislang werfen wir Ihnen gar nichts vor», entgegnete Laurens betont ruhig, auch wenn man merkte, dass ihn das Mühe kostete. «Und was diese Aktion hier soll, hätten wir Ihnen sicherlich erklärt. Nur leider haben wir Sie nicht angetroffen. Gibt es einen Grund dafür, dass Sie sich versteckt hielten?»

Roth schüttelte den Kopf.

«Na, dann haben Sie sicherlich auch nichts dagegen, meinen Kollegen ins Stadthaus zu begleiten, damit er Ihre Aussage zu Ladung und Umschlag der Minerva zu Protokoll nehmen kann.»

«Was soll denn mit der Ladung sein?», protestierte Roth. «Irgendetwas nicht in Ordnung?»

«Das überprüfen wir gerade. Kann allerdings noch etwas dauern. Wenn Sie also so freundlich wären … Die Handschellen sind natürlich nicht nötig», meinte Laurens zu seinem Kollegen.

«Die Zitronenjette!», sagte Laurens zu den anderen Polizisten, als der Beamte mit Roth die Brücke verlassen hatte. «Macht hier einen auf Unschuldslamm ...» Nervös trommelte er mit den Fingern auf der Tischkante. «Und dann macht euch auf die Suche nach Pereira. Wie es aussieht, können wir hier abbrechen. Verdammt!» Er schlug verärgert mit der flachen Hand auf den Kartentisch. «Unser Einsatz war so gut vorbereitet. Niemand wusste davon. Und doch muss etwas durchgesickert sein.»

«Sie benutzen das Sielnetz als Verbindungsweg», erklärte Ilka. «Du solltest diesen Berger näher ins Auge fassen. Der vom Sielwesen. Der hatte doch Kontakt zu Bernstein und auch zu Wiese. Wenn der da man nicht sogar mit drinsteckt. So routiniert, wie die sich da unten bewegt haben ... Das waren ein Dutzend Kerle, die kannten sich bestens aus. Und die Boote unterstehen doch bestimmt auch der Stadtwasserkunst ...»

«Woher weißt du das alles? Woher wusstest du davon? Von den Landungsbrücken?» Laurens schaute sie fragend und fast vorwurfsvoll an.

Ilka erzählte ihm von ihrer gestrigen Begegnung. «Ich wollte es dir ja mitteilen ... Ich setze doch nur Mosaiksteinchen zusammen.»

«Nein, du begibst dich in Gefahr.»

«Na klar. Aber wenn ich da nicht hingegangen wäre, wüssten wir jetzt überhaupt nichts», entgegnete Ilka trotzig. Sie ärgerte sich über Laurens' Sturheit. Wenigstens ein wenig Dankbarkeit hätte sie erwartet. «Ich habe dir immer alles erzählt, von der Zitronenjette, von Hans Otto, von diesem Ludwig Müller und auch von Steudtner. Und du hast immer erwidert, du kümmerst dich ... später. Irgendwann. Du hattest immer nur die Aktion hier mit der Minerva im Kopf.»

Laurens sah sie schweigend an.

«Dabei war doch sonnenklar, dass die Hamburger Kanalisation irgendeine Rolle spielt. Spätestens nachdem mir die Zecke mit dem dicken Türken entwischt ist. Natürlich sind die über dieses Einstiegshäuschen entkommen. Habe ich mir inzwischen angesehen. Aber die müssen einen passenden Schlüssel gehabt haben. So schnell, wie die weg waren. Und dann die Verbindung zwischen Goldstein und Wiese zu einem Ingenieur des Sielwesens, der Plan, den du mir im Stadthaus gezeigt hast ... alles Kanalisation.» Ilka merkte, wie sie sich in Rage redete. «Aber du hattest nur Zitronen im Kopf. Die Minerva. Diese Aktion hier.»

«Du wusstest davon. Hast du mit irgendjemandem darüber geredet?»

Was sollte das jetzt bitte schön werden? Meinte Laurens das ernst? Verdächtigte er sie tatsächlich, dass sie eine konzertierte Aktion der Polizei verriet? Was für eine ungeheure Unterstellung. Mit wem denn bitte schön hätte sie reden sollen? Als wenn sie ein tratschendes Frauenzimmer war. Ungeheuerlich. Ilka fehlten die Worte.

«Natürlich nicht. Entschuldige.» Laurens blickte beschämt zu Boden. «Ich ärgere mich nur maßlos», entschuldigte er sich und schob den Stapel Papiere vor sich zusammen. «Ich breche das hier ab und wir fahren mit ein paar Kollegen und der Spurensicherung zu den Landungsbrücken. Vorher werde ich Brunotte kontaktieren, den Chef der Stadtentwässerung. Wir brauchen einen Plan der Ein- und Ausgänge zur Kanalisation. Also der wirklichen Zugänge. Was auch immer man dort transportiert hat. Bei der Größe der Ladung ... das muss ja auch wieder raus.

Und das schleppen die nicht durch die Straßenschächte ans Tageslicht. Ich werde alle Ein- und Ausgänge observieren lassen.»

Der Bau an den Landungsbrücken wirkte harmloser als vor wenigen Stunden. Die beiden Boote der Minerva plätscherten harmlos am Steg vor dem Zugang zum Kanal. Rundherum das Tagesgeschäft des Hafens. Der Lärm der Kräne und Schlepper, dazwischen Sackkarren und das Hämmern der Werften. Kaum ein Poller, der nicht belegt war. Alles unter einem flimmernden Wolkenschlag.

Ilka kannte es ja schon. Die Polizisten machten einen Heidenaufstand.

«Genau hier?», fragte Laurens.

Ilka nickte. «Die Latüchten waren an. Es war heller, wenn auch schummrig.»

«Keine Boote», bemerkte Laurens. «Können wir anfordern.»

«Ist doch eh zu spät.»

«Wahrscheinlich. Wie weit bist du ihnen gefolgt?»

«Ehrlich? Keine Ahnung. Ich bin aus einem Straßenschacht am Neuen Jungfernstieg herausgeklettert.»

Die Mannschaft der Spurensicherung nahm ihren Auftrag ernst. Man fand zwar keinen Hinweis darauf, wer oder was hier gewirkt hatte, aber einen Fingerzeig schien es dennoch zu geben. Es war ein merkwürdiges Utensil gefunden worden, mit dem niemand etwas anzufangen wusste. Eine metallene Röhre mit einem Auslösemechanismus wie bei einer Waffe. Nur dass keine Geschosse gezündet werden konnten, sondern lediglich ein schwerer Bolzen nach vorne schoss.

Mangels Boot konnten sie Ilkas Spur erst einmal nicht folgen. Dafür gab es verräterische Spuren an der Anlandestelle, wo Ilka mit angepackt hatte. Fußspuren, die von der Spurensicherung ausgegossen wurden. Es dauerte, bis die angeforderten Boote vor Ort waren. Nicht die, denen Ilka gefolgt war. Das erkannte sie auf den ersten Blick. Es waren lange Boote, die bis zu zehn Personen Platz boten.

«Wir haben ein Depot an der Lombardsbrücke», meinte der Rudergänger, als er Ilka und Laurens sowie Kommissar Appel und einen weiteren Polizisten an Bord nahm. «Eigentlich sind das Boote für Erkundungsfahrten und für öffentliche Besichtigungen, von denen es aber nicht so viele gibt. Unser Personal ist eigentlich immer per pedes unterwegs. Von daher haben wir auch nur sechzehn Boote für das gesamte Netz.»

«Zwei davon wurden heute Vormittag in Beschlag genommen und für kriminelle Machenschaften missbraucht.»

«So etwas ist immer möglich.» Ein Schulterzucken.

«Keine Chance, einem solchen Missbrauch einen Riegel vorzuschieben?»

Erneutes Schulterzucken. «Wie soll so etwas möglich sein? Wir haben … ich weiß es selbst nicht, wie viele Kilometer schiffbarer Siele. Und wer kommt schon auf die Idee, hier unten Blödsinn anzustellen? Allein der Geruch hält ja eigentlich alle fern. So etwas hatten wir bislang zumindest noch nicht.»

Sie fuhren in die Richtung, die Ilka am Mittag eingeschlagen hatte. Sie erkannte bestimmte Konstellationen unterirdischer Architektur wieder. Sogar den Schacht, aus dem sie nach oben geklettert war, konnte sie identifizieren. Laurens und Kommissar Appel verhielten sich völlig ruhig.

Blickten in alle Richtungen und machten sich wahrscheinlich gedankliche Notizen.

«Wo endet das Siel?», fragte Ilka.

«Es endet nicht wirklich. Es verzweigt sich irgendwann in unschiffbare Abzweigungen», erklärte der Mann neben ihr. «Hier kommen wir zum Düker der Alsterbrücke. Dort verbinden sich die Stammsiele vom Ostufer der Alster mit dem Westsiel.»

«Und das führt wohin?»

«Bis hinauf zum Kuhmühlenteich. Wenigstens in diesem Diameter.»

«Also könnte man theoretisch bis dorthin mit dem Boot fahren?»

«Gewiss. Nur ist das weit entfernt.»

«Was für Abzweigungen gibt es, die mit Booten befahren werden können?», fragte Laurens.

«Auf der Westseite in Richtung St. Pauli und Eimsbüttel, weiter nördlich den Abzweig nach Eppendorf in Richtung Stellingen, aber das wird dann schon eng. Und im Osten nach Barmbeck und weiter unten über Hohenfelde und Hammerbrook bis nach Hamm. Danach ist das nicht mehr schiffbar.»

Laurens schüttelte den Kopf. «Ohne irgendeinen Hinweis kommen wir hier nicht weiter. Ich denke, wir kehren um.»

An den Landungsbrücken stiegen sie völlig unterkühlt aus dem Boot. Der Erkennungstrupp war bereits abgefahren.

«Das wird meinem Chef nicht gefallen», meinte Laurens, als sie ins Stadthaus zurückgekehrt waren. Vor ihm lag der angeforderte Plan der Zugänge zur Kanalisation. «Viele sind es nicht. Was mich wundert.» Seine Blicke kreisten über dem Plan. «Aber wir werden sie dennoch rund um die Uhr beobachten lassen. In der Größenordnung, was die Ladung betrifft, ist es jedenfalls auffällig, wenn etwas abtransportiert wird.» Er blickte Ilka an. «Hast du die Adresse von diesem Otto?»

«Nein, aber das sollte in Erfahrung zu bringen sein. Er macht Toska beharrlich den Hof. Und was ist mit diesem Ludwig? Der scheint doch eine zentrale Rolle zu spielen. Wenn ihr den nicht auf dem Zettel habt, dann müssen wir über Hans Otto gehen. Denn die beiden kennen sich schließlich. Ich werde David fragen ...»

Es war Laurens anzusehen, dass er es nicht ausstehen konnte, wenn Ilka sich in die Polizeiarbeit einzumischen wagte. Auf der anderen Seite war er es inzwischen mehr als gewohnt, und zugegebenermaßen profitierte er manchmal auch von ihrem Instinkt und ihren Recherchen. «Dein Bruder? Was hat der damit zu tun?»

«Ich weiß es nicht, aber es ist gut möglich, dass er diesen Ludwig Müller aus Jugendtagen kennt.»

Es klopfte an der Tür, und ein sehr junger und charmanter Polizeianwärter betrat den Raum, nachdem Laurens ein grimmiges Ja von sich gegeben hatte. Der Junge – anders konnte man es aufgrund des Alters kaum nennen – hielt das in den Händen, was sie an den Landungsbrücken gefunden hatten. Er reichte es Laurens und erklärte: «Die Technik sagt, das ist ein Bolzenschussgerät, das in Schlachthöfen zum Einsatz kommt. Um Rinder zu töten ...»

Laurens nahm das Gerät in Empfang. «Danke, Karl.» Er betrachtete den Gegenstand eine Weile. Auch nachdem sich der Polizeianwärter wieder verzogen hatte. «Und was sagt uns das jetzt? Eine Spur in Richtung Schlachthof?»

«Keine Ahnung. Es gibt genug Spuren. Du wirst es herausfinden.» Ilka drückte Laurens einen flüchtigen Kuss auf die Wange.

«Eigentlich wolltest du sagen, *wir* werden es herausfinden, oder?»

Ilka zwinkerte ihm zu. «Feierabend für heute? Ich denke, wir sollten den Tag mit einem Menü bei Egberts ausklingen lassen. Das haben wir uns verdient, oder?»

Sie kamen zur Stoßzeit, wo man sich bei Egberts die Klinke in die Hand gab. Eine Dreiviertelstunde müssten sie einplanen, meinte der Ober und schenkte ihnen am Tresen einen Rheinsekt ein. «Der geht wie immer aufs Haus.»

«Danke, Herbert.» Es kam immer mal wieder vor, dass um diese Zeit kein Tisch mehr frei war, und das Haus dankte ihnen das Warten mit einer kleinen Aufmerksamkeit. Das Klirren der Gläser ging in der Geräuschkulisse des Speiseraums unter.

«Auf uns», meinte Laurens zu Ilka gewandt und nahm einen Schluck.

Ilka fasste sich ein Herz und hatte schon ein beichtendes «Auf uns drei» auf den Lippen, da sah sie ihren Bruder Robert, der in Begleitung von zwei Männern das Lokal betrat. Sie erstarrte. Sie hatte Laurens noch gar nichts von ihrem Treffen erzählt. Und von dem Problem, das sie mit Robert hatte. Noch so ein Geheimnis. Jetzt war es zu spät. Und auch zu spät, sich aus der Affäre zu ziehen. Robert hatte sie längst gesichtet. Mit seiner Begleitung kam er direkt auf sie zu. Alle drei trugen Zivil.

«Das ist ja eine Überraschung», meinte Robert. «Meine Schwester Ilka Bischop», klärte er seine Begleiter auf, die er ebenfalls vorstellte. «Herr Kaufmann, Herr Tegeler.»

Die beiden begrüßten Ilka mit einem formvollendeten Handkuss, und ihr lief ein Schauer über den Rücken. Alle drei trugen unübersehbar das Parteiabzeichen am Revers ihrer Mäntel. Laurens musste es auch gesehen haben. «Sehr erfreut, Sie kennenzulernen», sagte Karl Kaufmann galant. «Robert, Sie haben gar nicht erwähnt, was für eine elegante Schwester Sie haben.»

Laurens räusperte sich. «Rosenberg», stellte er sich selbst vor. Natürlich hatte er die Hakenkreuze längst bemerkt. Genauso wie er jetzt zur Kenntnis nahm, wie Kaufmann bei seinem Namen kurz die Stirn runzelte. Nur für den Bruchteil einer Sekunde, aber es hatte gereicht.

«Warten Sie auf einen Tisch?», fragte Karl Kaufmann. «Ich würde Sie gerne einladen, mit uns die Zeit zu überbrücken. Wir haben hier ein eigenes Séparée. Und im Sitzen wartet es sich doch angenehmer», fügte er hinzu. Laurens wollte etwas einwenden, aber Kaufmann beachtete dessen Geste nicht. Stattdessen griff er nach Ilkas Ärmel und dirigierte sie ungefragt an seiner Seite nach vorne. «Herbert, geben Sie uns doch bitte Bescheid, wenn ein Tisch für die Herrschaften frei wird. Und bringen Sie uns doch bitte die Tageskarte ins Séparée.»

Ilka zuckte in Richtung Laurens hilflos mit den Schultern, wagte aber nicht, der durchaus höflichen Einladung zu widersprechen. Sie hatte Angst, die Situation könne eskalieren, und das wollte sie im Beisein von Robert und Laurens verhindern. Erst musste sie Laurens aufklären, dass ihr der Werdegang ihres Bruders bis vor ein paar Tagen auch nicht bekannt gewesen war. Laurens machte zwar ein grimmiges Gesicht, folgte ihnen aber.

«Sie sind häufiger hier?», fragte sie in Richtung Kaufmann, der ihren Arm inzwischen losgelassen hatte. «Ich habe Sie neulich zusammen mit dem Architekten Klophaus gesehen.» Gemeinsam gingen sie durch den Gang hinter dem schweren Filzvorhang, der die Séparées vom Speiseraum trennte. Am Ende des Ganges betraten sie einen fensterlosen Raum mit zwei Speisetischen und einer kleinen Anrichte.

«Das Séparée haben wir für Parteifreunde angemietet. Aber es wird in der Hauptsache zur Mittagszeit genutzt. Auch für Geschäftsessen.» Damit machte Kaufmann deutlich, dass ihm zum Treffen mit Klophaus nichts zu entlocken war. Auf den Tischen standen kleine Standarten mit Hakenkreuzflagge. An der Wand hing tatsächlich ein Portrait von Adolf Hitler. Robert verhielt sich auffällig zurückhaltend. Auch ihm schien die Situation nicht geheuer zu sein. Wahrscheinlich ging er davon aus, dass sie Laurens schon aufgeklärt hatte. Anders konnte sie sich sein Verhalten nicht erklären. Aber er konnte nicht wissen, dass Laurens Polizist war. Oder war es der einstudierte Kniefall vor seinem Arbeitgeber? Kaufmann war als Gauleiter immerhin höchster Parteifunktionär in der Stadt. Jedenfalls hatte Robert die aggressive Art und kämpferische Argumentation von ihrem letzten Zusammentreffen abgelegt. Und Karl Kaufmann trat auffällig charmant auf, was einerseits an ihrer Erscheinung liegen mochte, andererseits auch Maske sein konnte. Denn dass ihre Begleitung einen jüdischen Namen trug, schien Kaufmann geflissentlich zu ignorieren. Entgangen war es ihm ganz sicher nicht.

«Und wir sind normalerweise nur am Abend hier», sagte Ilka, nachdem sie abgelegt und Platz genommen hatten. Tegeler, das war der zweite Name an Roberts Tür gewesen. Jetzt fiel es ihr wieder ein. Der Mann hatte nach der Begrüßung bislang noch kein einziges Wort gesagt. Dafür betrachtete er Ilka mit unangenehm durchdringendem Blick. Nach kurzer Zeit kam Herbert und brachte die Speisekarten, die er vor jedem auf den Tisch legte. «Darf es ein Aperitif sein? Das Übliche?»

«So wie immer, Herbert.» Tegelers Stimme war krächzig-heiser.

Ilka deutete auf ihr Glas Sekt, das noch dreiviertel voll war. Schweigend tat sie, als studiere sie die Karte. Ihr war der Appetit vergangen. Eigentlich hatte sie sich auf Weinbergschnecken mit Butterschmelz und danach marinierte Nierchen in Rotweinsoße gefreut. So etwas gab es bei Egberts auch außerhalb der Tageskarte immer. Das war ganz nach ihrer Vorstellung. Aber jetzt plagten sie andere Gedanken. Es war doch verrückt. Und sie war sauer. Wie kamen Nationalsozialisten gerade auf ein Lokal, das sich auf französische Spezialitäten verstand? Ilka verspürte einen kaum zu unterdrückenden Würgereiz. Laurens' Gesichtsausdruck ließ Ähnliches befürchten. Wie es aussah, würden sie sich ein anderes Stammlokal für den Abend suchen müssen. Ein Platz, der Séparées dauerhaft an Nationalsozialisten vermietete, war vergiftet.

Es herrschte eine merkwürdig angespannte Stimmung. Der Einzige, der fröhlich zu sein schien, war Kaufmann, der es vermied, politische Themen anzusprechen, und vor sich hin scherzte, wobei vor allem er es war, der über seine Witze lachte. Erschreckend war, dass Kaufmanns Gesichtszüge eine gewisse Ähnlichkeit mit denen von Laurens hatten. Nicht allein das kurze Haar, das Kaufmann bis zu den Schläfen rasiert trug, nein, auch die scharf geschnittenen Augen zeigten eine gewisse Entsprechung. Gut, Laurens' kräftige Nase und die vollen Lippen hatte er nicht, aber sonst gab es Übereinstimmungen. Wie mochte Laurens darüber denken? Entgangen sein konnte es ihm nicht.

Es war fast eine Erlösung, als Herbert erst anklopfte und dann meldete, ein Tisch sei frei geworden. Fast synchron mit Laurens erhob sich Ilka und dankte Karl Kaufmann für das unfreiwillige Asyl. Ihrem Bruder warf sie einen funkelnden Blick zu und verabschiedete sich mit einem knappen »Wir sprechen uns«. Auf eine Umarmung oder sonstige Vertraulichkeiten verzichtete sie.

«Hat sich erledigt», meinte sie zum Ober, der sie zurück in den Speiseraum begleitet hatte. Zu Laurens: «Mir ist der Appetit vergangen.»

«Kann ich verstehen», meinte Laurens, als sie auf der Straße standen. Ilka war zum Heulen zumute. «Lass uns einfach gehen!»

«Es gibt da ein Problem in meiner Familie.»

«Habe ich gesehen.» Sie gingen schweigend in Richtung Leinpfad. Kurz vor der Haustür meinte Laurens: «Ich brate uns ein paar Spiegeleier.»

Ilka lächelte gequält. «Es tut mir leid. Ich habe es auch erst vor ein paar Tagen von David erfahren. Mein kleiner Bruder ist den Nationalsozialisten auf den Leim gegangen. Ein großes Problem, das mich sehr beschäftigt.»

«Kann ich mir denken», antwortete Laurens, während er aufschloss. «Unangenehme Bande. – Dieser Kaufmann ist ein schmeichlerischer Schuft, wenn du mich fragst. Gott sei Dank haben die nicht mal zwei Prozent.»

«Gott sei Dank», echote Ilka.

«Interessante Familie, die ich da kennengelernt habe ...» Laurens fiel anscheinend nichts Besseres ein, als der Angelegenheit mit Humor zu begegnen. «Mutter eine kämpferische Sozialdemokratin der ersten Stunde, die prinzipiell keine Polente mag, Bruder eins ein verkappter Kommunist, der sich als Beamter dazu zwingt, die Sozialdemokraten zu stützen, obwohl er eigentlich den radikalen Gewerkschaftlern mehr zugeneigt ist. Bruder zwei ein Weichei, das sich im Schatten einer Versagerpartei versucht, ein martialisches Ego zuzulegen, und eine bezaubernde Ilka, die dem Chaos nicht ganz gewachsen zu sein scheint ...» Er nahm Ilka in den Arm und legte beschützend beide Arme um sie. «Wenn es weiter nichts ist, als dich vor diesem Chaos zu bewahren ...»

Dankbar ließ sich Ilka in diese Arme fallen. Laurens hatte begriffen. So viel verstand sie. Aber die Sache mit ihrer Schwangerschaft passte mal wieder nicht.

KAPITEL 12

Freitag, 15. November 1929

Jetzt wird erst richtig klar, was die in Amerika angerichtet haben. Die Börsen brechen weltweit ein. Unglaublich, was die Spekulation in Bewegung gesetzt hat. Und wie es scheint, gibt es kein Mittel, die Geldvernichtung zu stoppen.» Ilka legte die Zeitung beiseite und zündete sich eine Zigarette an. «Dabei wird nur die ungerechte Verteilung des Kapitals gestärkt.»

Wirklich Sorgen machte sie sich nicht. Wenn, dann würde sie als eine der Letzten arm werden. Ihr Kapital war weit gefächert angelegt. Ein halbwegs beruhigendes Gefühl. Sie hatte Lust, darüber zu schreiben, wusste aber, dass sie zu wenig fundamentale Kenntnisse von der Materie hatte, von den Verknüpfungen des Kapitals. Umso mehr spürte sie die moralische Verpflichtung. Und vor allem: Die Stimmung war schlecht.

«Lass uns über Hans reden», sagte Toska. «Was du erzählt hast, beunruhigt mich doch gewaltig. Dass er Dreck am Stecken haben könnte …»

«Das hat er ganz bestimmt. Und du weißt wirklich nicht, wo er wohnt? Hast keine Anschrift?»

Toska schüttelte bekümmert den Kopf. «Nein, wirklich nicht. Ich bin so naiv …»

«Ist ja alles gut», meinte Ilka beruhigend. «Denk daran,

wie sich vor Jahren ein russischer Agent an dich rangemacht hat, um Kontakt zu mir zu bekommen. Das hier ist aber was anderes. Ich vermute, es ist wirklich der reine Zufall, dass wir Hans getroffen haben. Niemand will was von mir.»

«Ich find's trotzdem unheimlich.» Toska rührte in ihrem Tee, der inzwischen bestimmt kalt war. «Der Schnee ... na gut, er steht drauf. Aber dass er damit handelt? Ich begreif's nicht. Auch wenn es danach aussieht. Ich kann es mir nicht vorstellen.»

«Ich werde ihn zur Rede stellen. Wann seht ihr euch?»

«Heute Abend.»

«Hier?»

Toska nickte betrübt.

«Ich werde mit David kommen. Als Überraschungsgäste. Mach dir keine Sorgen. Wir machen das. Ich will nur Kontakt zu diesem Ludwig Müller. Das ist meine Zielperson.»

Toska sah traurig aus. «Und ich dachte, Hans sei meine Zielperson.»

«Ist es nicht», entgegnete Ilka und streichelte ihrer Freundin über den Kopf. «Das ist ein Schurke. Und ganz bestimmt kein Handlungsreisender, wie er uns weismachen wollte.»

Wie verabredet traf sie den Architekten Karl Schneider an der Baustelle des Kunstvereins, und zu ihrer Überraschung hatte er Baldur von Wittgenstein im Schlepptau, den er angeblich zufällig getroffen haben wollte. Sie glaubte ihm kein Wort, ließ sich aber nichts anmerken. Wittgensteins Avancen waren bereits bei ihrem letzten Treffen eindeutig gewesen. Und auch jetzt musterte er sie interessiert.

Schon nach wenigen Minuten an der Neuen Rabenstraße war klar, was die beiden verband. Baldur stand den Hamburger Sezessionisten nicht nur nah, weil er sich von deren Künstlern Bilder für seine Kunstsammlung versprach, er hatte aus seinem Vermögen wohl auch einen Anteil zum Umbau dieses Hauses beigetragen. Vielleicht weil er sich erhoffte, dass seine Sammlung auch einmal an diesem Ort präsentiert werden könne, wie er offen zugab.

Schneider war sein Stolz über den Auftrag anzusehen. Am Anfang hatte Ilka sich über sich selbst gewundert, ihre Bereitschaft, sich über das Projekt vor Ort von ihm selbst informieren zu lassen. Im Nachhinein fand sie es erstaunlich, dass er sich tatsächlich bei ihr gemeldet und diese Führung angeboten hatte. Wie sie seinen Worten entnahm, war er am stolzesten auf die Tatsache, dass gerade Oberbaudirektor Schumacher, Davids Chef, seinen Entwurf als genial bezeichnet hatte. Denn der stand der Formen- und Materialsprache der avantgardistischen Moderne bekanntermaßen kritisch gegenüber.

Und diese Moderne war augenfällig. Die Front des Hauses konterkarierte die Neorenaissance der benachbarten Bürgerhäuser, obwohl sein ursprünglicher Kern genau ein solches Gebäude gewesen war. Eine Fläche aus quadratischen Öffnungen, symmetrisch ausgerichtet, besser gesagt auf Unterkante gehängt, wie Baldur scherzhaft einwarf. Und obwohl die zukünftige Fassade bereits nachvollziehbar war, lag der eigentliche Clou des Ausstellungshauses auf der Gartenseite. Hier ließ Schneider einen ebenerdigen Saal entstehen, der nicht nur von Oberlicht durchflutet wurde, sondern zudem ein geniales Konzept von variablen Raumtrennern, verstellbaren Wänden, erhalten sollte, wodurch eine Ausstellungsfläche bei gehängten Werken zwischen 74 und deutlich über 200 Metern möglich war. Davon war allerdings noch nichts zu sehen, und Ilka versuchte vergeblich, Schneiders Erklärungen in Bilder umzusetzen.

Das Gebäude verinnerlichte zwei eklatante Dinge, wie der Architekt erklärte. Symmetrie und Licht. Mit der Symmetrie hatte sich Schneider bereits mit dem Bau des Emelka-Palasts in Eimsbüttel auseinandergesetzt. Das Kino an der Osterstraße war quasi sein Versuchsballon gewesen, wie er meinte. Zumindest so weit, dass die innere Symmetrie bereits an der Fassade erlebbar war. Hier hatte er sich dann wohl selbst übertroffen. Im zweiten Geschoss angekommen, setzten sie sich an ein provisorisch aufgestelltes Ensemble aus Tischen und Stühlen und genossen die Aussicht auf die Moorweide.

«Du hast sehr radikal mit dem altmodischen Pomp aufgeräumt», meinte von Wittgenstein, nachdem sie Platz genommen hatten. «Gratulation dazu.»

Schneider nickte. «Licht. Das war das Wichtigste. Nur im Licht kann Kunst wirken.»

«Wem sagst du das», stimmte Baldur zu. «Das ist es, was mir in der Sierichstraße fehlt. So opulent die Räume dort auch sein mögen – es ist zu wenig Licht vorhanden. Als wenn die Bourgeoisie vor dreißig Jahren nur im Dunklen erträglich gewesen wäre. So schlummert der Großteil meiner Sammlung auch in Plankommoden und nicht an den Wänden, wo die Bilder eigentlich hingehören.»

«Auch von außen wird das Gebäude hell verputzt sein. Neben Putz nur Glas und Stahl», merkte Schneider an. «Und die Räume über uns wieder mit Oberlicht. Ich liebe

Oberlicht.» Er geriet ins Schwärmen. «Es gibt einfach nichts Besseres.»

«Ich finde es übrigens sehr ehrenhaft, dass du auf dein Honorar verzichtet hast», meinte Baldur. Es klang wie eine Offenbarung, die an Ilka gerichtet war.

«Nun, die Finanzierung war schwer genug», warf Schneider ein. «Und die Auftragslage in der Spaldingstraße ist zumindest so gut, dass ich meine Leute entsprechend bezahlen kann.»

«Und dann deine Professur an der Landeskunstschule.»

Schneider lächelte. «Nicht mit deinem Salär zu vergleichen.»

«Meinem ehemaligen», korrigierte von Wittgenstein.

«Es wird wohl noch genug übrig sein», warf Schneider bissig ein.

«Wo wir dabei sind ... Darf ich euch noch zu einem kleinen Umtrunk zu mir nach Hause einladen?» Der Blick war vor allem auf Ilka gerichtet.

«Aperitif mit Linie?», fragte Schneider und rollte mit den Augen.

«Ist zumindest ein Angebot. Das Zeug fällt momentan drastisch im Preis, und wie ich mitbekommen habe, wird das auch so weitergehen, da wohl gerade eine ganze Menge Stoff auf dem Markt ist. Richtig guter Stoff.»

«Du weißt, dass ich nicht so scharf darauf bin», antwortete Schneider und zog die Nase kraus. «Aber jeder, wie er mag.» Er warf Ilka einen schelmischen Blick zu.

«Ich habe heute leider noch zwei wichtige Termine», entgegnete sie und blickte auf ihre Armbanduhr. Das «leider» hatte sie bewusst betont. Sie hatte Baldurs Worte sehr wohl registriert. Es gab also ein Überangebot. Die Straßenpreise für Kokain fielen. Sie konnte sich durchaus vorstellen, warum.

«Lohnt es sich noch zu investieren?», fragte sie in Richtung Kunstsammler. Sie wagte es kaum zu hoffen, er könne indirekt mit den südamerikanischen Zitronen zu tun haben.

«Ich habe zumindest davon gehört», meinte von Wittgenstein lächelnd. «Es sind aber nur Gerüchte, die die Runde machen. So etwas kommt immer wieder vor. Was dann dran ist, zeigt sich erst im Nachhinein.» Er grinste.

«Also, ich muss mich entschuldigen», sagte Ilka und blickte abermals auf ihre Uhr. «In einer halben Stunde muss ich im Stadthaus sein.» Sie hatte Laurens ihr Kommen für den frühen Nachmittag angekündigt. Jetzt gab es sogar Neuigkeiten, die ihn bestimmt interessierten.

«Du zuerst», meinte Ilka, als sie Laurens' Büro im Stadthaus betreten hatte.

Laurens hatte es sich in seinem Sessel bequem gemacht und mit seinen Füßen den Besucherstuhl blockiert. «Nein, du, Frau Kommissarin.»

«Was hast du herausgefunden?» Ilka umarmte ihn kurz zur Begrüßung, dann schob sie seine Schuhe von der Sitzfläche und setzte sich.

«Dieser Hans Otto», hob Laurens an und blätterte in einer Mappe. «Der vorletzte Besitzer des Café Müller war ein gewisser Hans Otto Stracke, wohnhaft in der Feldstraße 20.» Er wartete einen Moment. «Und jetzt kommt's: Stracke war damals Geschäftsführer einer Firma, die sich auf den Import von südamerikanischem Rindfleisch spezialisiert hat, der Argentino Co. KG. Könnte also passen.»

«Nicht Zitronen?», warf Ilka ein. Aber es war schon klar. Laurens hatte seine Hausaufgaben gemacht. Otto war also nicht der Nachname, sondern der zweite Vorname.

«Nein, keine Zitronen. Aber Südamerika. Wir können also davon ausgehen, dass er in die Sache mit der Minerva involviert ist.»

«Südamerikanisches Fleisch, Schlachthof, Bolzenschussgerät, Koks … Das passt doch irgendwie.»

«Nicht nur irgendwie. Das passt sogar ganz genau. Nur die Wege sind uns noch versperrt. Wie das alles zusammenhängt. Wer ist der eigentliche Auftraggeber? Wer ist der Initiator? Warum hat man den Bankier und den Juwelier ermordet?»

«Die Adresse in der Feldstraße ist natürlich nicht mehr aktuell.»

Laurens zwinkerte ihr zu. «In der Tat, Frau Kommissarin.»

Ilka ließ die Anspielung unkommentiert. «Und der Kapitän? Die Zitronenjette?»

«Juan Pereira ist nach wie vor flüchtig. Ärgerlich, aber so ist es. Aber Hinnerk Roth … der wird wohl auspacken. So sieht es zumindest nach der ersten Vernehmung aus.»

«Und was ist mit Wilhelm Berger, dem Mann von der Stadtwasserkunst, der sowohl mit Bernstein als auch mit Wiese Kontakt hatte?»

«Auch der ist kurz davor einzuknicken. Und von ihm verspreche ich mir auch am meisten. Er hat bereits angedeutet, dass Bernstein ihn vor einem halben Jahr um Lagepläne des Sielsystems gebeten hat. Und Wiese sei an der Mitfahrt auf einem der Erkundungsboote im Stammsiel interessiert gewesen. Angeblich sei es aber nicht dazu gekommen.»

«Was hältst du davon?»

«Ich glaube, er war eingeweiht. Zumindest wird er den beiden geholfen haben. Ob wir ihm das nachweisen können, weiß ich nicht. Aber eines ist ganz sicher: Berger hat Angst. Nachdem er erfahren hat, was mit Wiese geschehen ist, schlottern dem die Knie. Was darauf hindeutet, dass er zumindest ein Mitwisser ist. Ich treffe mich gleich mit Heinrich Scholz, das ist unser Spitzel, der auch das Café Müller betreut.»

«Der Vigilant.»

«Genau. Er schuldet mir noch Informationen zu Max Steudtner. Dann kann ich ihn gleich fragen, ob Wilhelm Berger zufällig auch im Müller verkehrt. Der Laden scheint mir langsam Dreh- und Angelpunkt in der Sache zu sein. Aber Simon Bernstein war dort nie zu Gast. Begleitest du mich ein Stück? Wir sind in der Casablanca Bar verabredet, das ist gleich um die Ecke.»

Ilka schaute auf die Uhr. Freitags war David immer länger im Büro, weil er noch die Wochenplanung für Schumacher anlegen musste, die sein Chef zum Abend hin erwartete. Und Schumacher wohnte quasi bei Toska um die Ecke. Aber bis dahin blieb noch genug Zeit. Vor sieben verließ David das Hochbauamt nie. Und Casablanca Bar klang interessant. Kannte sie nicht. Irgendetwas Spritziges konnte sie jetzt jedenfalls gebrauchen. Ilka griff nach ihren Sachen und nickte.

Eine Casablanca Bar hatte sie sich allerdings anders vorgestellt. Irgendwie mondäner, wie es zumindest der Name nahelegte. Aber die Bar war wirklich nur eine Bar. Ein halbes Dutzend Stehtische, ein Tresen, dahinter eher ein

Wirt, kein beschürzter Barkeeper. Nicht einmal ein Spiegel hinter den aufgereihten Flaschen. Dazu roch es nicht prickelnd nach Zitrone und zuckeriger Süße, gepaart mit dem Duft orientalischen Tabacs, sondern nur nach abgestandener Asche. Und dann war da dieser Kerl im Mantel mit einem Jimmy auf, der ein Bier vor sich am Tresen hielt und sich nicht mal umblickte, als sie die Bar betraten. Als einziger Gast.

«Wilhelm?» Laurens tippte dem Sitzenden auf die Schulter, und als der sich umdrehte, erschrak Ilka. Sie hatte den jungen Beamten erwartet, der sie vor einigen Tagen im Flur des Stadthauses gegrüßt hatte und den sie zuvor am Pokertisch in Müllers Café gesehen hatte. Und sie hatte geglaubt, dass er der heimliche Spitzel der Criminalen sei. Doch anscheinend hatte sie sich geirrt. Der Mann am Tresen mit Namen Wilhelm Scholz war der Kerl, der sie im Müller bedrängt und für eine Nutte gehalten hatte.

Ihre Blicke trafen sich, und auch er schien sich zu erinnern. «Oh», meinte er, als Laurens sie vorgestellt hatte. «Ich denke, ich muss mich bei Ihnen entschuldigen. Aber zu meiner Tarnung ist manchmal auch ein drastisches Verhalten notwendig. Ich hoffe, Sie nehmen meine Entschuldigung an. Ich hatte nicht wirklich die Absicht ...»

«Ihr kennt euch?», fragte Laurens verwirrt.

«In gewisser Weise ja», meinte Ilka. «Ich hätte ihm fast die Eier weggeschossen.»

«Aha», meinte Laurens vielsagend und hob eine Augenbraue. «Ihr seid euch also im Müller begegnet?»

«Ja, an dem Tag, als ich mit Hans und Toska dort war», erklärte Ilka und überlegte, ob sie Laurens in Gegenwart von Heinrich Scholz ihre Gedanken mitteilen sollte.

Schließlich entschied sie sich dagegen und wartete ab, wie sich das Gespräch entwickeln würde.

Laurens wirkte zwar immer noch verwirrt, konzentrierte sich aber auf die Mitteilungen von Scholz. Ja, sowohl Max Steudtner alias die Zecke als auch sein Schatten, der schwergewichtige Osmane, der anscheinend keinen Namen hatte, waren regelmäßige Gäste im Müller. Zu Berger hatte Scholz keine Informationen, aber es gab angeblich einen Spielsüchtigen, auf den Laurens' Beschreibung passte. Ein Photo hatte er natürlich nicht zur Hand.

Nachdem Scholz die Bar verlassen hatte, konnte Ilka nicht mehr an sich halten: «Das sollte doch reichen, dass du den Laden hochgehen lässt.»

Laurens wiegte langsam den Kopf. «Überleg noch mal ...»

Ilka strich sich eine Strähne aus der Stirn. «Ich weiß nicht, was du meinst.»

«Noch nicht ganz Kommissarin.» Laurens lächelte. «Erinnere dich an die Begegnung mit *deinem* Vigilanten. Du hast mir davon erzählt.»

«Dass ich ihm begegnet bin.»

«Auf dem Weg zu mir. Ich hatte schon damals ein komisches Gefühl. Ich setze für solche Sachen nur Leute ein, die mit der criminalen Abteilung absolut nichts zu tun haben.»

«Aber ich habe ihn erkannt», sagte Ilka.

«Genau. Du hast jemanden erkannt, den du im Müller gesehen hast und versehentlich für einen Spitzel von uns gehalten hast.»

«War er aber nicht?»

«Genau. War er nicht!»

«Verstehe.» Nun war sie an der Reihe. Ein kapitales Missverständnis. Nein, mehr noch. Nicht nur eine Fehleinschätzung. Ein völliges Versagen. «Der Kollege war relativ jung. Ich versuch mal, ihn zu beschreiben. Er muss ja bei euch arbeiten.»

«Wir sind circa hundert Beamte», warf Laurens ein.

«Noch keine vierzig, recht apart aussehend, kein Bart ...»

Laurens unterbrach sie. «Du bekommst morgen eine Photogalerie zur Auswahl!»

David war sofort einverstanden, als Ilka ihm von den letzten Geschehnissen berichtete und ihn um Hilfe bat. «Für so etwas habe ich immer Zeit. Aber dein Plan wird dich nicht weiterbringen», warf er ein. «Ich glaube, es wäre geschickter, wenn du allein zu Toska gingest und Hans Otto erzählst, du hättest ihn in Begleitung von Ludwig Müller gesehen. Was ja auch stimmt. Dass du sie belauscht hast, lässt du besser weg. Viel zu gefährlich. Erzähle ihm einfach eine Geschichte, von wegen Freund deines Bruders, der den Kontakt verloren hat, oder sonst was. Dir wird schon irgendwas einfallen. Sorg einfach nur dafür, dass er mich zu Ludwig führt. Ich warte auf der Straße und werde ihm folgen.»

Ilka dachte an ihre eigenen Versuche, Verfolger abzuschütteln oder zu täuschen, und daran, dass sie es vor Jahren trotz aller Tricks nicht bemerkt hatte, dass man ihr gefolgt war. Es war eine der schwierigsten Sachen, als Verfolger unerkannt zu bleiben. Vor allem wenn man es mit Leuten aus dem entsprechenden Milieu zu tun hatte. Ganoven und Agenten. Die kannten alle Kniffe und wussten sich zu wehren. Aber David war ein alter Haudegen, der sich seit Kindesbeinen mit solchen Dingen auskannte, es quasi von der Pike auf gelernt hatte, unsichtbar zu bleiben. Und er besaß einen entscheidenden Vorteil. Im Ernstfall war er den meisten Mitmenschen körperlich überlegen und er hatte keine Skrupel, diesen Vorteil auch einzusetzen. Sie hatte gerade erst in Erkers Gaststuben miterleben können, mit welch ungeheurer Wucht er im Ernstfall zur Sache gehen konnte. Zumindest hatte er keine Bedenken, einen Gegner kampfunfähig zu machen. Von daher machte sie sich um David kaum Sorgen und willigte in dessen Plan ein. Sie versprach ihm, ihn nicht allzu lange in der dunklen Kälte stehen zu lassen. Nachdem sie den Wochenplan bei Schumacher abgeliefert hatten, machten sie sich auf in die Lange Reihe, und David bezog Stellung in einer windgeschützten Passage schräg gegenüber Toskas Wohnung.

Toskas Überraschung war zwar gespielt, wirkte aber echt. Wie verabredet bat sie Ilka herein, und Hans schien nichts zu bemerken. Er wirkte sogar erfreut und war um Komplimente nicht verlegen. Komplimente, die etwas grenzwertig waren. So empfand es Ilka zumindest. Vielleicht lag es daran, dass sie ihn durchschaut hatte.

Toska schenkte ihr einen Sekt ein, und Ilka fragte sich, wie lange es wohl dauern würde, bis Hans Otto Stracke dazu übergehen würde, den Augenblick für eine gute Linie Koks zu empfehlen. Sollte sie ihn mit dem Wissen um seinen Nachnamen überrumpeln? Besser nicht. Auf keinen Fall. Also Hans Otto.

«Dann kommen wir drei ja doch mal zusammen», entfuhr es ihm, nachdem Toska seine Sektflöte nachgefüllt und sie angestoßen hatten. «Und ich dachte schon, wir würden uns nicht wiedersehen. Ist ja schon eine Weile her.»

Das war schon fast eine Einladung, wie Ilka fand. «Du hast mich zwar nicht gesehen neulich, aber ich dich schon», erklärte sie so beiläufig wie möglich.

Hans schaute sie erstaunt an.

«Na, Mittwoch am Anleger Jungfernstieg.» Sie holte Luft und konzentrierte sich auf ihre Worte. «Als du zusammen mit Ludwig die Barkasse bestiegen hast.» Sie hatte den Nachnamen bewusst ausgelassen. Bevor er etwas einwenden konnte, fügte sie hinzu: «Das ist ein alter Freund von meinem Bruder David. Der hat nur leider den Kontakt verloren. Ich habe ihm erzählt, dass ich Ludwig flüchtig gesehen habe, und er würde sich sehr freuen, ihn zu treffen.» Gespannt wartete Ilka auf die Reaktion von Stracke.

Dessen Gesichtszüge gefroren innerhalb einer Sekunde, er war sichtlich um Worte verlegen. «Ludwig ... ach ja ... ich weiß gar nichts über seine Vergangenheit ... ist ein flüchtiger Bekannter. Dein Bruder? Ja, was für ein Zufall.» Er nippte an seiner Sektflöte. «Ein Geschäftsfreund. In der Tat. Wir haben uns zufällig auf dem Jungfernstieg getroffen. Und dann habe ich ihn noch zum Anleger begleitet ...»

«Nicht mitgefahren?»

«Nein. Ich musste in die andere Richtung.» Stracke zuckte unschuldig mit den Schultern.

«Dann muss ich mir das eingebildet haben», entgegnete Ilka, und Toska warf ihr einen warnenden Blick zu.

«Mein Bruder würde sich sicher sehr freuen, wenn du den Kontakt zu Ludwig herstellen könntest. Sie waren mal sehr eng befreundet.»

Hans tat mühsam ahnungslos. «Ich kenne nicht mal seine Adresse. Und woher kennst du Ludwig? Ich meine ... wenn du ihn sofort erkannt hast.»

«Na, von David, meinem Bruder», meinte Ilka abgeklärt. «Ist zwar schon Jahre her. Aber das Muttermal ... daran habe ich mich sofort erinnert.»

«Verstehe.» Hans schien in Gedanken versunken. Toska hatte sich zu ihm aufs Kanapee gesetzt, aber auf ihre Avancen ging er nicht ein, schob sie fast von sich. Kein Koks also. «Na, dann gib mir mal die Anschrift von deinem Bruder. Wenn ich Ludwig das nächste Mal treffe, bitte ich ihn, sich mit ihm in Verbindung zu setzen.»

Ilka reichte Hans eine der offiziellen Visitenkarten aus dem Hochbauamt.

Er warf nur einen flüchtigen Blick auf die Karte, dann steckte er sie ein, erhob sich und beendete ihre Dreisamkeit abrupt mit einem Verweis auf einen anstrengenden Tag. Genau so, wie Ilka es erhofft hatte.

Sie nahm Toska tröstend in den Arm, als Hans gegangen war. «Glaub mir. Er ist es nicht wert», flüsterte sie ihr ins Ohr. «Du findest noch was Brauchbares, versprochen.» Mit Toskas Schluchzen im Ohr verließ sie nach wenigen Minuten das Haus. Von David keine Spur.

Der Anruf kam kurz vor Mitternacht. «Entschuldige, dass ich mich erst jetzt melde», begann David etwas atemlos. «Aber das war die reinste Stadtrundfahrt. Zuerst ging es nach Eilbeck in die Hasselbrookstraße. Dort scheint er zu wohnen. Ein unauffälliges Mietshaus. Die Droschke hat aber vor dem Haus gewartet, und kurze Zeit später kam Stracke mit einem kleinen Koffer wieder heraus, und die

Fahrt ging quer durch die Stadt in Richtung Eimsbüttel weiter.»

«Er hat dich nicht bemerkt?», unterbrach ihn Ilka besorgt.

«Nein, ganz bestimmt nicht. Ich hatte dem Fahrer genaue Instruktionen gegeben. Aber es war natürlich Glück, dass er die Droschke am Taxistand des Krankenhauses an der Lohmühlenstraße bestiegen hat. Wenn er vorher eine herangewunken hätte, wäre es schwer gewesen, ihm zu folgen. Die Fahrt ging weiter bis zum Sternschanzenbahnhof. Er ist dann ausgestiegen und zu Fuß durch den Park in Richtung Wasserturm. Da muss jemand auf ihn gewartet haben, denn kurz darauf kam er mir im Park wieder entgegen. Ohne den Koffer.»

«Vielleicht hat er ihn irgendwo im Park versteckt?», warf Ilka ein.

«Glaube ich nicht. Da ist viel zu viel Verkehr im Park. Drogenhandel und Schwulenstrich. Da kann man nicht unbeobachtet einen Koffer abstellen. Ich bin ihm dann mit großem Abstand gefolgt, und er ist zu Fuß über Schanzenstraße und Lagerstraße bis zum Central-Schlachthof. Er hat sich immer wieder umgeschaut, mich aber nicht gesehen. Kurz vor der Baustelle auf dem alten Zollvereinsgelände, wo die neue Schweineschlachthalle gebaut wird, ist er über die Gleisrampe in Richtung Kampstraße und dann über einen Seiteneingang in der Talgschmelze verschwunden. Ich habe mich auf die Lauer gelegt, und nach einer guten halben Stunde ist dann eine große Maybach-Limousine vorgefahren und hat vor dem Gebäude gewartet. Kurze Zeit später ist Stracke aus dem Gebäude gekommen und in die Limousine gestiegen. Es tut mir leid, aber aus meiner Position konnte ich dem Wagen nicht folgen.»

«Ärgerlich», meinte Ilka.

«Sicher. Aber da wird uns Laurens weiterhelfen können.»

«Inwiefern?»

David gab einen kurzen Seufzer von sich. «Ich habe natürlich das Kennzeichen notiert.»

KAPITEL 13

Sonnabend, 16. November 1929

«Das Kennzeichen, ja.» Laurens schüttelte den Kopf. «Ich muss gestehen, wir haben nichts dazu. Das Kennzeichen ist ausgedacht. Nicht einmal gestohlen. Eine plumpe Fälschung.»

Er legte Ilka ein Album vor, das die Mitarbeiter der Criminalpolizei zeigte. «Aber Maybach-Limousinen gibt es bestimmt nicht so viele in der Stadt. Wir werden den Wagen schon identifizieren können.»

Ilka blätterte das Album durch und brauchte nicht lange, um den betreffenden Beamten zu finden. Zu eindeutig war seine Physiognomie.

«Lasse Hansen.» Laurens nickte und schlug das Buch zu. «Interessant. Darum kümmern wir uns.» Er machte einen Schritt in Richtung der Tafel, wo die polizeilichen Ermittlungen und deren Richtungen festgehalten und Auswertungen notiert waren. «Doktor Wiesenthal mutmaßt, das gefundene Bolzenschussgerät könne als Folterinstrument bei Aaron Wiese angewendet worden sein. Die Verletzungen würden dazu passen.»

Ilka dachte an den Schlachthof und daran, was David erzählt hatte.

«Und Hinnerk Roth ist geständig», meinte Laurens. «Er hat da irgendwie mit dringesteckt. Anscheinend geht das alles auf eine Idee von Bernstein zurück. Der hatte von seinem Schwager von den florierenden Geschäften aus dem Café Müller erfahren. Mehr konnten wir aber noch nicht aus ihm herauskitzeln.»

«Was ist mit diesem Berger vom Wasseramt?»

«Wilhelm Berger hat ebenfalls mit dringesteckt. Angeblich hat er selber nicht in das Geschäft investiert, aber Wiese ist an ihn herangetreten und hat ihn um Informationen ums Stammsiel gebeten und gefragt, ob es dort Räumlichkeiten zur Lagerung gäbe. Darauf scheint sich Berger eingelassen zu haben. Zumindest hatte Wiese durch ihn Schlüsselgewalt für alle relevanten Ein- und Ausstiege zur Kanalisation. Was als Gegenleistung versprochen wurde, klären wir gerade.»

«Puhh.» Ilka überlegte. «Jetzt wird's kompliziert. Wie sind diese Informationen an die Beteiligten gekommen? Wieso hat man Wiese gefoltert? Weil man an bestimmte Details des Geschäfts kommen wollte. Schon klar. Aber warum Bernstein töten? Das ist mir ein völliges Rätsel.»

«Wir setzen Steinchen um Steinchen zusammen», erklärte Laurens. «Irgendwann passt es.»

«Eure Kripoarbeit ist mir eindeutig zu langsam», stöhnte Ilka.

«Wir sind an eine bestimmte Reihenfolge gebunden», erwiderte Laurens. «Da lässt sich nichts dran ändern. Aber du bist ja ungebunden …» Er zwinkerte ihr zu, was Ilka seltsam vorkam. Sonst war es eher so, dass Laurens sie von Alleingängen abzuhalten versuchte. Nein, es sogar missbilligte, wenn sie auf eigene Faust in polizeilichen Angelegenheiten recherchierte. Wie war das nun zu verstehen?

David schien auf sie gewartet zu haben. Als Ilka sein Büro betrat, wirkte er völlig aufgelöst. «Er hat tatsächlich angerufen.»

«Wer? Ludwig Müller? Ich habe Hans Otto deine Karte gegeben.»

«Ja, er ist es wirklich. Ich kann es nicht fassen. Wir haben uns seit einer halben Ewigkeit nicht gesehen, und plötzlich höre ich seine Stimme. Plötzlich ist alles von früher wieder da, als wenn nichts geschehen wäre.»

«Habt ihr eine gemeinsame Leiche im Keller?»

David schüttelte den Kopf. «Ach nein. Ein paar Ganovengeschichten, Jugendsünden eben. Wir waren Kinder der Straße. Aber nichts von Belang. Und wenn … das interessiert niemanden mehr.»

«Aber es beschäftigt dich doch?»

«In der Tat. Vor allem, weil er es geheimnisvoll angehen lässt. Keine Informationen, was er macht, wo er wohnt. Überhaupt keine Informationen zu seiner Person. Aber er will mich treffen.»

«Das ist doch toll.»

David zuckte mit den Schultern. «Die Sache ist mir bei dem, was du erwähnt hast, nicht geheuer.»

«Warum? Wir wissen doch, dass er auf die eine oder andere Weise da mit drinsteckt.»

«Du verstehst nicht … Ludwig klang so entspannt. Völlig unbefangen, nein, unbeteiligt ist das richtige Wort. Als wenn es das Normalste von der Welt wäre, sich nach so langer Zeit wiederzusehen. Er hat nicht einmal die entscheidende Frage gestellt: Warum jetzt?»

«Weil ich ihn zusammen mit Hans Otto Stracke gesehen habe.»

«Ja klar, dass er das weiß. Sonst hätte er sich nicht gemeldet. Dann weiß er aber auch, dass wir wissen ... dass da vielleicht schiefe Geschäfte am Laufen sind. Wenn dem wirklich so ist. Er will sich tatsächlich mit mir treffen.»

«Genial.»

«Heute schon.»

«Das ist in der Tat sehr plötzlich. Meinst du, ich kann mich mit dazuschummeln?»

«Darum wollte ich dich gerade bitten. Er sagt, er schickt um sechs Uhr einen Wagen hierhin, der mich zu ihm bringen würde. Und ich fände es beruhigend, wenn du vielleicht mitkommen könntest.»

«Soll ich Laurens Bescheid geben?»

«Ich denke, das wird nicht nötig sein. Noch nicht.»

Die mächtige Karosse wartete gegenüber der Einfahrt zum Hof des Hochbauamtes. Als Ilka und David das Gebäude verließen, blendete der Fahrer die Scheinwerfer für einen Moment auf, um sich zu erkennen zu geben. Eine Wand feiner Regentropfen trennte sie vom Wagen, der langsam auf sie zurollte und direkt vor ihnen stoppte.

Als sich die Fahrertür öffnete, erschrak Ilka unwillkürlich. Aus dem Wagen stieg der dicke Osmane, dem sie gefolgt war, als er mit Max Steudtner unterwegs gewesen war. Sie überlegte, ob es wirklich schlau war, hier ohne Laurens zu agieren. Aber jetzt war es zu spät.

«Herr Müller schickt mich. Ich soll Sie zu ihm bringen.» Einen Fez trug er heute nicht. Dafür so etwas wie eine Dienstuniform, die ihn als Chauffeur auswies, aufgrund ihrer Dimensionen allerdings absonderlich wirkte. Mit behäbigem Schritt ging er um den Wagen und öffnete die hintere rechte Tür.

«Es gibt ein paar Spielregeln, die zu beachten sind», sagte er, ohne eine Miene zu verziehen. «Es interessiert grundsätzlich niemanden, wohin wir fahren. Deshalb ist der Fond verdunkelt. Bitte haben Sie Verständnis.»

Er sprach sehr langsam und betont akzentuiert. Nicht der Hauch einer fremden Muttersprache. Der Mann wirkte so kolossal, dass Ilka rätselte, wie er hinter das Lenkrad passte. David nickte ihr zu und zwängte sich neben ihr in den Fond des Gefährts, der tatsächlich mit einer dunkel getönten Scheibe vom Fahrer getrennt war. Auch die Seitenscheiben waren abgedunkelt. Es war zwar nicht eng, aber aufgrund der Größe des Wagens und der langen Motorhaube hatte Ilka mehr Komfort erwartet.

David stieß mit den Knien gegen die Lehne des Beifahrersitzes. Er beugte sich nah zu Ilka, als sie losgefahren waren. Man konnte wirklich nicht erkennen, in welche Richtung es ging.

«Hast du was bemerkt?», fragte er im Flüsterton. Sie schüttelte den Kopf. «Ein Maybach. Der gleiche Wagen wie gestern Nacht. Ich bin mir sicher. Aber ein anderes Kennzeichen.»

«Das konnte ich im Licht der Scheinwerfer nicht erkennen.» Ilka zuckte ratlos mit den Schultern. «Laurens sagt, das Kennzeichen existiert nicht.»

«Dann wird das Jetzige auch nicht registriert sein, nehme ich an. Ganz schön abgebrüht, bei solch einem auffälligen Gefährt.»

Ilka griff nach Davids Hand. «In der Tat. Ich bin gespannt, was uns erwartet.»

Nach wenigen Minuten hatten sie völlig die Orientierung verloren. Die Geräusche, die zu ihnen in den Wagen drangen, ließen zwar vermuten, dass sie sich immer noch im Zentrum der Stadt befanden, aber keiner von ihnen konnte sagen, ob rechts oder links der Alster. Dann ein Stück gerade Landstraße, wo der Wagen stark beschleunigte, kurze Zeit später aber wieder Rechts- und Linkskurven, bis der Fahrer den Wagen spontan abbremste und in Schrittgeschwindigkeit über eine steile Rampe in die Tiefe steuerte.

Als ihnen der Osmane die Tür öffnete, konnte man erkennen, dass sie sich in einer großen Garage befanden, die hell beleuchtet und geräumig genug für drei Fahrzeuge dieser Art war. Der Osmane deutete wortlos auf eine Tür am Ende der Halle. Auf der Treppe legte David beschützend den Arm um Ilka.

«Na, dann woll'n wir mal.» Der Chauffeur blieb dicht hinter ihnen. Am Ende der Treppe eine Tür, dahinter eine geräumige Halle, die schachbrettartig mit Marmor gefliest war.

«Gleich mit Verstärkung?» Der Mann mit dem markanten Muttermal auf der Wange erwartete sie am Eingang des Salons. Eine brummige Stimme, die Ilka ja bereits vom Alsterdampfer kannte. «Hallo, David.» Der Mann wartete einen Augenblick, bevor er weitersprach. «Lange nicht gesehen. Und dann so eine charmante ... Kennen wir uns?»

David streckte Ludwig die Hand entgegen. «Meine kleine Schwester. Genau. Lange nicht gesehen, mein Lieber ...»

Ludwig ergriff die Hand und schüttelte sie. Etwas zu lange, wie Ilka fand.

«Ich wusste gar nicht, dass es dich noch gibt. Und dann hier, in der Stadt.»

«Ja doch. Genau hier. Immer noch!»

«Aus den Augen verloren, würde ich sagen», sagte David.

«Na ja, du hattest ja auch auf einmal eine ganz andere Perspektive. Hast dich gut gehalten und gut positioniert. Schule, Studium, jetzt rechte Hand vom Oberbaudirektor. Da kann ich wohl nur gratulieren. Ziemlicher Recke, der aus dir geworden ist.»

«Und du?», fragte David.

«Bin noch da», antwortete Ludwig und zog eine Grimasse.

Ilka hörte einen bitteren Unterton in Ludwigs Worten, so herzlich die Begrüßung auch schien. Aber der Mann und die Einrichtung des Hauses machten nicht den Eindruck, als wenn es ihm nicht gut ginge. Der Kerl hatte ihren Bruder offenbar die ganze Zeit über genau im Auge behalten.

«Ich habe mich in schwierigen Zeiten in der heutigen Türkei aufgehalten. Besser gesagt in Izmir. Das war zu dem Zeitpunkt noch Barbarenland.» Er ging zu einer Anrichte und schenkte Cognac in mehrere Gläser ein. «Von dort stammt auch Yussuf, der mir als treuer Diener geblieben ist.» Ludwig nickte in Richtung des Osmanen, der bewegungslos an der Tür stand und ins Nichts zu blicken schien. «Er sorgt dafür, dass mir niemand auf die Pelle rückt.»

«Und seit der Revolution bist du wieder hier», meinte David. «Ist schon komisch ... Ich meine, wir haben schon deutlich andere Zeiten erlebt.»

Ludwig lächelte. «Das war doch Kinderkram. Nun gut, ich habe mich vom Gemetzel des Weltkriegs ferngehalten.

Kann man es mir übelnehmen? Wenn man das Ergebnis betrachtet, wohl eher nicht. Zumindest habe ich noch alle meine Extremitäten.»

«Ich auch», meinte David und setzte hinzu: «Aber du bist zurückgekehrt.»

Ludwig nickte. «Nenn es Heimweh.»

«Unter anderem?»

«Unter anderem.»

«Und die Möglichkeit, eine gewisse Klientel unter Kontrolle zu bekommen.»

«So in etwa. Das ist doch die Devise der Zeit.»

«Wir haben es damals unter Hannes Zinken einfacher gehabt, oder?»

Ludwig nickte wortlos.

«Bist du so etwas wie der aktuelle Zinken in der Stadt?» David hielt seinen Blick unbewegt in Richtung Ludwig.

Ludwig wich aus und schaute Ilka an. «Wenn ich gewusst hätte, dass du eine so attraktive Schwester …»

«Die leider schon vergeben ist», fiel ihm Ilka spontan ins Wort.

«Ja, leider. Und noch dazu an einen Criminalen.»

Ilka versuchte, sich nichts anmerken zu lassen. Der Kerl war wirklich gut informiert.

«Es geht um den Tod des Bankiers Simon Bernstein, der zufällig eine Immobilie von meiner Schwester gemietet hatte.» Demonstrativ richtete David sich zu seiner vollen Größe auf. Verglichen mit dem rundlichen Ludwig, wirkte er geradezu athletisch. Einen Kopf größer war er so oder so. «Wir haben Hinweise darauf, dass es sich eventuell um einen antisemitisch begründeten Mord handelt. Fällt dir dazu vielleicht was ein?»

Ludwig Müller legte die Stirn in Falten. «Antisemitisch? Wohl eher nicht. Der war in krumme Geschäfte verwickelt und hat einige Leute zum Narren gehalten.»

«In der Hand des Toten wurde eine Nadel mit Hakenkreuzsymbol gefunden», warf Ilka ein.

«Vielleicht eine falsch gelegte Spur. Ich werde mal meine Fühler ausstrecken und mich umhören.» Ludwig zögerte einen Moment und schwenkte sein Cognacglas. Dann verteilte er die restlichen Gläser um einen Tisch, was die Sitzordnung klarstellte. Er setzte sich und bedeutete den anderen, es ihm gleichzutun. «Das scheinen dann wohl mehrere Baustellen zu sein. Bernstein war sehr kooperativ», erklärte er. «Natürlich hat er geahnt, was für ihn drin war. Deshalb natürlich. Die jüdische Gier.» Er lachte.

«Deshalb musste er sterben?», fragte Ilka. Sie hatte verstanden, dass Ludwig der Chef eines Ringvereins war, wie man die organisierten Banden zumindest rund um Berlin nannte. Ein gefährlicher Mann allemal. Aber David kannte ihn. Und in Begleitung von David fühlte sich Ilka immer sicher.

Ludwig Müller ließ den Cognac in seinem Schwenker kreisen. «Nein, bestimmt nicht. Ich habe wirklich keine Kenntnis, wie und warum er zu Tode kam. Aber er hat bis zuletzt versucht, teils unangenehme Leute mit ins Boot zu holen. Und ich kann mir denken, dass bei denen vielleicht ein paar Sicherungen durchgebrannt sind, nachdem er sich immer wieder herauszureden versucht hat.»

David räusperte sich. «Können wir Klartext sprechen? Wir wissen doch alle, worum es geht.»

«Natürlich», meinte Ludwig lapidar und blinzelte verschwörerisch. «Aber ich habe damit nur als Investor zu tun.

Mit den Vorgängen vor Ort habe ich nichts am Hut. Aus so etwas halte ich mich prinzipiell raus.»

Die wenigen Worte, die er auf dem Alsterdampfer mit Hans Otto gewechselt hatte, ließen anderes vermuten, dachte Ilka. Da hatte etwas Bestimmendes in seiner Wortwahl gelegen. «Es geht also um Koks aus Südamerika. Und das in nicht kleiner Menge.»

«Ja. Kein Kinderkram jedenfalls», meinte Ludwig. «Deshalb auch das Bankhaus als Auftraggeber, also Käufer.»

«Bernstein hat ja nur Zitronen gekauft.» Für Ilka setzte sich langsam ein Bild zusammen. Allerdings waren da noch ein paar Lücken. «Das Ganze ging von Wiese aus, oder?»

Ludwig blickte sie durchdringend an. «Richtig. Aaron Wiese hatte als Kokser die entsprechenden Kontakte. Nachdem er erfahren hatte, welche Summen man mit dem Zeug verdienen konnte, sollte Bernstein über die Bank eine Großabnahme aus Südamerika in die Wege leiten. Der vierte Mann im Boot war Hinnerk Roth.»

Warum erzählte er das alles? Um sich reinzuwaschen? «Die Zitronenjette.»

«Exakt. Bei dem sollte der Umschlag stattfinden – getarnt als und mit Zitronen.»

«Ist schiefgelaufen», meinte Ilka.

«Ich weiß.»

«Ich auch.» Ilka lächelte. «Bernstein hat Millionen zusammengetragen.»

Ludwig nickte. «Ich weiß nicht, wer von Bernstein alles zur Vorabinvestition überredet werden konnte, aber es hat sich durch alle Kreise gezogen, und es muss eine stattliche Summe zusammengekommen sein.»

«Auch durch Ihr Zutun», ergänzte Ilka. Sie war sich sicher, dass er da mit drinsteckte, dass er investiert hatte. Und so etwas in die Richtung hatte er bereits zugegeben.

«Ich halte auch ein paar Anteile an dem Paket, in der Tat.» Müller lächelte und drehte sein Cognacglas. «Und deshalb möchte ich von dem Kuchen schon eine Schnitte abhaben. Deshalb behalte ich die Sache natürlich genau im Auge. Ich habe nicht vor, leer auszugehen.»

«Und dann kam Wiese auf die pfiffige Idee, den Stoff nicht wie geplant über das Südfruchtkonsortium abzuwickeln, sondern noch vor Anlandung von Bord zu holen», schlussfolgerte Ilka. Wahrscheinlich, weil irgendwer von der Sache Wind bekommen hatte. «Der Stoff sollte ja so oder so in einem oder mehreren Verstecken im Sielnetz deponiert werden.» Mit Hilfe der Zitronenjette. Aber Wiese war bereits tot, als die Entscheidung dazu fiel, den Stoff vor Anlandung von Bord zu holen. Aber hatte er vielleicht die Idee dazu gehabt?

Ludwig erstarrte kurz. Dann schob er seine Unterlippe vor und warf Ilka einen prüfenden Blick zu. «Sie wissen ja 'ne ganze Menge.»

Ilka lächelte ertappt, war aber um eine Antwort nicht verlegen. «Das bleibt nicht aus, wenn man mit einem Criminalen liiert ist. – Und um an diese Information zu kommen, wurde Wiese gefoltert und ermordet. Irgendwann musste es eine Planänderung gegeben haben, und die ist durchgesickert. Aber bei wem? Wer konnte davon gewusst haben?»

«Das kann ich Ihnen leider nicht beantworten», beteuerte Ludwig.

‹Natürlich bei ihm selbst›, dachte Ilka. Sie ahnte es, sagte aber nichts.

«Bernstein musste die Investoren ja ständig bei Laune halten und Ausreden finden, warum die Ware immer noch nicht da war. Er muss um sein Leben gefürchtet haben. Wahrscheinlich hatte er sich einfach auf die falschen Leute als Geschäftspartner eingelassen», warf Ludwig ein.

«Klingt nachvollziehbar», meinte David. «Was für eine Rolle spielst du dabei?»

Ludwig räusperte sich. «Sagen wir so: Ich passe auf, dass alles seine Richtigkeit hat. Dass sich die Mitspieler an die Regeln halten und sich nicht gegenseitig massakrieren.»

«Und dass du dein Tortenstück bekommst», schlussfolgerte David.

«Mit Spielern kennen Sie sich anscheinend aus», sagte Ilka. «Das Café Müller gehört doch Ihnen, wie ich annehmen darf?»

Wieder wartete er mit der Antwort etwas, als wenn es darum ginge, Freiraum zu gewinnen. «Ich habe es in der Tat vor vielen Jahren erworben. Als dann der Krieg ausbrach und ich auf Reisen ging, habe ich es einem guten Freund geliehen, der es für mich verpachtet hat.»

«Und die Pächter sind auf Umwegen ebenfalls Freunde, wie ich vermute», sagte Ilka.

«So in etwa. Aber ich ziehe mich zunehmend aus dem Geschäft mit dem Spiel zurück. Yussuf schaut ab und zu noch mal rein, ob alles mit rechten Dingen zugeht.» Er lachte kurz auf. «Also, damit ist ausnahmsweise mal nicht *rechtens* gemeint, sondern *funktionierend*.»

Ilka gab sich verständnisvoll, blickte kurz auf. «Täuscht das, oder ist das Café nebenbei auch so eine Art Treffpunkt nicht nur für Freunde, sondern auch für … sagen wir … Gegenspieler?»

Müller lächelte. «Was für ein schönes Wortspiel.»
«Mit Worten zu spielen ist ein Teil meines Berufs.»
Nur ein Nicken. «Und der andere Teil ist, neugierig zu sein.»
«In der Tat.» Ilka konnte sich ein Lächeln nicht verkneifen.

«Das ist grundsätzlich sympathisch», antwortete Müller. «Passen Sie nur auf, dass Sie Ihre Nase nicht aus Versehen in Dinge stecken, die Sie nichts angehen. Unter den Spielern, vielmehr den Gegenspielern, sind auch Leute, die schlecht erzogen wurden. Es wäre schade um die hübsche Nase … und um den Rest auch.»

Ilka blickte zu David, der unter der Tischkante eine mäßigende Handbewegung machte. Ludwig konnte es nicht sehen, und Ilka zwinkerte ihrem Bruder zu. Aber er schien davon nichts mitzubekommen. Ludwig schob derweil die leer getrunkenen Schwenker beisammen und gab dem Osmanen ein Signal, die Gläser abzuräumen.

«Konsilium beendet?», fragte David forsch.

Ludwig wägte den Kopf. «Es hat mich gefreut, einen alten Kameraden bei bester Gesundheit zu sehen.» Und dann blickte er zu Ilka. «Und natürlich deine reizende Schwester … wie nennt man es? Halbschwester? Adoptivschwester?»

«Schwester», betonte David.

«… Schwester kennenzulernen», vervollständigte Ludwig und schob mit Blick auf Ilka hinterher: «Ich kann nur hoffen, dass wir uns beruflich niemals ins Gehege kommen. Meine Interessen pflege ich ohne falsche Rücksichtnahme umzusetzen.» Ein Blick zur Tür. «Yussuf! Bitte fahre die beiden Freunde an den Ort ihrer Wahl.» Und dann betont:

«Und sorge bitte auch zukünftig dafür, dass ihnen nichts geschieht. Insbesondere Fräulein Ilka, falls sie sich wider Erwarten in Schwierigkeiten bringen sollte. Sie steht unter unserem besonderen Schutz.»

Das Procedere, mit dem er sich von David verabschiedete, die Akrobatik ihrer Hände, bevor sie sich umschlangen, wirkte einstudiert. Ein Ritual tanzender Fäuste. Auch nach vierzig Jahren gab es anscheinend den Konsens einst jugendlicher Ganoven. Für Ilka gab es einen formvollendeten Handkuss, was natürlich albern wirkte, ihr aber dennoch gefiel, weil es eben überhaupt nicht in dieses Umfeld passte.

Nach einer halbstündigen Irrfahrt im Dunkeln entließ Yussuf sie am Jungfernstieg auf die Straße. Es hatte zumindest aufgehört zu regnen. Ilka hakte sich bei David unter und steuerte auf den Alsterpavillon zu. «Puhh, das war heftig», meinte sie. «Ein Gangsterboss, dein Ludwig.»

«Zumindest jemand, der in der Unterwelt seinen Platz gefunden hat. Vielleicht war das vorgezeichnet. Er hatte keine Chance wie ich, Eintritt in die bürgerliche Gesellschaft zu finden. Ich hatte nur Glück, dass Vater daran gelegen war. Ohne ihn wäre ich wahrscheinlich auch ...»

«Vor die Hunde gegangen? Ich glaube, Ludwig Müller hat es doch ganz gut getroffen. Keine Ahnung, mit welchen Mitteln. Aber er hat es zu Ansehen gebracht. Wenn auch in einem anderen Bereich.»

«Da magst du recht haben.»

«Ich spendiere dir dein Feierabendbier», meinte Ilka und winkte nach dem Ober. «Jetzt mal im Ernst. Wie schätzt du die Sache ein? Steuert er das alles? Ich meine, ist er der Mann, der alles organisiert? Aus dem Hintergrund?»

David zuckte mit den Schultern. «Schon denkbar. So, wie er sich aufgeführt hat. Unwissend und unbeteiligt. Also genau das Gegenteil von dem, was man ihm unterstellen könnte.»

«Ein raffinierter Hund auf alle Fälle», konstatierte Ilka.

«Wahrscheinlich. Aber so, wie ich ihn einschätze, musst du dir nicht wirklich Gedanken machen. Er scheint einen Narren an dir gefressen zu haben. Sonst hätte er dir keinen Personenschutz gegeben. Ich denke, du wirst in naher Zukunft einen unsichtbaren Schatten haben. Ob zu deinem Vor- oder Nachteil, sei mal dahingestellt. Aber eine Aktion gegen die Interessen von Ludwig würde ich mir an deiner Stelle gut überlegen.»

«Ja, klar. Aber ehrlich gesagt weiß ich nicht, was seine Interessen sind.»

«Da gebe ich dir recht», meinte David und griff nach seinem Pils. «Das weiß ich auch nicht. Und da kann ich dir leider auch nicht weiterhelfen.»

KAPITEL 14

Sonntag, 17. November 1929

«Wir sind übrigens einen gehörigen Schritt weiter», meinte Laurens, nachdem er sich zur Bettkante gerollt hatte. Er atmete schwer, wie er es immer tat, nachdem sie Sex gehabt hatten. Ein stoßendes Schnappen, das gewöhnlich ein paar Minuten anhielt, während Ilka sich entspannte und sich im Bett rekelte. «Auch dank dir.»

Sie überlegte, was er damit meinte. Was für eine ungewöhnliche Situation, um sich über aktuelle Polizeiarbeit Gedanken zu machen. Aber so war er nun einmal. Was ihm im Kopf umherging, konnte er nicht ausklammern. Sie kannte es nicht anders.

«Das Tötungsdelikt aus möglicherweise antisemitischen Gründen», erklärte Laurens. «Du hast mich darauf gebracht. Wir haben Bernsteins Kippa gefunden. Nach einem Hinweis seiner Gattin, als ihr vom Bestatter die Kleidung überreicht wurde. Seine Kippa, die er eigentlich immer getragen hatte, fehlte. Gefunden wurde sie inzwischen bei einem Lumpensammler, der versucht hat, das gute Stück zu veräußern. Da waren nämlich vier vergoldete Spiegelmedaillons eingearbeitet, was den Ankäufer stutzig gemacht hat. Von daher war die Kippa auch leicht zu identifizieren. Und der Lumpensammler hat die Kippa angeblich von einem Mann, der eindeutig als Sympathisant der NSDAP gilt. Nun halt dich fest: Dabei handelt es sich um Wilhelm Tegeler, den Mitbewohner deines Bruders, der am Donnerstag mit uns am Tisch gesessen hat.»

«Also wirklich ein antisemitisches Motiv?», forschte Ilka.

«Keine Ahnung, inwieweit Tegeler da mit drinhängt. Wir konnten ihn noch nicht befragen, ob er die Kippa übergeben hat oder woher er sie hatte. Das folgt natürlich.»

Ilka musste an Robert denken, und ein bodenloses Gefühl der Hilflosigkeit überkam sie. Natürlich musste sie sich um ihn bemühen, ihn zumindest zur Rede stellen. Es konnte nicht sein, dass ihr Bruder diesem perfiden Verein auf den Leim ging. Sie überlegte, was ihr für Argumente blieben. Der weiche Kern, den er früher gehabt hatte, schien nicht mehr zu existieren, oder er überspielte diesen Wesenszug. Und wenn dieser Tegeler tatsächlich etwas mit dem Mord an Bernstein zu tun hatte? Bestand die Möglichkeit, dass auch Robert …? Sie mochte den Gedanken nicht zu Ende denken.

«Eine Vorladung wurde ihm bereits zugestellt.»

Ilka brauchte nicht lange zu überlegen. Sie musste Robert darauf ansprechen. Am besten gleich heute.

Es war einer dieser trüben und diesigen Tage, die man am besten einfach vergaß. Zu allem Überfluss hatte auch noch ein feintropfiger Sprühregen eingesetzt. Ein Wetter, bei dem man freiwillig keinen Fuß vor die Tür setzte. Die Beteiligung bei den heutigen Wahlen in Preußen würde dementsprechend mager ausfallen, was zumindest die bürgerlichen Parteien so einiges an Stimmen kosten konnte. Ilka war gespannt, wie viele Mandate die Sozialdemokraten gewinnen würden. Im Rundfunk war für elf Uhr abends eine Sondersendung angesetzt, wobei erste Ergebnisse geliefert werden sollten.

Um die Mittagszeit betrat sie das Mietshaus an der Langen Reihe. Das Treppenhaus zeigte sich in der ihr bekannten Erscheinung, penibel gereinigt und gebohnert, und auch der Stapel der *Warte* lag an der bekannten Stelle ein Stockwerk unter Roberts Etage. Nur ihr Verteiler zeigte sich diesmal nicht an der Tür. Dem Laut der Türschelle folgten nach nur kurzer Zeit Schritte, und ein verblüffter Wilhelm Tegeler öffnete die Tür und betrachtete sie misstrauisch. «Mit Ihnen habe ich nun nicht gerechnet. Robert ist bei einem Klienten, aber kommen Sie doch herein.»

Ilka erinnerte sich an seine krächzig-heisere Stimme und folgte der Aufforderung, obwohl sie eigentlich nicht recht wusste, was sie mit Tegeler hätte besprechen können.

«Ich denke, er wird in der nächsten Stunde zurück sein. – Wollen Sie nicht ablegen?» Ein gieriger Blick traf sie, und ihr war etwas mulmig zumute. Dann steckte sie ihren Regenschirm in den Schirmständer und hängte ihren Mantel an die Garderobe, bevor ihr Tegeler behilflich sein konnte. Dort hingen Uniformrock und Mantel von ihm. Unter dem Kragen prangte neben der rechten Knopfreihe genau so eine Anstecknadel, wie sie bei Bernstein gefunden worden war. Sie folgte Tegeler in die Stube.

«Einen Kaffee vielleicht?»

«Gerne.»

Als Tegeler in die Küche ging, schlich Ilka zurück zur Garderobe. Ihre Neugierde war einfach zu groß, und sie nahm den Mantel genauer in Augenschein. Vor allem die

Stelle, an der die Nadel steckte. Und an dieser Stelle war der grobe Lodenfilz mit mehreren Stichen geflickt worden. Genau so, als sei dort eine Nadel herausgerissen worden. Ilka stockte der Atem.

«Suchen Sie etwas Bestimmtes?» Tegeler stand plötzlich hinter ihr.

Ihr eigener Mantel hing auf der anderen Seite des Spiegels. «Eine schöne Uniform. Ich mag Uniformen», stotterte Ilka verlegen und merkte, wie ihr das Blut in den Kopf schoss.

Tegeler starrte sie an. «Ach ja?»

«Ja, Uniformen haben mich schon immer fasziniert. Schade, dass es keine Uniformen für Frauen gibt.»

Tegelers Augen flackerten gefährlich. Klar, dass er sie durchschaut hatte. «Aber die gibt es doch.» Er bleckte die Zähne wie ein Pferd, und auf seiner Stirn zeichneten sich winzige Schweißperlen ab. Seine Hand griff nach ihrer Schulter.

Ilka schauderte.

«Vor allem, wenn Damen so schöne Möpse haben wie du.»

Ilka wich zurück, aber er setzte nach. «Na, komm schon.» Seine Hand griff nach ihrem Rock.

«Lassen Sie das!» Vergeblich suchte Ilka nach ihrer Handtasche, aber die lag auf einem Stuhl in der Stube.

«Also, ich finde ja Korsagen und Strümpfe als Uniform faszinierend. Sonst nichts!» Energisch drehte er sie zu sich. «Also runter mit dem Rest!» Mit einem kräftigen Ruck zog er ihren Rock herunter und Ilka kreischte auf. Sie schlug auf Tegeler ein, aber das schien ihn nur noch mehr anzustacheln. Er schob eine Hand unter ihr Hemd und griff nach ihren Brüsten. Dabei drehte er ihr mit der freien Hand den Arm auf den Rücken und stieß sie bäuchlings auf den Boden. Sogleich war er über ihr. Eisern umklammerte er ihr Handgelenk. Dann schob er ihr Hemd hoch und riss ihr die Wäsche vom Körper.

«Na, das ist doch mal ein Hintern!», rief er triumphierend und schob von hinten seine Hand zwischen ihre Schenkel. Ilka drehte sich zur Seite, was der Wüstling anscheinend als Aufforderung auffasste, sich über sie zu beugen. Seine Hand hatte sich inzwischen bis zu ihrer Scham hochgearbeitet. Mit aller Kraft biss sie Tegeler ins Ohr, als der sie zu küssen versuchte. Aber das schien den Bock noch geiler zu machen.

Als Ilka merkte, dass er seine Hose öffnete, suchten ihre Blicke nach irgendwas, das sich als Waffe nutzen ließ. Was für ein Widerling! Womit sollte sie sich verteidigen? Alles schien außer Reichweite.

«Nein! Nicht!», schrie sie verzweifelt, als sie merkte, dass er in sie eindringen wollte. Sie versuchte, von ihm wegzurobben, aber er hielt sie fest.

«Siehst du, mein Täubchen, das ist die Uniform für Weibsbilder wie dich. Ein nackter, praller Arsch.»

Ilka schrie aus Leibeskräften um Hilfe. Sie strampelte, versuchte nach ihm zu treten. Alles vergeblich. Sie verbog ihren Unterleib, dass es ihm unmöglich war, in sie einzudringen, da spürte sie seinen Griff um ihren Hals. Ilka röchelte. Panik überkam sie. Der Kerl würde sie nicht nur vergewaltigen, er wirkte, als wolle er sie dabei strangulieren. «In Ordnung», röchelte sie. «Aber nicht so.»

«Doch! Genau so!», geiferte Tegeler, dem inzwischen ein Speichelfaden aus dem Mundwinkel hing.

Der Schirmständer an der Garderobe. Nur einen Moment ohne diese Bedrängnis, und sie konnte es schaffen.

«Ich blas dir einen», keuchte sie.

Tegeler stutzte für den Bruchteil einer Sekunde. Das reichte. Mit allerletzter Kraft warf sich Ilka nach vorne und stieß den Schirmständer um. Dann drehte sie sich blitzschnell auf den Rücken, griff nach einem der Schirme und rammte die Spitze mit aller Kraft in den Unterleib von Tegeler. Blut spritzte. Der Kerl ließ schlagartig von ihr ab und krümmte sich stöhnend auf dem Boden. Ilka rappelte sich auf, griff nach ihren Sachen und rannte in die Stube, um ihre Handtasche zu holen. «Widerling!», schrie sie und stürzte zur Haustür, ohne sich weiter um Tegeler zu kümmern.

Sie hatte ihn übel verletzt, so viel war klar. Aber das geschah ihm recht. Sollte er doch verbluten. Im Treppenhaus schlüpfte sie in ihren Rock, strich sich die Bluse glatt und warf sich den Mantel über. Auf der Straße ging sie schnurstracks ins nächste Café und bestellte zur Beruhigung einen Cognac. Dann richtete sie sich auf der Toilette einigermaßen. Die Wäsche hatte gelitten, aber Frisur und Leibchen waren unversehrt. An ihrem Hals zeugte ein Würgemal vom Übergriff. Ilka steckte ihre Deringer in die Manteltasche. Sollte ihr der Kerl weiter nachstellen, würde sie ihn einfach erschießen.

Vom Café aus konnte sie die Haustür überblicken. Von Tegeler keine Spur. Sollte sie ihn anzeigen? Sollte sie Laurens davon berichten? Der erste Schreck war verflogen, aber ihr Puls raste immer noch. Der Mantel ... die Nadel ... Ja, sie musste Laurens dringend informieren. Robert war ihr auf einmal völlig egal.

Auf dem Weg ins Stadthaus legte sich ihr Zittern, und Ilka konnte wieder klare Gedanken fassen. Hans Otto Stracke war der vorletzte Besitzer des Café Müller gewesen. Das hatte ja Laurens in Erfahrung gebracht. War er der gute Freund, dem Ludwig Müller das Café *geliehen* hatte? Das zumindest würde deren Nähe erklären. Und Stracke war in der Nacht, als David ihm gefolgt war, auf dem Gelände des Schlachthofs verschwunden. Und wenn David recht hatte und es sich tatsächlich um den Wagen von Müller handelte, der Stracke danach abgeholt hatte, würde auch das passen. Ilka hatte eine Idee.

«Mit der Überwachung der Zugangsschächte zum Sielnetz lag ich genau richtig», meinte Laurens, als Ilka ihn im Stadthaus gefunden hatte. «Dabei ist uns Genosse Zufall noch zu Hilfe gekommen. Ein Alsterdampfer hat bei einem missglückten Manöver die Lombardsbrücke gerammt, und bei der Überprüfung der dortigen Standfestigkeit des Bauwerks ist man auf einen Hohlraum gestoßen, in dem etwa hundert Kilogramm Koks lagerten. Das haben wir erst mal so gelassen, observieren die Anlage rund um den Schieber, aber ...»

«Ich war bei Tegeler», unterbrach ihn Ilka, aber Laurens schien ihr gar nicht zuzuhören. «Tegeler», wiederholte Ilka. «Der Mitbewohner meines Bruders. Den ihr wegen Bernsteins Kippa auf der Liste habt.»

«Ach ja?» Laurens wirkte abwesend.

«Der hat versucht, mich zu vergewaltigen!»

Plötzlich war Laurens ganz Ohr. «Was?»

«Ich wollte mit Robert sprechen. Aber Robert war nicht zu Hause. Dafür dieser Tegeler. Dieses Schwein.»

«Wie schrecklich! Geht es dir gut? Was hat er gemacht?» Auf einmal klang Besorgnis in Laurens' Stimme.

«Er hat versucht, mich zu vergewaltigen. Aber es ist ihm nicht gelungen!»

«Bitte mal im Einzelnen.» Hörte sie da Erleichterung in Laurens' Stimme, oder bildete sie sich das ein? Während sie bis ins Detail schilderte, was passiert war, betrat der Kollege Appel den Raum, merkte aber, dass er vielleicht hätte anklopfen sollen. Laurens hatte Ilka inzwischen tröstend in den Arm genommen und streichelte ihren Rücken.

«Entschuldigung», stammelte Appel etwas verlegen. «Ich wollte nur sagen, er hat tatsächlich angebissen. So wie vermutet.» Diskret zog er die Tür hinter sich ins Schloss.

«Du hast alles richtig gemacht. Er wird seine Strafe bekommen», meinte Laurens und erhob sich.

«Die hat er, glaube ich, schon. Er hat ganz schön geblutet.»

«Geschieht ihm recht. Ich werde trotzdem eine Patrouille vorbeischicken. Nix mit Vorladung. Der marschiert direkt in den Bau! Und sein Mantel muss auch gesichert werden.» Laurens ging zum Telephon und mobilisierte seine Leute, gab Anweisungen. Dann zu Ilka: «Wir haben hier eine undichte Stelle. Ein Mitarbeiter, dem ich das nicht zugetraut hätte. Aber was mir der Kollege Appel eben mitteilte, darum muss ich mich jetzt kümmern. Da ist Gefahr im Verzug.»

«Klär mich auf», sagte Ilka.

«Ich kenne ja auch noch keine Einzelheiten. Die werde ich mir jetzt abholen. Und dann sehen wir weiter. Es geht jedenfalls um den Beamten, den du im Müller gesehen und fälschlicherweise für einen unserer Vigilanten gehalten hast. Lasse Hansen.»

«Den ich gestern auf dem Photo ...»

«Genau der», erwiderte Laurens. «Ich habe ihm eine Falle gestellt, und er scheint darauf angesprungen zu sein. Es geht um den Kokainfund in der Brücke. Wir haben sein Telephon angezapft. Ich muss jetzt zu Appel, damit wir das weitere Vorgehen absprechen. Willst du mitkommen?»

Ilka nickte und erhob sich. Kommissar Friedrich Appel hatte sein Büro nur zwei Türen weiter. «Es ist unglaublich», meinte er, nachdem sie an seinem Schreibtisch Platz genommen hatten. «Kein Wunder, dass die Sache bei der Zitronenjette schiefgelaufen ist. Hansen muss sie vor unserem Zugriff gewarnt haben. Nur deshalb wurde die Ware vorher vom Schiff geholt. Hansen ... Was ist nur in den gefahren? Ich fasse es nicht.»

«Er hat also geschluckt, dass wir morgen zugreifen wollen ... auch auf ein weiteres Lager?»

«Das wir jedoch gar nicht kennen. Aber ich habe ihm gesagt, wir stünden kurz davor, es zu finden.» Appel nickte. «Ja, er hatte schon Schwierigkeiten damit, seine Verblüffung ob des Lagers in der Brücke zu verbergen. Und dann ist er eine halbe Stunde später tatsächlich zum Telephon und hat jemanden kontaktiert und gesagt, das Zeugs aus dem anderen Lager müsse umgehend von dort entfernt werden.»

«Hat er gesagt, wo?»

«Nein, nicht explizit. Aber den Kerl, mit dem er telephonierte, hat er mit Hans angesprochen. Und sie haben sich am Wasserturm an der Sternschanze verabredet.»

«Hans Otto Stracke», meinte Ilka, und Laurens nickte.

«Ist jemand bei ihm?», fragte er.

Friedrich Appel bejahte. «August und Ferdinand. Im Wechsel und auf Abstand.»

«Sehr gut, mein Lieber. Dann halten wir einen Wagen mit einem Dutzend Einsatzkräften auf Abruf in der Hinterhand. Das sollte ausreichen. Aber es muss notfalls schnell gehen.»

«Der Wasserturm steht in unmittelbarer Nähe zum Schlachthofgelände ...» Ilka verstummte. Sie hatte Laurens zwar von Davids abendlicher Exkursion erzählt, aber über die Begegnung mit Ludwig bislang kein Wort verloren.

«Richtig.» Laurens nickte. «Und das wird nicht nur in einem kausalen Zusammenhang stehen, sondern auch in einem topographischen. Das Café Müller ist nur einen Katzensprung entfernt und der Sternschanzenturm ist ans Hamburger Sielnetz angeschlossen. Und dein Hans Otto Stracke, mutmaßlicher Gesprächspartner von Hansen, ist inzwischen stellvertretender Geschäftsführer der Hamburger Schlachterinnung, die mit der Talgschmelze auf dem Gelände des Zentralschlachthofs vertreten ist.»

Ilka lächelte. Sie hatte vollkommen richtig gelegen. Und die Idee, dem vor Ort auf den Grund zu gehen, schien auch zielführend.

«Und dann gab es heute noch eine anonyme Meldung, die dich interessieren sollte, da du doch den Fall Bernstein behandelst», meinte Friedrich Appel. «Da hat einer angerufen ...»

«Mach es nicht so spannend», erwiderte Laurens. «Heute ist Sonntag. Ich hatte eigentlich anderes vor.»

«Ja, ja. Kann ich mir vorstellen.» Appel lachte. «Wie gesagt, anonym», sagte er. «Er hat keinen Namen genannt, meinte aber, wir sollten uns bezüglich des toten Bankiers mal um zwei Leute kümmern, die angeblich der rechten Truppe angehören. Hakenkreuzler. NSDAP-Leute. Vielleicht auch SA. Die wären bekannt dafür, Jagd auf Juden zu machen.»

«So etwas ist mir bislang nicht zu Ohren gekommen», erwiderte Laurens. «Zumindest nicht hier in unserer Stadt. Heißt einer von denen zufällig Tegeler?»

«Nein, aber wir haben die Namen. Der Rest ist unser Handwerk.»

«Sonst irgendetwas?»

Appel schüttelte den Kopf. «Nur noch der kryptische Hinweis, der Gauleiter Karl Kaufmann persönlich könne in kriminelle Investitionen mit Rauschgift verwickelt sein, und Bernstein sei eine Schlüsselfigur dabei gewesen. Mehr nicht.»

Laurens runzelte die Stirn, und bei Ilka sirrten die Alarmsirenen. Waren das die schrägen Vögel, die Bernstein laut Ludwig mit ins Boot zu holen versucht hatte? Es klang ihr ganz danach, als ob Ludwig Müller selbst der Anrufer gewesen war. Schließlich hatte er angedeutet, sich umhören zu wollen. Kaufmann und die NSDAP investierten bei einem jüdischen Bankier? Es klang unglaublich. «Das ist doch schon mal was. Dann schreib die mal aus», meinte Laurens.

Appel zuckte die Schultern. «Ist natürlich längst geschehen.» Dabei tippte er sich an die Stirn, als sei es ein militärischer Befehl gewesen.

«Noch was?», fragte Laurens.

Appel nickte. «Aber andere Baustelle. Die Personalie könnte dich dennoch interessieren. Max Steudtner.»

«Die Zecke? Was ist mit dem?»

«Der scheint auf 'ner neuen Masche zu reiten. Wie wir in Erfahrung gebracht haben, soll er an der Verbreitung von außer Kurs genommenen Dollarnoten beteiligt sein. Im großen Stil.»

«Also Falschgeldbetrügerei. Dafür haben wir doch eine zuständige Abteilung.» Beim Namen Steudtner hatte Laurens zuerst kurz aufgeblickt. Irgendwie schien die Zecke ja auch in die Sache mit dem Koks involviert zu sein. Aber anscheinend konnte er keinen Zusammenhang erkennen und quittierte die Mitteilung nur mit einem neutralen Nicken. «Und wenn Hansen sich in Richtung Wasserturm in Bewegung setzen sollte …»

«Benachrichtige ich dich sofort. Versprochen.»

«Dann versuche ich jetzt mal Restwochenende.» Laurens blickte auf seine Taschenuhr und klopfte Appel anerkennend auf die Schulter. «Gute Arbeit.»

Zurück in seinem Büro, warf er noch mal einen Blick auf das Programm, wie er die Tafel an der Wand nannte, wo alle bisherigen Erkenntnisse und Verbindungen in Form eines Piktogramms aufgemalt waren. Das ursprünglich dünne Geflecht aus Pfeilen und Namen war in den letzten Tagen zu einem fast unüberschaubaren Netz angewachsen, Orte und Namen waren hinzugekommen, am Rand hatte er die weiteren Arbeitsschritte notiert. «Das mit Steudtner passt nicht ins Bild», murmelte er zu sich selbst.

«Du wolltest Feierabend machen», bemerkte Ilka.

Laurens griff nach Mantel und Borsalino. «Du hast recht. Schluss für heute.»

Auf dem Weg zum Graskeller hakte Ilka sich bei Laurens ein, und in der Droschke kuschelte sie sich dicht an ihn und legte den Kopf an seine Schulter.

«Wie wär's mit dem Caruso an der Esplanade?», fragte Laurens. «Ins Egberts will ich nicht mehr. Nur eine Kleinigkeit, und dann gönnen wir uns zu Hause eine heiße Badewanne.» Eine ausgezeichnete Idee, wie Ilka fand.

KAPITEL 15

Montag, 18. November 1929

Ilka wurde am Leinpfad tatsächlich vom Mondlicht geweckt. Groß und fast rund, mit einem mächtigen Vorhof stand der Trabant über den Bäumen. Sollte dies tatsächlich ein Tag ohne Regen werden? Eigentlich war trübes Wetter vorausgesagt worden. Dazu sollten im Laufe des Tages der Wind auffrischen und die Temperaturen steigen. Momentan hingegen von Wolken kaum eine Spur. Nur ein paar Fetzen waren um den Schleier des Mondes auszumachen.

Wie gewohnt war Laurens schon aus dem Haus. Die Kollegen hatten ihn nicht herausgeklingelt. So hatten sie Abend und Nacht für sich gehabt und genießen können. Unten fand Ilka einen gedeckten Frühstückstisch für sich vor. Dazu ein morgendlicher Gruß in Form eines von Laurens auf dem Papier einer Postkarte angedeuteten Blumenstrauß. Selbst die Zeitung hatte Laurens ihr auf den Tisch gelegt. Was war er doch für ein Kavalier.

Zuerst aber wollte sich Ilka freier Weg für ihr heutiges Vorhaben sichern und ließ sich telephonisch mit dem Hamburger Centralschlachthof verbinden. Es lief besser, als sie gedacht hatte. Ihre Behauptung, einen Bericht über das Hamburger Schlachtereiwesen bringen zu wollen, schien auf offene Ohren zu stoßen. Nach kurzer Zeit hatte sie quasi einen Freibrief für alle erdenklichen Informationen. Selbst einen sachkundigen Begleiter wollte man ihr an die Hand geben, auch ohne Voranmeldung jederzeit. Ihren Presseausweis trug Ilka ohnehin stets bei sich.

Während sie frühstückte, blätterte Ilka durch die Zeitung und nahm die vorläufigen Ergebnisse für die Wahl in Preußen zur Kenntnis. Es beruhigte sie, dass die Sozialdemokraten sowohl in Berlin als auch in Altona die meisten Stimmen erhalten hatten. Über andere preußische Regionen stand allerdings nichts im *Hamburger Anzeiger*. In Berlin hatte die SPD 64 Mandate erhalten und die Deutschnationalen waren ihr mit 40 gefolgt. Dicht auf der Spur die Kommunisten mit 36 Mandaten. Beängstigend fand Ilka, dass die Nationalsozialisten mit 13 Sitzen fast genauso viele Mandate erhalten hatten wie DVP und Demokraten. Dagegen gab es in Altona nur zwei Parteien, die zweistellige Platzierungen erhalten hatten. Die SPD mit 25 Mandaten und die Bürgerliche Gemeinschaft mit 16 Mandaten. Die Nationalsozialisten waren mit ihren drei Plätzen beruhigend weit abgeschlagen, denn selbst die Kommunisten hatten fast dreimal so viele Wähler mobilisieren können und hielten nun neun Mandate. Die vorhergesagten Erfolge der Nazis hielten sich also zumindest hier in Grenzen. Ilka blätterte weiter.

Die Geschwindigkeitsrekorde stachen ihr besonders ins Auge. Henry Segrave, der mit seinem fast 1000 PS starken Golden Arrow mit einem Napier Flugzeugmotor mit 24 Liter Hubraum 372 Stundenkilometer gefahren war, kündigte an, auch auf dem Wasser Rekorde brechen zu wollen. Ilka liebte diese tollkühnen Männer, die auf dem Land schneller waren als sie mit ihrem *Laubfrosch* in der Luft. Insgeheim wünschte sie sich, einmal mit einem

Rennfahrer mitfahren zu können. Bei den lächerlich anmutenden 160 Stundenkilometern, die sie vor zwei Jahren auf der Avus selbst am Steuer eines Rennwagens gesessen hatte, war ihr schon blümerant geworden. Ilka hatte Segrave dieses Jahr bei einem Motorbootrennen am Templiner See kennengelernt. Ein genialer Rennfahrer. Sowohl auf dem Wasser wie auf dem Land. Und ursprünglich ein Pilot. Natürlich. Ilka lächelte in sich hinein. Dann überflog sie die weiteren Nachrichten des Tages, ohne aber auf interessante Meldungen zu stoßen. Um neun Uhr machte sie sich, bewaffnet mit Camera und Notizblock, auf in Richtung Schlachthof.

Das Gelände erstreckte sich südlich der Gleisanlagen an der Sternschanze bis zur Feldstraße. Sie hatte sich das Areal vorher auf der Karte eingeprägt. Es war weniger verwinkelt als vielmehr rechtwinklig über das vorhandene Straßenraster verteilt. Der Großteil des Areals lag zwischen Lagerstraße und Kampstraße, wobei die Eingänge des umfriedeten Geländes genau an diesen Straßen gelegen waren. Ein Wirrwarr von Wegen, Gleisen und Mauern. Zudem unterbrochen von den aktuellen Bautätigkeiten um das Gelände des ehemaligen Zollvereins.

Gegen Mittag stand Ilka am Tor an der Lagerstraße, und der Pförtner wies ihr den Weg zur Verwaltung. Alles folgte einem vorgezeichneten, bekannten Weg. In Begleitung eines Mitarbeiters machte Ilka die Runde. Erst Schweineschlachthalle, dann Rinderschlachthof. Ihre Leica leistete ihr treue Dienste. Die Gebäude waren alle als Backsteinrohbauten errichtet. Reine Zweckarchitektur aus den 90er Jahren, teilweise mit Gotik- und Renaissancezitaten verziert. Das Areal war mit einer hohen Backsteinmauer von den umliegenden Wohnvierteln getrennt. Die Schlachthallen hatten hohe Außenmauern, die für ein kühles Raumklima sorgen sollten.

Das Innere bot Szenen, die man besser nicht beachtete, wenn man gerne Fleisch aß. Mit dem, was man letztendlich auf dem Teller sah, hatte das hier alles nichts zu tun. Es roch ekelerregend, und das Abkochen der Schweinehälften in Trögen führte bei Ilka fast zu einem Würgereiz. Trotz der Übelkeit hielt sie alle Prozesse mit ihrer Camera fest.

Am östlichen Rand des Areals lagen Kühlhaus und Talgschmelze. Letzteres war es, weswegen sie eigentlich hier war. Dort hatte David Hans Otto Stracke aus den Augen verloren. Das Gebäude war in den Produktionstrakt und einen für die Verwaltung aufgeteilt. Zweieinhalb Geschosse aus Backstein mit gekapptem Walmdach und Volutengiebeln.

Ilka passierte erst die Annahmestelle für den Rohtalg, dann die Küferei und die Räume für den Esstalg, die Talgschmelze und die Margarineschmelze. Immer die Camera im Anschlag. Als sie den Produktionstrakt mit den Lagerräumen erreicht hatten, war der Rundgang beendet. Sie bedankte sich für die Führung und betonte, mit dem Aufsuchen der Verwaltung käme sie alleine klar, da der Trakt ja im gleichen Gebäude läge.

Ilka brauchte nicht lange, um die Räume der Geschäftsführung zu finden. Die Hinweistafeln auf den Korridoren waren eindeutig. Vor Strackes Büro bog sie ab und überlegte, ob sie ihn zur Rede stellen sollte, nahm aber Abstand von der Idee und bezog Stellung in einem Bereich im Flur, von wo aus sie sein Büro unbemerkt im Auge behalten konnte. Das Klingeln des Telephons und das Abheben des

Hörers signalisierten ihr, dass Stracke tatsächlich vor Ort sein musste. Gesehen hatte sie ihn hingegen nicht. Und verstehen konnte sie auch kein Wort. Aber sie hörte, wie er den Hörer auflegte, und suchte Deckung hinter einem Aufsteller im Flur. Nichts passierte, aber sie traute sich nicht aus ihrem Versteck. Nach etwa einer Viertelstunde betraten zwei Männer in befleckten Overalls Strackes Büro. Nach einer Weile kamen sie gemeinsam mit Stracke heraus.

Die Männer gingen zielstrebig den Korridor hinab. Ilka folgte ihnen mit gehörigem Abstand. Sie gab sich Mühe, leise aufzutreten und außer Sichtweite zu bleiben, was gar nicht so einfach war. Immer wieder musste sie abschätzen, in welche Richtung die Männer ihren Weg fortsetzten. Als sie das Gebäude verlassen hatten, war es einfacher. Auf den Wegen um die Talgschmelze und den Schlachthof war einfach zu viel Verkehr, als dass sie wirklich aufgefallen wäre. Sie steuerten auf einen Abschnitt nahe den Gleisanlagen zu, der neben der Eisenbahnrampe im Areal der Trifttunnel endete. Über diese Schächte, durch die das ankommende Vieh getrieben wurde, verließen sie das Gelände unterirdisch in Richtung Sternschanzenbahnhof.

Ilka hielt weiterhin Abstand, versuchte aber, aus der Entfernung die Männer im Blick zu behalten. Hinter dem alten Verladebahnhof schwenkten sie nach links und öffneten eine portalartige Tür, die in einen schmalen Schacht mündete. Einen Moment wartete Ilka, dann folgte sie ihnen. Das Schloss war ein altes Bartschloss, und Ilka brauchte mit dem Dietrich nur zwei Versuche, um es zu öffnen. Dahinter Dunkelheit. Ein schmaler Korridor, eine Art Inspektionsgang. Ähnlich angelegt wie die Tunnelläufe der Kanalisation, die sie ja gerade kennengelernt hatte.

Ilka tastete sich langsam vorwärts durch die Dunkelheit, eine Hand ständig an der Wand, von der kalte Rinnsale herabliefen. Vor ihr in der Ferne waren die Stimmen der Männer zu vernehmen, und sie sah den Rest eines Lichtschimmers ihrer Leuchten. Es reichte ihr, um nicht zu stürzen. Wo sie sich genau befand, war ihr unklar. Der Schacht war sehr schmal. Vorsichtig schob sie sich vorwärts. Nach etwa hundert Metern verstummten die Geräusche vor ihr. Dafür hörte sie eine ins Schloss fallende Tür. In völliger Finsternis kämpfte sie sich Meter für Meter vorwärts, bis sie die Tür erreicht hatte. Auch hier nur ein Bartschloss. Mit denen hatte sie Übung genug, und nach wenigen Sekunden öffnete sich auch dieses Hindernis.

Ilka versuchte sich zu orientieren. Ein paar Treppenstufen, dann ein karges Treppenhaus. Schlichte Wände aus Beton. Eiserne Handläufe. Langsam tastete sie sich nach oben. Keine Stimmen mehr. Es herrschte Stille, nur aus der Entfernung hörte sie ein konstantes Rauschen, das an ihr vorbeizufließen schien. Langsam kämpfte sie sich vorwärts. Endlich ein Raum. Vielmehr eine Halle. Sie wagte es kaum herauszutreten. Eine Halle, die man wie einen Theaterraum inszeniert hatte. Es gab eine Bühne, davor Sitzreihen, die zum Teil schon von Männern besetzt waren. Es herrschte eine konstante Geräuschkulisse, weil die Männer miteinander sprachen.

Ilka folgte den Treppen, die sie zu einer Art Empore führten, einer Galerie, von der aus sie das Geschehen unter sich genau beobachten konnte, ohne entdeckt zu werden. Im Schatten eines mächtigen Pfeilers kauerte sie sich hinter eine hohe Balustrade.

Das Ganze musste eine Art Kellerreservoir sein, ein Gewölbe, das eigentlich zu anderen Zwecken angelegt worden war. Aber was war das für ein Ort? Das Geschehen unter ihr war Ilka unheimlich. Auf einer hölzernen Bühne waren mehrere Tische aufgestellt worden. Darauf lagerten Pakete unterschiedlicher Größe. Rechts und links davon standen zur Bewachung mehrere Posten. Der runde Raum wurde beherrscht von riesigen Betonpfeilern und hatte ein ausgeklügeltes System von Treppen und Rampen, die in alle möglichen Richtungen führten, auch zu ihr hinauf. Ilka versuchte, sich die Architektur um den Schlachthof vor Augen zu führen. Schließlich dämmerte ihr, wo sie sich befand. Sie musste sich im Untergeschoss des Wasserturms an der Sternschanze befinden, und der Raum, der wie ein Theater eingerichtet war, musste eine Art Rückhaltebecken unter der Anlage sein.

Nach und nach füllten sich die Stuhlreihen, die man vor der Bühne aufgebaut hatte. Die meisten der Gäste trugen Hüte, wie man sie nur selten auf den öffentlichen Boulevards zu sehen bekam. Es herrschte ein nervöses Durcheinander, das von einem dauernden Murmeln begleitet wurde. Man kannte sich anscheinend. Als Hans Otto Stracke die Bühne betrat, kehrte schlagartig Ruhe ein.

Er begann zu reden. Und er redete, als gäbe es nicht Tausende Kubikmeter Wasser über ihnen, sondern nur das, was auf den Tischen dieses Theaters ausgebreitet war. «Das, worauf Sie alle gewartet haben. Hier ist es. Und ich denke, Sie werden die Qualität des Stoffs nicht anzweifeln können. Wir liegen bei einem Reinheitsgehalt von annähernd hundert Prozent. Also eine Qualität, die nirgendwo sonst in Deutschland ihresgleichen findet ...»

«Interessant, nicht wahr?» Eine Hand legte sich sachte

auf Ilkas Schulter, und sie zuckte zusammen. Als sie sich umdrehte, blickte sie in die Augen von Ludwig Müller.

«Müssen Sie mich so erschrecken? Woher wissen Sie davon?», hauchte Ilka erschrocken.

«Nun. Ich habe entfernt davon gehört», flüsterte Müller und grinste. «Es ist eine Versteigerung.»

Jetzt verstand Ilka. Über die Kanalisation war der Stoff hierher verfrachtet worden. Fieberhaft überlegte sie. Was sollte sie mit Ludwig Müller im Nacken tun? Er schien so viel mehr zu wissen als alle anderen. Oder war er vielleicht der geheime Förderer oder Organisator des ganzen Spektakels? Er blieb undurchsichtig.

«Was Sie hier sehen, ist nur etwas für Eingeweihte.» Er lächelte vielsagend. «Und das eigentliche Schauspiel hat noch nicht einmal begonnen. Dabei wäre es *die* Gelegenheit, alle wichtigen Dealer und Großhändler in Norddeutschland auf einmal hopszunehmen, nicht wahr?» Er schüttelte den Kopf. «Und dann kommt Ihnen so ein Idiot in die Quere.»

Ilka wusste nicht, was er meinte, aber plötzlich geriet der Saal unter ihnen in Bewegung. Getöse war zu vernehmen. An den Seiten der Tische, auf denen die Ware aufgetürmt war, versammelten sich plötzlich bewaffnete Personen. Auf einmal herrschte ein heilloses Durcheinander. Ilka konnte sogar einige SA-Uniformen erkennen. Mehr als ein Dutzend Gewehrläufe waren auf Stracke und einige Leute auf den ersten Stuhlreihen gerichtet. Ihnen gegenüber standen ebenfalls Leute mit gezückter Waffe. Ein paar Männer versuchten, zu einer kleinen Tür im hinteren Bereich des Saals zu gelangen, aber sofort stellten sich ihnen andere Männer in den Weg. Fast jeder zweite von den Männern unter ihr hielt inzwischen eine Pistole oder einen Revolver in den Händen und fuchtelte wild damit umher, aber bislang war kein einziger Schuss gefallen.

«Das habe ich vermutet», meinte Müller. «Es ist stillos.»

Ilka verstand kein Wort.

«Das sind Leute, die wie ich etwas investiert haben. Eine Subscription ohne Garantien. Und ihr möglicher Gewinn wird ihnen nun von Narren aus dem Milieu geneidet. Leute, die gehört haben, dass es hier etwas zu holen gibt. Nun, solche Gerüchte verbreiten sich in Windeseile. Und jeder ist sich selbst der Nächste und will etwas vom Kuchen abhaben.»

«Und warum sind Sie dann nicht da unten?»

Ludwig Müller lächelte. «Sagen wir's so: Ich bin kein Narr. Und ich gebe mich auch nicht mit Narren ab. Das da unten auf den Tischen ist nur ein Taubenschiss.»

«Sie haben Ihr Stück vom Kuchen bereits erhalten?» Ilka erwartete nicht wirklich eine Antwort auf ihre Frage. «Was ist mit Hans Otto Stracke? Arbeitet er für Sie?»

Wieder dieses undurchsichtige Lächeln. «Nein. Aber er ist mir noch etwas schuldig.»

Unter ihnen hatten sich inzwischen Fronten gebildet, aber trotz aller Empörung war man bislang nicht aufeinander losgegangen. Eine unglaubliche Spannung schien in der Luft zu liegen.

«Sie wollen keinen Krieg riskieren», erklärte Müller. «Das käme einem Selbstmord gleich.»

«Sie kennen die Leute?»

«Was man so kennt. In der Tat die meisten. Aber nur flüchtig.»

«Sie wissen zumindest, wer für wen agiert.»

«Und Sie sind eine Schlaue», antwortete Müller. «Da lag ich in meiner ersten Einschätzung wohl nicht falsch. Aber das hier ist die Höhle der Löwen. Da haben Ladies wie Sie überhaupt nichts verloren. Wie ich mitbekam, sind unweit des Wasserturms Mannschaftswagen mit Einsatzkräften der Schupo gesichtet worden. Falls die hier stürmen sollten, gibt es ein Gemetzel.»

«Bislang halten sich die Teilnehmer ja gegenseitig in Schach», erklärte Ilka. «Da braucht es wohl keine Polizei.» Mannschaftswagen der Polizei? Das konnte nur bedeuten, dass man Lasse Hansen gefolgt war.

«Glauben Sie? Wenn Sie wüssten. Gegen Polente hält die Unterwelt immer noch zusammen, egal wie verschieden die Interessen gelagert sein mögen.» Müller schüttelte angewidert den Kopf. «Selbst wenn sich da so Typen wie Zecke wichtig machen …» Er deutete auf die Bühne, und Ilka erkannte tatsächlich Max Steudtner, der sich vor Stracke aufgebaut hatte, soweit man das bei seiner Körpergröße sagen konnte.

«Steudtner habe ich aber auch schon in Begleitung Ihres Chauffeurs gesehen.»

«Das ist gut möglich», meinte Müller. «Yussuf schaut hin und wieder für mich nach dem Rechten. Da bleibt es nicht aus, dass man Kontakt zu solchen Personen aufnehmen muss.»

In der Gefolgschaft von Steudtner konnte Ilka auch Lasse Hansen erkennen, der im Blickkontakt mit Stracke zu stehen schien. Auch er hielt eine Waffe in der Hand. Wer hier auf welcher Seite stand, war nicht eindeutig zu erkennen. Es wirkte auf Ilka, als wenn sich alle Parteien für den Stoff auf den Tischen interessierten.

«Draußen wartet eine Hundertschaft!», schrie plötzlich jemand, was den Saal spontan in Aufruhr versetzte.

«Dann raus durch die Tunnel!», hörte Ilka Stracke rufen. Im gleichen Augenblick waren Rammstöße gegen das Tor des Turms zu vernehmen. «Alle raus hier!»

«Und der Stoff?», fragte Ilka. «Das sind doch Millionen.» Ein hilfloser Blick in Richtung Müller. Dann dachte sie an Laurens, der hier sehr wahrscheinlich gleich mit seinen Beamten auftauchen und dann überraschend der versammelten Hamburger Unterwelt gegenüberstehen würde. Und die war bis an die Zähne bewaffnet. Damit rechnete er bestimmt nicht.

Ludwig Müller zuckte nur mit den Schultern. «Bevor das hier doch noch eskaliert, werde ich mich zurückziehen. Und damit muss ich mich leider verabschieden.»

Ilka warf ihm einen fragenden Blick zu.

Müller deutete auf die Anlagen und Gerätschaften, die hinter ihnen an der Wand zum Aufgang standen. Rohre mit riesigem Durchmesser, daneben Rändelräder und Kurbeln von gewaltigen Dimensionen. «Sie haben ja noch die Möglichkeit, dem Treiben da unten ein Ende zu setzen.»

«Ich verstehe nicht ...»

Müller zeigte sein bekanntes Lächeln, während er sich langsam entfernte. «Ich denke, damit mischen Sie die Mischpoke da unten ganz gehörig auf. Versuchen Sie es einfach mit dem großen Rändelrad, neben dem ‹Not-Ablass› steht.» Dann war er schon in der Dunkelheit verschwunden.

Ilka bestaunte die Apparaturen an der Rückseite der Galerie, dann nahm sie der Tumult ein Stockwerk tiefer in Anspruch. Wie es aussah, war die Polizei tatsächlich ins Innere des Wasserturms vorgedrungen. Sie wagte nicht daran zu denken, dass Laurens an der Spitze dieses Trupps stehen mochte. Als unten die ersten Schüsse fielen, stürmte sie auf die stählernen Ungeheuer zu und kurbelten am Rad, das für den Ablass sorgte. Das Schwungrad ließ sich überraschenderweise leicht bewegen, und innerhalb weniger Sekunden hörte Ilka ein gurgelndes Geräusch, das sie hätte erschaudern lassen, wenn sie nicht geahnt hätte, was sie da in Bewegung gesetzt hatte. Es war das Rückhalteventil der Wasserkammern über ihr. Innerhalb kürzester Zeit schossen unglaubliche Wassermassen in Richtung Siel und damit auch durch das riesige Rückhaltebecken.

Ein Blick über die Balustrade zeigte ihr deutlich, was sie angerichtet hatte. Im Nu war der Raum unter ihr überflutet, Tische und Stühle flogen durcheinander, die Menschen im Raum ebenso. Jeder wurde durch die reißenden Wassermassen fortgespült und mitgerissen, niemand konnte sich mehr auf den Beinen halten. Das Getöse und die Schreie aller Beteiligten waren ohrenbetäubend. Hier und dort wurden Schüsse abgegeben, aber der Saal leerte sich wie durch einen Überlauf im Waschbecken, wobei Ilka nicht erkennen konnte, wohin die Männer verschwanden. Der Gang neben den Trifttunneln, durch den sie hierhergekommen war, stand unter Wasser. Aber was mit den weiteren Zu- und Abgängen geschah, entzog sich ihrer Kenntnis.

Ilka überlegte kurz, ob das Wasser auch ihren Platz auf der Balustrade erreichen würde, entschied sich aber, vorerst zu bleiben – und bereute es sofort, als wie aus dem Nichts Hans Otto Stracke vor ihr auftauchte und mit einer Pistole in der Hand auf sie zu stürmte. «Ich hab mir so etwas schon gedacht …» Er richtete die Pistole auf sie. Ilka war wie gelähmt. Nicht einmal der routinierte Griff in ihre Handtasche konnte ihre Deringer hervorholen, so schnell ging alles.

«Du Lügner! Von wegen Handlungsreisender! Ein krimineller Drogenhändler bist du!»

Stracke fuchtelte mit der Pistole vor sich rum. «Was weißt du schon?»

«In deinem kleinen Umfeld versammelst du die Leute um das, was du gut getarnt via Talglieferungen verschickst.»

Stracke nickte. «Gut erkannt. Aber weißt du eigentlich, was du da eben angerichtet hast? Was du vernichtest hast? Das sind Millionen.»

Ilka dachte an die Pakete voller Kokain. Sie versuchte, sich einen Plan zurechtzulegen, wie sie reagieren sollte, und entschloss sich angesichts ihrer Situation zum Frontalangriff. «Ich schätze mal, ich habe dein Jahresgehalt verwässert. Vielleicht sollte man eine Warnung aussprechen, was den zukünftigen Genuss des Elbwassers betrifft.»

«Sehr witzig. Aber lange wirst du keine Witze mehr reißen.» Hans Otto Stracke hob seine Pistole.

«Du hast deinen Compagnon ermordet, Aaron Wiese. Weshalb?» Sie wollte zumindest die Hintergründe wissen, egal was der Kerl vorhatte.

«Weil er sich wider Erwarten nicht an unsere Vereinbarungen gehalten hat und alles für sich wollte.»

«Deshalb hast du ihn gefoltert?»

«Die vorzeitige Leichterung der Schiffsladung war seine Idee. Da wollte er seinen Geschäftspartner ausbooten. Der hat davon nichts gewusst. Es war also nicht vermeidbar.»

«Bernstein. Der das alles arrangiert hatte. Warum musste der sterben?»

«Ich habe keine Ahnung. Spielt auch keine Rolle mehr.» Stracke zielte mit der Pistole auf ihre Brust und drückte den Abzug.

Ilka kniff die Augen zusammen, aber sie hörte nur ein leises Plopp, und als sie die Augen öffnete, sackte ihr Gegenüber plötzlich zusammen. Dann nahm sie eine Gestalt am Ende des Korridors zum Treppenhaus wahr, die ihr kurz zuzunicken schien und sich dann davonmachte. Yussuf? Sie war sich nicht sicher. Hans Otto Stracke lag tot vor ihr und seine Gesichtszüge schienen die Überraschung des eigenen Ablebens eingefroren zu haben.

Kurze Zeit später stürmte Laurens auf die Galerie und starrte sie entgeistert an. «Du? Hier?»

«Sieht so aus», erwiderte Ilka.

«Bist du wahnsinnig?»

«Ich hatte einen Termin im Schlachthof. Da habe ich Stracke gesehen und bin ihm gefolgt. Ich wusste nichts von dieser … von diesem Vorhaben hier.»

Laurens kam ihr entgegen und nahm sie in den Arm. «Warst du das?» Er blickte auf den Toten vor ihnen.

«Nein. Keine Ahnung. Aber ich denke, er hatte es auf mich abgesehen.» Eine Sekunde nur, und Ilka registrierte, wie ein Schatten aus dem Treppenhaus auf sie zukam. «Vorsicht!» Sie stieß Laurens von sich.

Lasse Hansen. Auch er hatte eine Waffe in der Hand.

Laurens fuhr herum. «Lasse, bist du wahnsinnig? Mach es nicht noch schlimmer! Sofort Waffe runter!» Er beugte sich über die Balustrade und schrie aus Leibeskräften: «Appel! Hansen ist hier oben!»

Lasse Hansen grinste diabolisch. «Appel wurde gerade von einem Querschläger getroffen. Der wird dir nicht mehr helfen können.»

«Du Schuft. Wir hatten dich längst im Verdacht. Dafür landest du unter dem Fallbeil.»

«Eher nicht, denke ich.» Langsam schritt er auf sie zu. «Das war doch wirklich eine schöne Veranstaltung eben ... selbst die Leute von Kaufmann scheinen ja involviert gewesen zu sein. War das nur Schutzabteilung, oder hat er vielleicht selbst subscribiert? Wundern würde es einen ja nicht, was man so hört. Die Partei braucht schließlich Zuwachs. Nicht nur personell ... Und dann die Ware einfach so zu verwässern ... Immerhin vierhundert Kilogramm. Wenn ich es recht bedenke, wird das Folgen haben.»

Er hob die Waffe und zielte auf das Bein seines Vorgesetzten. Der Widerhall des Schusses hallte durch das Gewölbe. Laurens strauchelte vor Schmerz und glitt zu Boden. «Nur so. Als kleiner Vorgeschmack. Glaub mir. Es wird keine Zeugen geben. Niemand außer dir und Appel hat eine Ahnung.»

Laurens krümmte sich vor Schmerzen. Aus seinem Oberschenkel floss Blut. «Was hast du vor? Da unten lauert eine Hundertschaft unserer Leute. Alles ist umstellt.»

Ilka fingerte nach ihrer Deringer.

«Vergessen Sie es», meinte Hansen lapidar und richtete den Lauf seiner Pistole in ihre Richtung. «Da unten ist niemand mehr, der Ihnen zu Hilfe eilen könnte. Das Polizeikommando steht vor verschlossenem Tor, und die Retter in der Not wurden durch Ihr eigenes Zutun hinfortgespült.» Er lachte hämisch. «Saubere Arbeit jedenfalls.» Er machte einen Schritt auf Ilka zu. «Besser, ich erledige

Sie sofort, bevor enttäuschte Investoren Sie in die Mangel nehmen. Man muss in so einem Moment auch die Vorteile zu schätzen wissen.»

Er hob die Waffe, überlegte es sich dann anscheinend anders und drehte sich erneut zu Laurens, der stöhnend am Boden lag. «Na, was unternimmst du nun?» Er schaffte es anscheinend nicht, eine Frau so ohne weiteres abzuknallen. «Willst du zusehen, wie ich sie fertigmache?»

«Mach lieber mich fertig», stöhnte Laurens und wand sich am Boden.

Hatte er keine eigene Waffe? Wo blieben Laurens' Leute?

Ilka versuchte erneut, an ihre Deringer zu gelangen, aber Hansen riss ihr die Handtasche von der Schulter. «So nicht, meine Gute!» Dann in Richtung Laurens: «Nun gut, wenn du es unbedingt willst ...» Er hob seine Waffe und zielte auf seinen Vorgesetzten. Aber bevor er den Finger krümmen konnte, sackte er in sich zusammen, ähnlich wie Stracke es getan hatte. Mit einem ähnlichen Blutstoß über der Schläfe. Er fiel einfach vornüber und landete direkt vor Ilkas Füßen.

Diesmal sah Ilka ihn ganz genau. Wieder an der Tür zum Treppenaufgang. Ein kurzer Blickkontakt nur, dann war er verschwunden. Der Auftrag, sie zu beschützen, war erfolgreich in die Tat umgesetzt worden. Mehr als das, wenn man es genau betrachtete. Was darauf folgen würde, stand in den Sternen. Egal was geschehen würde, sie war Ludwig zu Dank verpflichtet. Für Laurens' und ihr eigenes Leben – und das ihres Kindes.

Zwei Tage später

An der Tür zum Krankenhauszimmer stieß Ilka fast mit Friedrich Schlanbusch zusammen, dem Chef der Hamburger Kripo, der Laurens offenbar einen Krankenbesuch abgestattet hatte. «Dann müssen Sie Fräulein Bischop sein.» Er deutete einen Handkuss an, und Ilka nickte. «Ich kannte Ihren Vater recht gut.»

Ganz Mann der alten Schule, dachte Ilka, was für sie auch die martialischen und verunstaltenden Schmisse in seinem Gesicht bezeugten. Kurz grübelte sie darüber nach, wie lange solche Insignien heroischer Ausbildungsrituale noch Anerkennung in den entsprechenden Kreisen finden würden, dann überfiel sie die Neugier. «Geht es Laurens … Kommissar Rosenberg gut?»

«Mein bester Mann», lobte Schlanbusch. «Machen Sie sich keine Sorgen. Ein glatter Durchschuss. Er wird uns hoffentlich bald wieder zur Verfügung stehen.» Er zog seinen Hut und verneigte sich. «Habe die Ehre.» Und schon war er im Gang der Krankenstation entschwunden.

Ohne zu klopfen, betrat Ilka das Krankenzimmer. Laurens sah mitgenommen aus. Ziemlich blass lag er im Bett, doch er schenkte ihr ein Lächeln, als er sie sah.

«Ich bin so froh, dass wir das heil überstanden haben», sagte Ilka, nachdem sie ihn behutsam in den Arm genommen hatte.

«Heil? Geht so», meinte Laurens und deutete auf sein bandagiertes Bein. «Ich kam mir das erste Mal in meinem Leben so hilflos vor. Und viel schlimmer: Ich konnte dich nicht beschützen.»

Sie gab ihm einen zärtlichen Kuss auf den Mund. «Du

bist trotzdem mein Held.» Langsam zog Ilka ihren Mantel aus und setzte sich auf die Bettkante.

«Und du meine Heldin. Die Idee mit der Wasserflut war übrigens genial.»

Fast hätte Ilka verraten, dass die Idee eigentlich nicht von ihr stammte. Es galt aber, sowohl Ludwig und vor allem Yussuf nicht zu enttarnen. Von diesem Geheimnis brauchte Laurens wirklich nichts zu wissen.

«Wir haben so viele Ganoven aus dem Milieu der Organisierten festnehmen können. Es ist unglaublich …», berichtete Laurens. «Es war wohl das Zentrum des Hamburger Drogenumschlags schlechthin. Aber wer Stracke und schließlich auch Hansen erschossen hat, ist uns ein Rätsel. Angeblich hat davon niemand etwas mitbekommen.»

«Na, du scheinst ja gut informiert zu sein.»

Laurens nickte. «Zweimal täglich wird mir Bericht erstattet. Ein, zwei Tage werde ich wohl noch hier bleiben müssen.»

«Jetzt mal langsam.» Ilka strich ihm über die Wange. «Rasieren solltest du dich. Ganz kratzig bist du.»

«Magst du nicht?»

Ilka lächelte. «Mag ich nicht.»

«Na gut, morgen bin ich wieder glatt.» Er griff nach ihrer Hand.

«Glaub nicht, dass ich dich aus dem Haus lasse, wenn du hier entlassen wirst. Dann erholst du dich erst mal. Und ich werde dich verwöhnen.»

«Klingt verlockend.»

«Soll es auch.»

«Aber ich werde mich um das eine oder andere kümmern müssen. Wir haben trotz einiger Festnahmen tatsächlich eine schlechte Abschlussbilanz der ganzen Aktion. Auch wenn das aktuelle Ergebnis frustrierend ist, kennen wir jetzt die Pfade. Und denen müssen wir folgen. Zumindest überwachen.»

«Du glaubst, es wird alles beim Alten bleiben? Das Ding ist doch verbrannt.»

«Na ja, wir waren mit viel zu wenig Leuten vor Ort. Hätte man das Ausmaß denn erahnen können? Aber die entscheidenden Männer dieses Kartells sind entweder ertrunken oder erschossen worden. Nur wenige wurden in Gewahrsam genommen.»

«Immerhin.»

Laurens schüttelte den Kopf. «Kein wirklicher Erfolg. Stracke und Lasse Hansen sind tot. Das werden die Drahtzieher gewesen sein. Zumindest Stracke. Bei Hansen bin ich mir nicht so sicher. Aber Mitläufer war er bestimmt. Ein Spielsüchtiger, der nebenbei auf den enormen Gewinn aufmerksam gemacht wurde. Da war immerhin viel zu holen.»

«Er hätte dich fast erschossen!»

«Wahrscheinlich. Ich weiß nicht, wer mir das Leben gerettet hat.»

Ilka schwieg.

«Es ist so oder so erstaunlich, dass sowohl Stracke als auch Hansen von einem bislang unbekannten Schützen erschossen wurden. Die Kriminalistik sagt, dass beide aus derselben Waffe getötet wurden. Und das, obwohl beide wohl nicht direkt zusammengearbeitet haben. Sehr rätselhaft. Vor allem, weil ihr Tod so kurz hintereinander geschah.»

Kein Wort dazu von Ilka. «Ich bin nur froh, dass dir nicht wirklich etwas geschehen ist.»

«Nun gut, aber die ganze Geschichte ist und bleibt rätselhaft. Immerhin, der Tod von Bernstein scheint aufgeklärt. Die Altonaer Kollegen haben zwei Nationalsozialisten über die Parteizentrale der NSDAP an der Lobuschstraße festsetzen können. Die haben zugegeben, einen Juden ins Wasser geworfen zu haben. Aber angeblich nicht aus Judenhass, sondern weil der Mann sie wegen ihrer Uniformen bepöbelt hätte. Nur so als Denkzettel, wie sie sagen. Es klingt unglaublich, scheint aber wahr zu sein. Selbst der Umstand, dass der Mann ums Leben gekommen ist, lässt sie anscheinend völlig unberührt. Ihre Uniformen waren übrigens völlig makellos, keine Löcher oder abgerissenen Abzeichen. So viel dazu.»

«Bernstein soll also eines zufälligen Todes gestorben sein? Kaum zu glauben bei dem uns bekannten Hintergrund.»

Laurens räusperte sich. «Davon müssen wir aber ausgehen. Zumindest was Aussagen und Indizien betrifft.»

«Und was ist mit diesem Tegeler, der mich vergewaltigen wollte? Seine Uniform war gestopft.»

«Die Kollegen haben ihn mitgenommen und im Stadthaus verhört. Eine Uniform konnte dabei nicht sichergestellt werden. Und er bestreitet deine Vorwürfe. Ganz im Gegenteil behauptet er, du hättest ihm unsittliche Avancen gemacht.»

«Unglaublich. Dieses Arschloch. Die Uniform hat er natürlich verschwinden lassen.»

«Wie es nach bisheriger Aktenlage aussieht, hat die Staatsanwaltschaft jedenfalls wenig Spielraum, Anklage zu erheben. So leid mir das für dich tut. Und noch schlimmer ist, dass sowohl Tegeler als auch die beiden jungen NSDAP-Leute aus Altona rechtlich anscheinend von jemandem vertreten werden, der ... Nun, ich brauch es wohl nicht auszusprechen.» Laurens wandte seinen Blick ab.

«Robert? Ich fasse es nicht. Mein Vater würde sich im Grabe umdrehen. Das darf doch alles nicht wahr sein.»

«Kannst du jetzt nachvollziehen, weshalb ich so schnell wie möglich an meinen Schreibtisch zurückmöchte? Um zu retten, was zu retten ist. Die am Sternschanzenturm verhafteten SA-Leute waren angeblich aus persönlichen Gründen vor Ort. Nach Aufnahme ihrer Personalien musste man sie ziehen lassen. Und Kaufmann weiß angeblich von nichts.»

«Mir schwirrt der Kopf.»

«Mir auch. Wobei es wahrscheinlich wirklich schwierig wird, Kaufmann eine Beteiligung an den Drogengeschäften von Stracke und Wiese nachzuweisen. Es fehlt einfach an Beweisen. Die paar Indizien, die wir haben, werden nicht ausreichen. Die einzige Chance, die wir noch haben, sind die uns bekannten Zwischenlager in der Kanalisation. Die werden rund um die Uhr observiert. Aber es ist fraglich, ob da überhaupt noch jemand das Risiko eingeht, einen Zugriff zu wagen. Im Schanzenturm dürften nach Schätzungen etwa vierhundert bis fünfhundert Kilogramm Kokain verwässert worden sein. Von dir übrigens.» Laurens lachte kurz auf. «Das ist aber höchstens ein Drittel der Gesamtmenge, soweit uns bekannt ist. Wie viel bereits im Umlauf ist, wissen wir nicht. Die von uns beobachteten Depots beherbergen jedenfalls höchstens Stoff in der Größenordnung von etwa zweihundert

Kilogramm. Die Drahtzieher sind tot. Wo sollen wir ansetzen?»

«Du meinst also wirklich, Stracke war der Initiator des Ganzen?»

Laurens wiegte unschlüssig den Kopf. «Zumindest stand er an zentraler Stelle, weil er den Stoff über seine Talglieferungen getarnt unbehelligt durch die gesamte Republik liefern konnte, ohne Verdacht zu erregen. Es war wohl so, dass Aaron Wiese durch Kontakt zu Stracke dann auf die Idee kam, ein ganz dickes Ding durchzuziehen. Mit Hilfe seines Schwagers Bernstein.»

«Und der hat angebissen, weil er die traumhafte Dividende vor Augen hatte, die sonst kein Geschäft auf der Welt abgeworfen hätte.»

«So ungefähr muss es gewesen sein. Bernstein hat die Investoren gekobert. Und dann wurde er getötet. Entweder wirklich, weil zwei Hakenkreuzler einen Kippa tragenden Juden mal so aus Scherz ins Wasser geworfen haben, oder ...» Laurens überlegte kurz. «Weil einem Investor wegen des anhaltenden Lieferverzugs die Sicherungen durchgebrannt sind und er Bernsteins Tod in Auftrag gegeben hat.»

«Kaufmann.»

Laurens verkniff sein Gesicht. «Haben wir irgendwelche Beweise? Ohne Beweise sind das alles nur Vermutungen. Genauso wie der Umstand, dass du den Schaden an Tegelers Uniform gesehen hast. Natürlich käme auch er als Täter in Betracht. Ohne Frage. Aber ohne Beweis bricht die Hypothese schnell zusammen. Zumindest vor Gericht. Kein Staatsanwalt würde sich auf so eine dünne Beweislage einlassen.»

Ilka schüttelte verständnislos den Kopf.

«Irgendwann kam Aaron Wiese dann auf die Idee. Vielleicht war im Kreis der Beteiligten durchgesickert, dass der Stoff am Südfruchtterminal gelöscht werden sollte, so wie es Bernstein ursprünglich vorgesehen und geplant hatte, und nachdem Wiese von diesem Informationsleck erfahren hatte, muss er umgeplant haben. Vielleicht sogar schon vor Bernsteins Tod. Jedenfalls hat er sich die Sache mit den Landungsbrücken ausgedacht. Und um an diese Information zu gelangen, hat man ihn gefoltert und in dem Verlauf wahrscheinlich getötet.»

«Stracke war das», warf Ilka ein.

«Er hat das zumindest arrangiert. Denn wir wissen ja dank deiner Recherche, dass er für den Abtransport verantwortlich war. Und das passt dann auch zu der Veranstaltung im Wasserturm.»

«Er hat eigentlich alles an sich gerissen.» Nicht alles, wie Ilka wusste. Zumindest Ludwig Müller war auf seine Kosten gekommen. Inwieweit Stracke von Müller instrumentalisiert worden war, konnte sie nur ahnen. Er war zumindest so etwas wie ein ausführendes Element eines Statthalters gewesen. Diese Rolle nahm Müller ihrer Meinung nach ein. Der Mann im Hintergrund, der alle Puppen an unsichtbaren Fäden hielt und für seine Interessen einsetzte. Aber er hatte auch seine schützende Hand über Ilka gehalten und ihr das Leben gerettet. Vor allem deshalb sah sie keinen Grund, Laurens auf Ludwig Müllers Spur zu setzen.

«Nur welche Rolle Lasse Hansen bei der ganzen Sache gespielt hat, ist noch nicht klar. Hat man seine Kenntnisse der Polizeiarbeit nur ausgenutzt, um an Informationen zu gelangen, oder war er tatsächlich voll involviert? Ich weiß es nicht. Aber das werden wir beizeiten herausfinden.»

«Gut zusammengefasst. So ungefähr wird es gewesen sein. Und den Rest werdet ihr ... wirst du auch noch herausfinden. Mein Held. Ich wünsche mir, dass du uns auf Lebzeiten beschützt.»

«Was heißt *uns*?», entgegnete Laurens erstaunt.

«Ja, da wirst du in Zukunft auch mehr in Anspruch genommen werden. Hab ich es noch nicht erwähnt? Ich werde meine Wohnung in Berlin aufgeben, und du wirst für uns zusätzlich Quartier am Leinpfad schaffen müssen.»

«Oh, das überrascht mich nun wirklich. Du weißt, wie ich darüber denke. Aber meine Versuche, dich an mich zu binden, hast du bisher jedes Mal abgeschmettert. Woher auf einmal der Sinneswandel? Und wer ist Wir?»

«Mit *Wir* meine ich uns drei, die wir hier im Zimmer zusammen sind.»

Laurens schaute sie verdattert an. «Ich verstehe nicht...» Dann schien er zu begreifen. «Du meinst ...? Seit wann weißt du es? Warum hast du mir nichts gesagt? Ich bin völlig überwältigt.» Tränen schossen ihm in die Augen. «Oh, ich kann es nicht fassen.»

«Wir drei, ja.»

«Wann?»

Ilka lächelte. «Wenn es nach mir geht, bald. Aber ich werde es nicht beschleunigen können. Mein Arzt sagte etwas von Juli.»

«Was für ein Wahnsinn. Ich liebe dich. Ich kann es gar nicht erwarten. Ich werde für dich da sein, ich werde für euch da sein ...» Laurens streckte seine Arme nach Ilka aus, und sie gab sich Mühe, ihm nicht zu ungestüm in die

Arme zu sinken. Sie freute sich ja auch, obgleich ihr immer noch das Gespinst im Kopf umherirrte, das Kind könne doch rothaarig sein und schwedische Sommersprossen haben.

EPILOG

Durch die Benutzung des Begriffs Roman steht mir als Autor eigentlich ein fast beliebiger Umfang von Fiktion und Phantasie zu. Der Leser erwartet aber bei einem historischen Roman gleichfalls ein halbwegs intaktes historisches Umfeld. Diesen Anspruch versuche ich zu erfüllen. Ich vermische beides in meinen Geschichten sehr stark. Von daher habe ich mir bei allen meinen Romanen angewöhnt, an dieser Stelle genau darüber aufzuklären, was historische Realität ist und was ich mir ausgedacht habe. Dass historische Vorgänge oder Hintergründe an dieser Stelle vom Umfang her nicht adäquat zu ihrer Bedeutung abgehandelt werden können, möge man mir verzeihen.

1929 also ...

Elzie Segar (1894–1938) lässt erstmals den Seemann Popeye in seinem Comic *Thimble Theatre* auftreten. Auch der aktuelle Tarzan, Frank Merrill, schafft es in diesem Jahr ins Comic-Format. Ganz neu hingegen ist die Reporterfigur Tintin, den der Belgier Hergé (1907–1983) mit seinem Hund Milou auf Abenteuerreise ins Land der Soviets schickt (*Tim & Struppi*). Alfred Döblin (1878–1957) veröffentlicht seinen Großstadtroman *Berlin Alexanderplatz*, wobei sein Franz Biberkopf zum Protagonisten gegen den Wahnsinn der Metropole steht, wie auch Paul Bäumer zum Protagonisten bei Erich Maria Remarque (1898–1970) gegen den Wahnsinn des Krieges wird. *Im Westen nichts Neues* erscheint ebenfalls im Jahr 1929 im Propyläen Verlag, nachdem der Roman im Jahr zuvor als Vorabdruck in der *Vossischen Zeitung* zu lesen war. Die zu Ullstein gehörende Zeitung ist der Arbeitgeber von Ilka Bischop, die natürlich eine fiktive Gestalt ist, sich aber mit zeitgenössischen Realitäten umgibt und befasst.

Dass bei dieser Verknüpfung von Fiktion und Realität zwangsläufig geschummelt werden muss, zeigt in etwa der Umstand, dass Ilka Bischop im Band *Fememord* in einer Angelegenheit recherchierte, für deren Veröffentlichung dann im März 1929 gegen den Leiter der Weltbühne, Carl von Ossietzky (1889–1938), sowie gegen den Autor des kritischen Artikels *Windiges aus der deutschen Luftfahrt*, Walter Kreiser (1898–1958 aka Heinz Jäger), Strafantrag wegen Landesverrats gestellt wird (Weltbühne Prozess). 1931 wurde dann tatsächlich Anklage erhoben und die Beschuldigten wegen des Verrats militärischer Geheimnisse zu 18 Monaten Haft verurteilt, die Ossietzky im Mai 1932 antrat. Er wurde jedoch schon im Dezember durch die Weihnachtsamnestie politischer Häftlinge wieder entlassen.

Die Familie von Ilka Bischop, ihre Mutter Mathilda (Tilda) und ihre Brüder David und Robert, mögen einem Teil meiner Leserschaft inzwischen vertraut sein, sie sind und bleiben trotzdem Produkte meiner Phantasie. Auch wenn es im Stab von Oberbaudirektor Fritz Schumacher tatsächlich eine Vertrauensperson gegeben hat, an deren Funktion ich David Bischop angelehnt habe, so bleibt dieser doch eine fiktive Gestalt.

Die Vorgänge rund um die Schaffung neuen Wohnraums, vor allem für die Arbeiterklasse, entsprechen der historischen Realität. Dazu gehörte auch das aktive Werben und die Aufklärung um die Finanzierungsmöglichkeiten, denn es hielt sich trotz durch Beleihungskassen (zehntausend Wohnungen!) und Genossenschaften gewonnenen Wohnraums in der Zeit hartnäckig das Gerücht, Altbauten seien günstiger als Wohnraum in den neu geschaffenen Siedlungen. Die Urheberschaft und die gestalterischen Entwürfe der Wohnbauten auf der Veddel und der Wohnanlage am Naumannplatz habe ich hoffentlich korrekt wiedergegeben. Diese Wohnanlagen wurden genau wie der Umbau des Wasserturms im Stadtpark zum Planetarium vom Büro des Oberbaudirektors koordiniert.

Fiktive Gestalten sind der Bankier Simon Bernstein, sein Schwager Aaron Wiese sowie deren Familien, auch wenn die Historie auffällige Parallelen zu Karl Willi Paul Eick aufweisen mag, der sich derzeit an Depots seines Bankhauses vergriff und sich schließlich nach Italien absetzte. Den Eintänzer Ernst Emil Endrich, einen Ludwig Müller und seinen Butler Yussuf, die «Zecke» Max Steudtner und Hans Otto Stracke hat es zu der Zeit ebenso wenig gegeben wie Dr. Wiem bei der Donnerbank oder einen Gynäkologen mit Namen Doktor Bräutigam.

Ilkas schwedischer Freund Ture, Martin Hellwege und auch Baldur von Wittgenstein existieren nur in meinen Büchern, genau wie die Kollegen meines ebenfalls fiktiven Kriminalkommissars Laurens Rosenberg: Friedrich Appel, Heinrich Scholz, Lasse Hansen und Polizeiarzt Doktor Wiesenthal. Die Hamburger Kriminalpolizei hatte ihre Räumlichkeiten zum größten Teil im Stadthaus an der Ecke Stadthausbrücke und Neuer Wall, dessen Rudimente noch heute vorhanden sind. Leiter der Hamburger Kriminalpolizei war Friedrich Schlanbusch (1884–1964).

Ich habe mir herausgenommen, einigen Personen und Örtlichkeiten, über die keine weiteren Informationen zu beschaffen waren, etwas hinzuzudichten. Das Wäschegeschäft von Ilkas Freundin, Toska Gunkel, hat es zur damaligen Zeit schräg gegenüber dem Thalia Theater am Alstertor tatsächlich gegeben. Einige alte Pläne des Hamburger Sielwesens sind von einem Ingenieur mit Namen Wilhelm Berger gegengezeichnet, und einen Hinnerk Roth hat es als höheren Angestellten im Fruchtschuppen für Zitrusfrüchte wirklich gegeben. Den Spitznamen Zitronenjette hatte er aber sehr wahrscheinlich nicht. Der Südfruchthandel mit Apfelsinen und Zitronen lief über den vom Südfruchtkonsortium gepachteten Fruchtschuppen A am Versmannkai. Die Schuppen B und C vervollständigten das Arrangement im Dezember desselben Jahres.

Zeitgenössische Anzeigen liefern einen Hinweis darauf, dass es Erkers Gaststuben im südlichen Barmbe(c)k (oder Uhlenhorst) genauso gegeben haben muss wie ein Café Müller am Schulterblatt, das gesellige Spielfreuden versprach. Ob es tatsächlich neben dem Scala Tanz-Casino gelegen war, konnte ich nicht in Erfahrung bringen. Ein Lokal mit Namen Egberts hat es am Winterhuder Markt hingegen bestimmt nicht gegeben.

Ich habe versucht, das Kulturleben in der Stadt im Jahr 1929 genau darzustellen. Die örtlichen Auftritte von Mary Wigman (1886–1973) im Curiohaus und von Valeska Gert (1892–1978) in den Kammerspielen stimmen exakt mit der Realität überein. Im Waterloo-Theater an der Dammtorstraße lief damals das *Tagebuch einer Verlorenen* mit Louise Brooks und Valeska Gert. Tatsächlich gab es schon im Jahr 1929 eine Debatte um eine Elbvertiefung am Oste-Riff.

Die Presse berichtete zu der Zeit neben Bankenfusionen und Zusammenbrüchen vor allem über die Situation im Rheinland und dessen Grenzen, die dortige Räumung sowie die Debatte um das Saarland (Tardieu). Im Reich gab es zu der Zeit etwa 900 000 Arbeitslose. Wichtiger aber war es anscheinend, die Meldung zu verbreiten, dass am 30. November deutsche Fahnen über dem Rhein wehten.

Beiläufige Geschehnisse, etwa die Landung des französischen Piloten Marinier auf dem Mont Blanc, die jeweiligen Wetterverhältnisse, Berichte über Flugzeugabstürze, die Kollision eines Alsterdampfers mit der Lombardsbrücke sowie die Ergebnisse der Wahlen in Preußen entsprechen den Tatsachen. Die Memoiren des Reichskanzlers von Bülow (1849–1929) sowie dessen Verträge mit dem Ullstein Verlag zu deren Veröffentlichung sind ebenfalls verifiziert.

Das Hamburger Hotel Reichshof war damals eines der größten und luxuriösesten Hotels im Reich. Enge Verflechtungen mit der Hapag begründen etwa die Tatsache, dass Details im Interieur in Anlehnung an die großen Dampfer der Reederei ausgeführt wurden. So waren einige Bereiche deutlich im Style 25 eingerichtet, der später als Jugendstil Furore machte. Die Känguruh-Anlage, die auf dem Flugplatz Tempelhof getestet worden war, hätte eine Pilotin wie Ilka Bischop sicher interessiert. Die Anlage ermöglichte Flugzeugen den gleichzeitigen Abwurf und die Aufnahme von Postsäcken ohne Landung. Ein durchaus ausgeklügeltes mechanisches System, das sich aber nicht durchsetzte.

Das Hamburger Sielnetz geht auf eine Empfehlung des

englischen Ingenieurs William Lindley (1808–1900) zurück, der nach dem Hamburger Brand 1842 *(Der Tote im Fleet)* erste Entwürfe dafür geliefert hatte. Es wurde nur halbherzig umgesetzt. Erst die Cholera-Epidemie 1892 *(Der blaue Tod)* sorgte für ein Umdenken. In den Folgejahren entstand ein Sielnetz für das Abwasser, das so vorbildlich war, dass sich Kaiser Wilhelm II. im Jahr 1904 zur Besichtigung durch die schiffbaren Siele fahren ließ. Das Einstiegshaus am Baumwall wurde letztendlich nur für diesen Zweck errichtet. Damit einher ging sogar der Bau eines eigenen Umkleidezimmers für den Kaiser. Das Sielnetz war 1928 rund 800 Kilometer lang. Die beiden östlich und westlich der Alster verlaufenden Stammsiele mit einer schiffbaren Breite von bis zu fast vier Metern waren über einen Düker in der Lombardsbrücke miteinander verbunden. Der Ausfluss erfolgte unter anderem neben den Landungsbrücken.

1929 – Schwarzer Freitag – Beginn der Weltwirtschaftskrise.

Der Leser muss sich vor Augen führen, dass Nachrichten im Jahr 1929 nicht – wie heute – binnen weniger Sekunden übermittelt werden konnten. Der Börsencrash begann am 25. Oktober in New York (eigentlich ein Donnerstag). Erst am 5. November fand er in der tagesaktuellen Presse im Reich überhaupt Erwähnung – aber nur am Rande. Thematisch befasste man sich mit der Angelegenheit ab dem 15. November. Ob Bankiers mittels ihrer Kontakte über Fernschreiber bereits frühzeitig davon Kenntnis gehabt haben konnten, muss ich ins Reich der Spekulation verschieben.

Die Parteizentrale der NSDAP lag ab 1926 in einem Zigarrengeschäft in der Grindelallee, das der damalige Gauleiter Josef Klant (1869–1927) betrieb und später von Albert Krebs (1899–1974) übernommen wurde, bevor Karl Kaufmann (1900–1969) am 1. Mai 1929 von Hitler als Gauleiter eingesetzt wurde (ab 1933 Reichsstatthalter). Das Parteiorgan der Nationalsozialisten war die *Hamburger Volkszeitung*, die am 9. November vom Hamburger Senat verboten wurde. Weiterhin existierten die *Norddeutsche Zeitung* sowie die *Hansische Warte*. An welchem Ort die Parteizentrale der NSDAP im Jahr 1929 in Hamburg genau lag, konnte ich nicht in Erfahrung bringen. In Altona waren die Nationalsozialisten während der Zeit in der Lobuschstraße beheimatet. Die im Zusammenhang mit Robert Bischop erwähnte Nationalsozialistische Arbeitsgemeinschaft des Lüneburger Rechtsanwalts Adalbert Volck (1868–1948) verstand sich ab 1924 als reine Hitlerbewegung und trat strikt antiparlamentarisch auf. Gleichfalls galt sie als Kaderschmiede und Sprungbrett späterer NS-Größen.

Der NSDAP-Kreisleiter und spätere Senatssyndikus Wilhelm Tegeler (1902–1978) wohnte natürlich nicht mit Robert Bischop zusammen in der Langen Reihe, sondern in der Tornquistraße, später in der Klopstockstraße. Ursprünglich Gelegenheitsarbeiter, trat er 1929 der NSDAP bei. Von 1932 bis 1937 war er NSDAP-Kreisleiter im Stadtteil Eimsbüttel Nord. Mit der Machtübernahme der Nationalsozialisten wurde Tegeler in der Hamburger Verwaltung eingestellt. Im Laufe der Jahre übernahm er die verschiedensten Verwaltungsposten, bis er schließlich Senatssyndikus wurde. Die formalen Voraussetzungen für diese Positionen waren bei Tegeler eigentlich nicht gegeben. 1938 leitete er als Obersenatsrat das neu geschaffene Wohnwirtschafts- und Siedlungsamt, wurde Ende 1939 zum Senatsdirektor befördert und im Januar 1942 zum Senatssyndikus. 1944 übernahm er das Amt für den kriegswichtigen Einsatz. Sein Lebens- und auch Führungsstil war angeblich ausufernd und skrupellos. In den Jahren 1936/37 wurden NSDAP-interne Beschwerden gegen Tegeler erhoben, und es kam zu mehreren Parteigerichtsverfahren. Zudem musste sich Tegeler des Öfteren wegen des Vorwurfs der Vergewaltigung verantworten. Gedeckt wurde Tegelers Verhalten durch Karl Kaufmann persönlich, zu dessen Günstlingen er gehörte. Im Rahmen der Entnazifizierung wurde er als «Mitläufer» entlastet, bezog als ehemaliger Beamter eine Pension und lebte bis Ende der 1970er Jahre in Harvestehude.

Rudolf Klophaus (1885–1957) war der gestaltgebende Architekt der Großwohnanlage am Naumannplatz. Gemeinsam mit dem Schweizer August Schoch (1881–1957) gründete er sein Architekturbüro 1920 in Hamburg. Als gleichberechtigter Gesellschafter trat 1927 Erich zu Putlitz (1892–1945) dem Büro bei, das 1927 durch einen Entwurf für den Völkerbundpalast in Genf internationale Beachtung fand. Klophaus war bekennender Freimaurer in der Loge Hanseatentreue und war Mitglied der Demokratischen Partei (DDP), bevor er am 1. Mai 1933 der NSDAP beitrat. Nach dem Krieg wurde Klophaus erst als Minderbelasteter eingestuft, 1948 dann als «Mitläufer» entlastet, sodass er wieder als Architekt arbeiten konnte. 1955/56 baute er die als City-Hof bekannten Büro-Hochhäuser zwischen Klosterwall und Johanniswall neben dem Hamburger Hauptbahnhof, deren Zukunft nach wie vor im Ungewissen liegt.

Karl Schneider (1892–1945) war ein Architekt der radikalen Moderne, der den Lesern von *Fememord* bereits begegnet ist. 1927/28 wurde nach seinem Entwurf das Kino Emelka-Palast in Eimsbüttel gebaut, und die dortige, symmetrische Fassadengestaltung fand beim «Neubau» eines Kunstausstellungsgebäudes an der Neuen Rabenstraße 25 für den Hamburger Kunstverein seine konsequente Fortsetzung. Dieser 1929 begonnene Bau war eigentlich ein Umbau eines historistischen Bürgerhauses, von dessen Gestalt allerdings nichts übrig blieb. In den Garten hinein erstreckt sich zudem ein moderner Anbau über die gesamte Gebäudebreite. Oberlicht und Variabilität der Ausstellungsflächen wurden zum zentralen Thema und sind meisterhaft gelöst, Glas und Metall beherrschen die Fassade. Das im Mai 1930 eröffnete Gebäude wurde 1937 durch die NS-Frauenschaft zweckentfremdet und in den Bombennächten von 1943 zerstört.

Der Hamburger Central-Schlachthof ist im Jahr 1929 ein Konglomerat aus verschiedensten Bauabschnitten, die bis ins Jahr 1892 zurückreichen. Gelegen zwischen Sternstraße, Lagerstraße, Carolinen-Straße, Laeiszstraße und Neuerkamp, mit Flächen bis zu den Gleisanlagen der Sternschanzen-Strecke und einem eigenen Viehverladebahnhof, von dem eigene Gleisstränge ins Schlachthofgelände führen. Baustellenbedingte Grabungen in den letzten Jahren belegen, dass es auch unterirdische Trifttunnel zwischen Schlachthof und Verladebahnhof gegeben hat, deren genauer Verlauf allerdings nicht dokumentiert wurde. Das Areal des Central-Schlachthofs benötigte sehr große Mengen Wasser und bezog es mit einer eigenen Versorgungsleitung vom benachbarten Wasserturm im Sternschanzenpark. Dieser Wasserturm war ans Hamburger Sielnetz angebunden. Auch wenn ich keine Pläne finden konnte, gehe ich davon aus, dass es zwischen Wasserturm und Schlachthof entlang der Versorgungsleitungen Inspektionstunnel gegeben haben muss. Genaues ist mir dazu nicht bekannt.

Nun gut. Ilka wird ihr Kind im Jahr 1930 zur Welt bringen. Einen Namen habe ich noch nicht parat. Auch über das Geschlecht bin ich mir noch nicht im Klaren. Genauso wenig darüber, wer letztendlich der Vater sein wird. Aber ich weiß natürlich, was sich in den nächsten Jahren abspielen wird. Ilka kann das zu diesem Zeitpunkt allerdings noch nicht ahnen …

Weitere Titel von Boris Meyn

Die Bilderjäger

Ein Fall für Sonntag, Herbst und Jensen

Der falsche Tod

Tod im Labyrinth

Das Haus der Stille

Kontamination

Familie Bischop ermittelt

Der Tote im Fleet

Der eiserne Wal

Die rote Stadt

Der blaue Tod

Die Schattenflotte

Totenwall

Elbtöter

Fememord

Sturmzeichen

Das für dieses Buch verwendete Papier ist FSC®-zertifiziert.